위험한 줄 알면서도
1

지은이 | 언정이
펴낸이 | 권순남
펴낸곳 | 마롱
디자인 | 최미선
편 집 | 안효진
마케팅 | 이민영

1판1쇄 인쇄일 | 2023년 10월 17일
1판1쇄 발행일 | 2023년 10월 30일

등록일자 | 2008년 1월 7일
등록번호 | 제310-2008-00001호

주소 | 서울시 노원구 상계 1동 1049-25 신영산업 BD 602호
대표전화 | 02-2091-0291
팩스 | 02-2091-0290
이메일 | marubooks@mayabooks.co.kr

979-11-368-3192-7 (04810)
979-11-368-3191-0 (set)

값 9,000원

* 저자와 협의하여 인지를 붙이지 않습니다.
* 잘못된 책은 교환하여 드립니다.

위험한 줄 알면서도
1

MARONG ROMANCE STORY

언정이
장편소설

차 례

*

제1장 하룻밤의 일탈 / 7

제2장 다정한 사람을 조심할 것 / 47

제3장 그날 밤 좋았거든 / 82

제4장 질투 / 121

제5장 아군과 적군 / 167

제6장 눈에 거슬리는 여자 / 212

제7장 당신에게 마음을 주면 / 256

제8장 나를 파괴할 구원자 / 302

제9장 조금도 특별하지 않은 / 341

제1장
하룻밤의 일탈

 비행기가 커다란 굉음을 내며 날아올랐다. 높다란 하늘을 향해 돌진하느라 비행기의 기체가 매섭게 흔들렸다.
 그렇게 얼마나 흘렀을까.
 흔들림이 잦아들고 이내 기내에 평화가 찾아들었다. 곧이어 안전벨트 알림 등이 꺼지고 승무원들이 기내 서비스를 시작했다.
 무엇 하나 이상한 것 없는 비행기 안.
 "박물관 앞에서 보자더니 왜 안 나타났어요?"
 "그, 게… 제가 갑자기 급한 일이 생겨서. 죄송합니다."
 "정말로 미안하면 보상해야 하지 않나."
 "어떤 보상을……?"
 "글쎄, 여기서는 곤란하고 저쪽 정도면 괜찮겠네."

태형이 턱짓으로 기내 화장실을 가리켰다. 제아무리 바보라고 해도 태형이 뭘 요구하는지 눈치채지 못할 리 없었다.

남녀 둘이 거리를 둘 수 없을 만큼 비좁은 공간에서 무슨 일이 벌어질지 눈에 훤하다.

간밤에 태형과 달뜬 숨을 주고받던 순간을 떠올리자, 여울은 순간 아랫배가 저릿해지는 것 같았다.

영원히 그 밤의 기억에서 빠져나가지 못할 것처럼 아찔한 감각이 목에 박혀 버린 건지도 몰랐다.

그만큼 강렬한 밤이었다.

'아…….'

헉헉거리는 불안정한 호흡과 말 근육처럼 단단한 등을 타고 흘러내리는 끈적한 땀이 여전히 선명했다. 고양이처럼 갸르릉 울어 대며 태형의 어깨에 입술을 파묻던 자신의 모습조차 머릿속에서 쉬이 사라지지 않았다.

인정하기 싫지만, 그날 밤 실수 한 번으로 파블로프의 개가 된 듯했다. 태형의 나직한 저음이 쏟아지면 온몸이 화르륵 달아 버리니까.

강태형도 그 사실을 알고 있는 게 분명했다.

"재밌을 거예요."

태형의 목소리에는 색기가 그득 묻어났다. 한쪽 입꼬리를 말아 올리는 그의 미소는 몹시도 매력적이었다.

그 미소에 떠밀리듯 여울은 어느새 자리에서 일어났다.

화장실이 가까워질수록 여울의 심장은 금방이라도 터질 듯 쿵쾅거렸다. 비행기 엔진의 소음만 아니었다면 지금쯤 심장 고동 소리가 바깥에까지 터져 나왔을지도.

그렇게 긴장하면서도 여울은 걸음을 멈추지 않았다.

그 밤의 쾌락을 다시 한번 느끼고 싶었던 것 같다. 어쩌면 이 스릴 넘치는 행각에 호기심이 일어난 건지도.

이래서 안 된다는 건 안다.

그런데도 여울은 화장실에 들어가는 쪽을 택했다. 그녀가 문을 열고 들어간 지 얼마 지나지 않아 태형이 따라 들어왔다.

도둑처럼 살살 눈치를 보는 자신과는 달리 태형의 얼굴에는 여유가 넘쳐흘렀다.

마치 이런 짓을 벌이는 게 처음이 아니라는 것처럼.

"기대되죠?"

태형의 저음이 야릇하게 흘러내렸다.

서로의 몸이 바짝 붙어 있다는 게 또렷이 느껴졌다. 몸을 조금씩 움직일 때마다 태형의 굴곡이 고스란히 느껴져 옴짝달싹할 수가 없었다.

위아래로 움직이는 굵직한 울대뼈와 작게 벌어진 입술 사이로 흘러내리는 숨소리. 거기에 맞닿은 몸을 타고 뜨겁게 터져 나오는 체온과 팽팽하게 부푸는 욕망이 뒤섞여 여울을 녹아내리게 만들었다.

이 정도로도 미칠 것 같은데 이 남자는 아예 저를 무너뜨릴 생각인가 보다.

태형의 엄지가 여울의 입술 선을 느릿하게 훑었다. 손길이 지나간 곳마다 신경이 예민해지는 기분이었다.

"아아……."

가느다랗고 고운 손이 제 목선을 타고 아래로 내려갔다.

옷이 두툼했더라면 그 손길을 더욱 덤덤히 받아 낼 수 있었을까. 지금처럼 이렇게 움찔거리지 않고?

"역시 재밌네요."

"저……."

태형은 여울의 대답을 그대로 집어삼켰다. 태형의 키스는 저돌적이었다. 금방이라도 제 모든 것을 점령해 버릴 기세다. 굶주린 야수처럼 제 안을 헤집는 열감에 이성이 금세 마비되고 말았다.

태형에게 백기를 들기까지 시간이 얼마 남지 않았다.

그런데 사람이 언제 들어올지도 모르는데, 이러고 있어도 되는 걸까?

좁다란 공간에서 솟아나는 달뜬 숨소리가 점점 커졌다.

화장실 문에 손을 짚은 여울의 다리가 금방이라도 무너질 듯 후들거렸다.

그에 반해 몸은 얼마나 예민해졌는지 태형의 손만 스쳐도 부르르 몸이 떨렸다.

"이대로 괜찮겠어요? 밖에서 다 들릴 텐데."

짓궂은 물음에 여울이 세차게 고개를 저었다.

괜찮지 않다. 괜찮지 않은데…….

"싫으면 잘 참아 봐."

이대로 끝내기 싫다.

"할 수 있겠어요?"

덥석 제 목을 깨무는 태형의 몸짓에 여울의 고개가 뒤로 젖혀졌다.

지금 제 얼굴이 어떨까. 두 뺨이 벌겋게 달아오르고 눈이 풀려 당장이라도 무너질 것처럼 보일까.

그러면 쾌락에 젖어 있는 이 남자의 얼굴은? 저와 똑같을까. 아니면 처음에 그랬던 것처럼 여유로울까.

"앗, 흐응……."

차갑고, 뜨겁고, 미끈하고, 거칠고.

여러 감각들이 한꺼번에 여울에게 밀어닥쳤다. 생경한 느낌들이 여울의 몸을 휘두르기도 하고 녹여 내기도 한다.

"내가 그쪽 얼마나 기다렸는데."

"그건 당신이……."

"나한테서 도망칠 수 있을 거라고 생각한 거예요?"

여울의 말이 형태를 갖추지 못하고 그대로 부서졌다.

쾅쾅-

그때 바깥에서 문을 두드리는 소리가 났다. 이 위험한 행동을 당장 끝내야 한다는 경고음이 머릿속에 울렸다.

하지만 절체절명의 순간에도 태형은 자신을 놓아줄 생각이 없어 보였다.

아니, 도리어 조금 전보다 더욱 집요하게 자신의 살덩이를 삼킨다.

"안에 계세요? 무슨 일 있으세요?"

여울은 우선 괜찮다고 대답이라도 하려고 했다. 그러나 태형이 커다란 손으로 입을 막아 버리는 바람에 그러지 못했다. 그는 아무 말 말라는 듯 고개를 저었다.

이 스릴을 계속해서 즐기라고. 태형의 눈은 꼭 그렇게 속삭이고 있었다.

"손님, 손님?"

금방이라도 문을 따고 승무원이 들어올지 모른다는 불안이 여울을 초조하게 만들었다.

"주여울, 계속 즐겨. 내숭 부리지 말고. 당신이 바란 게 이런 거잖아. 죽이게, 섹시하게 스릴 넘치는 거. 반듯한 경로에서 이탈하는 거."

태형의 저음이 집요하게 귓속을 파고들었다.

"그러니까 이딴 꿈도 꾸는 거 아냐?"

꿈이라는 말에 퍼뜩 정신이 들었다.

아냐, 아니야!

승무원이 문을 열려던 순간.

여울이 잠에서 깨어났다. 여울은 화들짝 놀란 얼굴로 황급히 좌우로 고개를 돌렸다.
승무원도, 강태형도 존재하지 않았다.
그제야 여울이 두 손으로 얼굴을 쓸어내렸다. 안도감과 함께 민망함이 물밀듯 밀려왔다.
야한 꿈이라니…….
나 정말 미친 거야?

*

아침 일찍 회사에 나온 여울의 얼굴이 퀭했다. 어젯밤도 어김없이 강태형 꿈을 꿨으니 그럴 만도 했다.
여행지에서 잠깐 만나 하룻밤을 보낸 사이.
그 이상도 이하도 아닌 관계를 붙들고 뭐 하자는 건지 모르겠다.
물론 하룻밤의 일탈이 주는 충격이 제법 컸다는 건 인정한다. 하지만 여태껏 지나간 관계를 붙잡고 있는 건 우습기 짝이 없는 일이 분명했다.
남에게 말하기도 어려울 만큼 민망한 꿈을 꾸고 있는 것만 빼면 여울의 생활은 평소와 다를 것이 없었다. 언제나처럼 출근

했고 쏟아지는 업무에 정신없이 이곳저곳을 뛰어다녔다.

"주여울 대리, 청해 전자 미팅 준비됐어?"

"죄송해요, 과장님. 보고서 마무리하느라 아직 못 했습니다. 바로 준비할게요."

"하여간에 여자들은 저렇게 빠져서 문제라니까. 대기업에 안 꿀리려면 완벽히 준비해야 한다니까. 걔네 콧대가 얼마나 높겠어?"

"제대로 준비해 놓겠습니다."

청해 전자와의 미팅에 신경을 곤두세우는 건 비단 차 과장만이 아니었다.

그도 그럴 것이 계획에 없던 미팅이었다. 재계 5위 안에 드는 청해 전자와 우리 문구 회사와는 달리 접점을 찾기도 어려웠고.

그런데 청해 전자에서 먼저 미팅을 제안해 왔다. 우리 회사와 터치펜 콜라보를 진행하고 싶다는 게 이유였다.

자다가 황금알을 안게 된 마케팅팀은 혹시라도 그 행운이 빠져나갈까 전전긍긍했다.

청해 전자에서 마음을 바꾸면 이 프로젝트는 끝이니까.

"청해 전자 직원들 도착했다네. 다들 내려가자고."

황급히 회의 준비를 끝낸 여울까지 팀장을 따라 로비로 내려갔다. 엘리베이터가 내려가는 동안 아무도 말을 꺼내지 않았다.

 어떻게든 이번 일을 성사시키고 말겠다는 팀장의 다부진 의지가 여실히 느껴졌기 때문이었는지도 모르겠다.

 땡-

 경쾌한 소리와 함께 엘리베이터 문이 열렸다.

 로비로 나가자마자 청해 전자 직원들을 단박에 찾을 수 있었다. 자유로운 복장인 우리 회사와는 달리 그들 모두 반듯하게 슈트를 차려입고 있었기 때문이다.

 "아이고, 안녕하십니까!"

 김 팀장이 제일 먼저 버선발로 달려가 그들을 반겼다.

 "미신수 마케팅팀 팀장 김명석이라고 합니다. 여기까지 오느라 고생 많으셨을 텐데, 우선 올라가서 인사 나누시죠."

 호탕한 웃음을 터뜨리는 김 팀장의 뒤에서 사무적인 미소를 짓던 여울의 눈동자가 휘청였다.

 슈트로 무장한 사람들 사이로 그 남자, 강태형이 있었다.

 "그렇게 하시죠."

 "누구……?"

 "청해 전자 강태형 본부장입니다."

 김 팀장에게 명함을 건네는 태형의 시선은 오직 여울에게 꽂혀 있었다.

 그 눈빛에 여울의 입가에서는 순식간에 미소가 사라졌다.

 깨어날 수 없는 악몽을 꾸는 건지도 몰랐다. 그러지 않고서야 꿈에나 나오던 남자가 제 눈앞에 나타날 리가 없었다.

"저는 김명석이고, 이쪽은 저희 팀 에이스 차선율 과장입니다."

김 팀장이 급히 팀원들을 소개했다.

"그리고 여기는……."

"주여울 대리님이시죠?"

이렇게 대놓고 아는 척을 할 줄이야.

아예 하룻밤 같이 보낸 사이라고 말이라도 하시지?

"주 대리 아세요?"

"그럼요. 이 프로젝트도 주여울 대리님 덕분에 추진한 아이디어인데."

"주 대리가요?"

"주 대리님이 얼마나 영업을 잘하시던지 계속 생각나더라고요."

태형과 여울의 시선이 허공에서 부딪혔다.

그녀는 되도록 분위기를 망치지 않기 위해 입꼬리에 있는 힘껏 힘을 주어 미소를 유지했다. 어금니를 얼마나 물고 버텼는지 모르겠다.

"다시 뵈니까 좋네요, 주 대리님."

태형의 나직한 저음이 저를 향해 손을 뻗었다.

마치 너를 잊지 못해 이곳에 왔다는 것처럼.

*

태형을 만난 건 충동적으로 결정한 여행길에서였다.

여울은 단 하루 만에 대만으로 가는 비행기를 끊었고 곧장 회사에 휴가를 냈다. 여울이 낸 연차를 팀장은 군말 없이 승인해 주었다.

새로 나온 한정판 볼펜이 연일 완판되면서 매출이 높아진 덕도 있겠지만, 4년 동안 사귀던 남자 친구 기찬과 헤어졌다는 게 결정적이었을 거다.

기찬과 헤어진 것은 웃기지 않게도 자신이 준비한 서프라이즈 이벤트 때문이었다.

그동안 연이은 야근으로 힘들다던 기찬이 안타까워 여울은 그의 집에서 몰래 생일상을 준비했다.

기력 회복에 그만이라는 값비싼 문어부터 전까지 바리바리 싸 들고 왔는데, 그는 다른 여자와 함께 집에 돌아왔다.

"네가 왜 여기 있어?"

그게 파래를 무치고 있던 자신에게 기찬이 내뱉은 첫마디였다.

그는 보고 싶지 않은 불청객을 마주한 듯 불쾌하고 거북한 눈빛을 던졌다.

"야근을 집에서 단둘이 하는 거야? 저 여자하고 같이? 매일 야근 있어서 피곤하다더니……. 이런 거였어?"

"그러니까 남의 집에 멋대로 왜 들어와?"

"내 탓이라는 거야?"

"그럼 다 내 탓이라고? 여울아 까놓고 말하자. 솔직히 순결 그딴 거 누가 지켜. 4년 동안 참은 내가 용한 거라고 생각 안 하냐? 그리고 너도 네 아버지 때문에 참는 거잖아. 실망시키기 싫어서."

기찬은 모든 걸 제 탓으로 돌렸다.

이 관계가 망가진 것은 모두 너 때문이라고. 네가 아버지의 그늘에서 벗어나지 못한 걸 누굴 탓하냐고.

"영원히 네 아버지의 착한 딸로 살아. 나는 그렇게 지랄 맞은 거 못 하겠으니까 여기서 끝내자."

기찬과 헤어진 후에도 그의 말이 오래도록 살아남아 여울을 괴롭혔다.

그래서 여울은 주저 없이 결정해 버리고 말았다.

전 남친이든 아버지든, 그들의 거대한 그늘 속에서 도망치겠다고.

*

겨울이란 사실을 잊을 만큼 대만의 겨울은 온화했다. 공항에서 겨울 외투를 맡기고 오길 다행이라고 생각했다. 긴 패딩을 입고 왔더라면 캐리어에 외투를 넣지도 못하고 끙끙거렸을 터다.

처음 온 해외여행치고는 크게 힘든 일이 없었다.

인터넷의 힘을 느끼는 순간이었다.

여울은 유명하다는 관광지를 돌고 맛있는 음식을 먹으며 행복에 젖었다. 그러면서도 이상하게 짝을 지어 여행을 즐기고 있는 다른 사람들에게 자꾸만 눈길이 갔다.

"지혜한테 같이 오자고 할걸. 메뉴 세 개는 시킬 수 있었을 텐데."

특히 음식점에서 메뉴를 선택해야 할 때는 더욱 그랬다.

여울이 혼자만의 시간에 지루함을 느낄 때쯤 예약해 둔 택시 투어 날이 다가왔다.

다른 사람들과 같은 택시를 타고 관광지를 함께 돌아다니는 투어였다.

날이 흐린 게 아쉽기는 했지만, 간만에 한국말로 떠들어 댈 수 있다고 생각하니 좋았다. 종일 영어나 보디랭귀지만 하느라 정신이 없었기 때문이다.

시정부역 3번 출구에서 나와 조금 걷자 택시 번호판이 보였다. 예약 업체에서 보낸 번호판과 같은 택시였다.

여울은 제법 큼지막한 노란 택시 문을 힘차게 열어젖혔다. 그러다가 뒷자리에 먼저 앉아 있는 남자를 보고 흠칫 놀랐다.

"엄마얏!"

자신이 제일 일찍 도착해 있을 줄 알았는데 벌써 사람이 있을 줄이야.

홀로 자리를 지키고 있는 남자의 외모는 몹시도 매력적이었다.

 길게 내뻗은 눈매가 특히 시선을 잡아끌었다. 그 속에 담긴 눈동자는 유난히 새카맸는데, 묘한 분위기를 풍겨 냈다. 무심하면서도 상대의 모든 것을 꿰뚫고 있는 것 같다고 할까.

 남자의 시선을 피해 아래로 고개를 내리자, 날카로운 콧날과 적당히 혈기가 도는 도톰한 입술이 눈에 들어왔다.

 피부가 약간 희어선지 서늘한 겨울의 향기가 짙게 흘러나오는 것 같았다.

 여느 배우 같은 아우라만큼이나 남자의 덩치는 꽤 컸다. 그래선지 뒷자리를 점령한 것처럼 보였다.

 모델인가? 배우 지망생일 수도 있겠다. 어느 작품에 나왔는데 제가 알아보지 못하는 걸지도.

 "문 좀 닫았으면 좋겠는데?"

 나직한 저음이 뒷자리를 채웠다.

 "택시 투어 맞죠? 그… 지우편 코스 도는 투어요."

 나름 상세한 설명이라 여겼는데 남자는 여전히 영문을 모르겠다는 표정이었다.

 그래서 여울은 뒷문 손잡이에서 손을 떼고는 택시 번호판을 확인하러 움직였다. 뭔가 잘못됐다고 생각한 건 남자 역시 마찬가지였나 보다.

 "다 같이 투어?"

 그는 어디에 전화라도 건 듯했다. 짜증스러운 목소리가 선명히 들려온다.

"혼자 아니고? 너… 됐다. 그냥 타지, 뭐. 재혼 때문에 머리도 복잡한데 차라리 잘됐네."

재혼이라고?

간간이 들리는 통화 내용에 여울의 귀가 본능적으로 쫑긋거렸다.

"알겠고. 다음 주에 회사 가서 봐."

무슨 사연을 가지고 이곳에 온 걸까. 하기야 세상 사연 없는 사람이 어디 있겠냐마는.

"계속 서 있으려고요?"

남자가 택시에 타지도 못하고 선 여울을 보고는 물었다.

"아? 아, 타야죠. 안녕하세요."

여울은 지금 아니면 택시에 탈 타이밍을 제대로 잡지 못할 거라는 생각에 재빨리 움직였다.

여울이 남자의 옆에 자리를 잡고 앉은 후, 얼마 지나지 않아 몇 명의 사람들이 택시에 더 올라탔다.

대부분 혼자 여행을 온 사람들이었다.

"먼저 갈 곳은 예류 공원이에요. 거기에는 신기한 바위들이 많답니다."

택시 운전사는 능숙한 한국어로 관광 코스를 설명했다.

운전사의 설명대로 공원에는 여러 형태의 괴석이 곳곳에 놓여 진귀한 풍경을 만들어 냈다.

드넓게 펼쳐진 바다와 갈색빛 육지가 묘한 대조를 이뤘다. 그 사이를 걸을 때마다 파도가 부서져 포말을 일으켰는데 그 때문인지 좁다란 길이 더욱 아슬아슬하게 느껴졌다.

여울은 소시지를 하나 물고 이곳저곳을 돌아다녔다. 암석을 배경으로 사진을 찍으려고 애썼지만, 나오는 것은 제 얼굴뿐이었다.

"셀카봉이라도 가져올걸."

아쉽지만 어쩔 수 없는 노릇이었다. 여울은 팔을 최대한 뻗으며 암석과 제 얼굴을 함께 담으려 발버둥 쳤다. 이대로 핸드폰을 떨어뜨려도 전혀 이상하지 않을 것 같았다.

사진을 찍겠다고 버둥거리는 것이 불쌍해 보였던 걸까. 한민족의 정이 발동한 건가?

"도와줄까요?"

처음 택시 투어에서 만났던 남자가 물었다. 첫인상과는 달리 다정한 사람일 수도 있겠다 생각했다.

"힘들어 보여서."

부드러운 호선을 그리며 휘어지는 남자의 미소가 더할 나위 없이 친절해 보였다.

생각지 못한 남자의 호의를 여울은 거절하지 않았다.

남이 찍어 주는 사진은 낯설었다. 보통 단체 사진이 아니고 사진을 찍는 일이 거의 없었으니까. 분명 핸드폰 렌즈 속에 비치는 제 모습이 무척이나 어색해 보였을 거다.

그래도 주변 풍경은 예쁘게 담길 테니 그걸로 만족하자.

"웃어 봐요."

남자의 말에 여울의 입가에 어색한 미소가 떠올랐다.

"찍었어요?"

"예."

남자의 대답을 듣자마자, 그에게 달려갔다.

카운트라도 해 주지.

아쉬운 마음을 안은 채 핸드폰을 받아들었는데, 사진을 보고 깜짝 놀랐다. 그가 남긴 결과물이 너무도 마음에 들었기 때문이다.

그야말로 인생 사진이 따로 없었다.

"저 키 엄청 커 보여요!"

여울의 목소리 톤이 높아졌다.

"마음에 들어요?"

"네네. 감사합니다. 저도 한 장 찍어 드릴까요?"

"그러고 싶은데 이제 저희 가야 될 것 같아서. 다음에 부탁할게요."

걱정 말라는 듯 여울이 고개를 끄덕거렸다.

"아까는 제대로 인사도 못 했네요. 반가워요, 강태형입니다."

"주여울이에요."

태형이 악수하자며 내민 손을 잡았다. 그의 손이 어찌나 크던지 제 손이 유난히 작아 보였다.

마치 태형에게 집어삼켜진 것만 같다.

빙긋이 웃던 여울은 좋은 인연을 만났다고 생각하기로 했다.

여행이 끝나고 나면 절친한 친구 지혜에게 '그런 좋은 사람이 있었다'며 조잘거릴 거다.

다정하다고 무조건 믿어서는 안 된다는 걸 까맣게 잊어버리고.

＊

우중충하던 하늘이 결국 마지막 코스에서 일을 터뜨렸다.

산에 자리 잡고 있는 지우펀이라는 마을에 들어서자마자 기다렸다는 듯 비가 내리기 시작했다. 여기저기 매달려 있는 홍등 위로 보슬비가 떨어졌다.

비구름에 휩싸이는 마을이 운치 있기는 했지만 불편한 건 어쩔 수 없었다. 가랑비에 옷이 젖기도 했고 거리가 넓지 않은 통에 우산을 쓰고 돌아다니기가 쉽지 않았다.

그러나 빗줄기가 굵지는 않아 우산을 사기에는 애매모호했다.

여울이 잠시 하늘을 보고 있는 사이. 같이 투어를 하던 사람들은 각자 이 골목 저 골목으로 흩어졌다.

"저도 저쪽 구경하러 갈게요. 이따 집합 시간에 봬요."

마지막 사람이 사라지기 무섭게 빗줄기가 굵어졌다.

비를 피해 이동하던 여울이 인파로 북적이는 계단 아래에 멈춰 섰다. 사람들이 얼마나 빼곡하던지 올라갈 엄두가 나지 않았다. 그렇다고 계속 젖고 있는 채로 가만히 서 있을 수도 없는 일이었다.

여울이 두 손을 들어 머리를 가리고 계단에 올라서려던 찰나.

쏴아아-

빗소리가 더욱 힘차게 들렸다. 고개를 들자 우산이 저를 막아 주고 있었다.

"계속 비 맞고 있을 생각은 아니죠?"

고개를 돌리자 태형이 있었다.

하늘이 자신을 시험하고 있는 걸까. 그러지 않고서야 재혼할 남자가 자꾸 제 앞에 멋있게 나타날 수는 없었다.

"차 같이 마실래요?"

"어……."

거절하자.

"비가 와서 그런지 혼자 마시기가 싫네."

"차만 마시면 되는 거죠?"

"더 하고 싶은 거 있어요?"

"아뇨! 없어요. 잘됐네요. 저 여기서 꼭 차 한잔하고 싶었거든요. 근데 제가 알아본 찻집이 계단 넘어가야 있을 것 같은데, 그쪽으로 가도 될까요?"

"거기가 끌려요?"

선뜻 그렇다는 대답은 나오지 않았다. 남들이 꼭 가야 한다고 말하기에 가려고 했던 곳일 뿐이었으니까.

"끌린다기보다는 거기가 유명하다고 해서요."

"그리고?"

"남들 다 가니까?"

"그러지 말고 그쪽 마음 끌리는 대로 가요."

여울은 인파에 등을 떠밀려 태형에게 가까이 맞붙게 됐다. 우산살을 두드리는 빗소리와 사방에 걸린 홍등에서 퍼져 나오는 붉은 불빛이 두 사람을 부드럽게 휘감았다.

거리가 너무 가까웠기 때문인지 태형에게서 나오는 열감이 또렷이 느껴졌다.

"생각보다 재밌거든요."

얼마 되지 않는 작은 틈 사이로 태형의 목소리가 흘러 들어온다.

"뭐가요?"

"마음 끌리는 대로 움직이는 거."

태형의 시선이 여울에게 고요히 머물렀다.

"그래도 괜찮을까요? 혹시 맛이 없으면 어쩌나 해서요. 서비스가 별로일 수도 있고, 한국어 메뉴판이 없어서 불편할 수도 있고요."

"그 반대일지도 모르잖아요. 그러니까 편히 골라 봐요."

그제야 여울이 여기저기로 고개를 돌리게 됐다. 목표를 정했을 땐 '茶'라는 한자가 눈에 들어오지도 않더니 이제는 찻집이 계속 눈에 띄었다.

"좋든 나쁘든 어차피 확률은 반반인 거니까."

우산 속에서 울리는 태형의 목소리가 유혹적이었다. 본래 가려던 곳이 어디였는지 단박에 잊힐 정도다.

"저기… 어때요?"

여울이 목재로 된 낡은 찻집 하나를 가리켰다. 놀랍게도 그곳을 고른 이유는 하나였다.

제 마음을 잡아끌었기 때문에.

별점이나 남들 리뷰는 생각지도 않은 그저 감에 의지한 결정이었다. 그리고 그건 여행을 와서 여울이 아무것도 생각하지 않고 내린 첫 결정이기도 했다.

"좋죠."

자신이 다 무너져 가는 찻집을 골랐어도 태형은 똑같이 대답했을 거다.

대차게 찻집을 고를 때는 언제고 여울은 금세 걱정에 사로잡혔다.

별로면 어떡하지.

그러나 다행히도 첫 선택은 실패하지 않았다. 마치 누군가 스스로 원하는 대로 살아도 괜찮다 말해 주는 듯했다.

처음 가려고 했던 찻집만큼이나 감으로 고른 찻집도 좋았다.

차를 나르는 직원들도 친절했고, 가게 분위기도 고즈넉했다.

사람이 많지 않아서 찻집 특유의 느릿함을 즐기기에 안성맞춤이었다.

'첫물은 따라 버리고 다음 잔부터 즐기시면 됩니다.'

여울은 태형과 마주 보고 앉아 점원에게 차 마시는 법을 배웠다.

점원의 말대로 첫물은 버리고, 다음 잔 속에 담긴 향과 맛을 느꼈다. 부드럽고 고소한 맛이 은은하게 남아 여울의 입 안을 즐겁게 만들었다.

"문구 회사 다닌다고요? 상품 개발? 아니면 마케팅?"

"마케팅요. 그래도 가끔 사람들 만날 때마다 영업도 해요. 이번에 나온 볼펜 너무 좋다구."

"얼마나 좋은데요?"

"아아! 잠깐만요."

조잘거리던 여울이 가방에서 볼펜을 꺼냈다. 여행지에서까지 회사 물건을 들고 다닌다는 게 조금 웃기기는 했지만 확실히 유용한 구석이 있었다.

"이거는 별거 아니지만 선물이에요. 입국 카드 쓸 때 필요할 거예요."

여울이 '미신수' 로고가 박힌 볼펜을 태형에게 내밀었다.

"지금 영업하는 거예요?"

"너무 티 났어요?"

"조금."

"그럼 계속 영업해도 돼요?"

"직접 써 보는 게 가장 좋지 않을까요?"

태형은 턱을 괴고 여울이 준 볼펜을 이리저리 살폈다.

그러더니 냅킨에 동그라미 몇 개를 그리며, 볼펜의 상태를 확인했다.

"얼마나 사는 게 좋을지 한번 잘 생각해 볼게요."

전자 제품을 판다는 사람이 볼펜을 얼마나 쟁여 두고 쓸까 싶었지만 여울은 잘 봐 달라며 너스레를 떨었다.

영업의 기본이란 자고로 열린 마음부터 시작되는 법이니까.

평온한 공기에 여울의 마음도 나른하게 풀어졌다.

사람을 편안하게 만드는 태형의 능력이 한몫했던 걸까. 아니면 분위기에 취해서? 여울은 저도 모르게 이런저런 말들을 서슴없이 풀어냈다.

제가 아무한테나 쓸데없는 말을 떠들어 대는 성격은 아닌데…….

여울의 고개가 잠시 바깥쪽으로 돌아갔다.

후드득- 후득-

투명한 창문에 맺혔다가 굴러떨어지는 물방울이 예뻤다. 꼭 조금만 손대면 깨지는 유리구슬 같다.

그래서 여울은 빗방울에는 손도 대지 못하고, 먼 풍경으로 시선을 돌렸다. 안개 낀 풍경이 꽤나 운치 있었다. 멍하니 바라보고 있는 것만으로도 힐링이 되는 것 같았다.

회색빛 세상도 생각보다 나쁘지는 않구나.

"날씨 마음에 들어요?"

"음… 네. 사실 아침에 날씨가 너무 안 좋아서 실망했는데 이제 보니까 이것도 나쁘지 않은 것 같아요."

"나하고 같이 있어서 그 맛이 살아난 건 아니고?"

깜빡이 없이 훅 들어온 능글맞은 말에 여울이 풋 하고 웃었다.

"아니에요?"

"아뇨. 맞아요. 좋은 분 만나서 좋아요. 사실 해외여행은 처음이라 걱정이 좀 많았거든요."

"처음치고는 잘 선택했네요."

태형은 서른이 다 되어 가도록 남들 다 하는 해외여행 가 본 적 없느냐는 질문 같은 건 하지 않았다.

그렇다고 칭찬을 들을 줄은 몰랐지만.

의외의 모습에 태형에게 관심이 갔는지도 모르겠다.

"태형 씨는 여행 많이 다니셨어요?"

"머리 아플 때마다 여기저기."

"그럼 이번 여행도……?"

결혼을 앞두고 등장한 메리지 블루인가. 대개 결혼 전에 불안한 마음에 사로잡힌다고 하지 않나.

괜한 걱정이 여울의 마음에 피어올랐다.

그는 잠시간 아무 말이 없었다.

"우리 처음 봤을 때 통화하던 거 들었어요?"

짤막한 침묵을 깨고 태형의 입이 떨어졌다.

"제가 일부러 들으려고 한 건 아닌데……. 우연히 들었어요. 죄송해요."

"사과 들을 생각은 아니었는데."

"혹시 불쾌하셨을 수도 있을 것 같아서요."

"어디까지 들었어요? 재혼 얘기까지?"

제가 조심스럽게 고개를 끄덕이자, 태형의 입꼬리가 부드럽게 말려 올라갔다.

"제 결혼은 아니고 어머니 재혼. 네 번째 결혼이라 재혼이라고 부르기도 민망하네요."

무려 네 번째라니.

여울은 놀란 마음을 감추려고 노력했으나 표정을 감추기 힘들었다.

"놀랍죠? 한두 번도 아니고 네 번이나 결혼하는 사람이 많지는 않으니까. 근데 그 불편한 자리에 또 앉아 달라고 하시네. 그래서 왔어요, 여기."

"저라도 그랬을 것 같아요."

"예?"

"누구든지 도망치고 싶을 때가 있잖아요. 그걸 할 수 있는 사람과 못하는 사람이 있을 뿐이지."

여울은 다른 사람들이 할 법한 조언은 하지 않았다.

구태여 태형의 장단에 맞추려고 했던 건 아니었다. 단지 가족이라고 해서 모든 걸 포용해야 한다고 생각하지 않을 뿐이다.

"생각보다 훨씬 재미있으시네."

조용히 웃음을 터뜨린 태형이 혼잣말처럼 중얼거렸다.

그가 재미있다고 말하니 왠지 모르게 안도가 됐다. 적어도 자신의 대답이 태형을 불편하게 만든 건 아니니까.

"혹시 숨기 좋은 곳 찾으면 귀띔해 줘요. 내가 숨바꼭질에는 영 재능이 없거든요."

태형이 한쪽으로 찻잔을 치우고는 팔을 테이블에 올렸다. 가까이 얼굴을 들이미는 그에게선 청량하고도 서늘한 향기가 흘렀다.

"같이 숨어 있어 주면 더 좋고요."

"제가요?"

"왠지 여울 씨하고 가면 재미있을 것 같아서. 제가 지루한 걸 잘 못 참는 성격이거든요."

눅진한 숨결이 순식간에 번져 와 여울의 예민한 감각을 깨웠다. 낮게 울리는 유혹적인 저음에 눈 한번 제대로 깜빡이지 못했다.

태형의 미모에 홀려 버리기라도 한 걸까. 곱게 눈을 접으며 웃는 태형의 미소에서 꼭 빛이 나는 것만 같았다. 하마터면 너무 잘생겼다는 감탄까지 쏟아 낼 뻔했다.

그 말이 목구멍에서 탁 막혀 버린 게 얼마나 다행이던지.

"한국에는 언제 가요?"

"저 모레 낮에요."

"아침부터 움직이겠네."

"아무래도 그럴 것 같아요."

"그래도 모레면 시간은 넉넉하니까, 나하고 저녁 같이 할래요?"

"여기서요?"

태형이 고개를 끄덕거렸다.

"근데 밥까지 먹고 가기에는 시간이 없지 않을까요? 택시까지 돌아가려면 빠듯할 텐데. 여기 골목이 복잡해서 입구까지 헤맬 것 같기도 하구요."

"걱정 마요. 산이야 내려갈 방법은 많고……."

태형이 여유롭게 제 잔에 차를 채워 주었다.

"사실 그 택시로 돌아가기 싫거든요, 난."

태형은 놀랄 만큼 평온한 목소리로 사람을 꾀고 있었다. 웃긴 건 그의 말 한마디에 택시 투어 기사에게 문자 메시지를 보내야겠다는 생각이 들었다는 거다.

따로 내려가겠다는 한마디면 끝날 투어였다.

"좋아요."

여울은 정해진 길을 완벽히 벗어나기로 결정했다.

*

짭조름한 조개 볶음과 가리비 구이로 야시장에서 1차를 하고, 여울은 태형이 묵는 호텔 루프탑 바까지 서슴없이 따라갔다.

술 몇 잔이 들어가자 친구에게도 차마 하지 못했던 속마음이 술술 나왔다.

왜 착한 딸이 되고 싶은지부터 그 생각을 얼마나 깨고 싶은지까지. 아마 다시는 보지 않을 사람이라는 생각 때문이었을 거다.

태형은 그런 자신의 말에 가만히 귀를 기울여 주었다.

그러더니 제 말이 끝나고나자, 이내 자신의 얘기를 했다.

어머니는 네 번째 결혼을 하는 중이고, 아버지는 세 번째 이혼을 준비 중이라고 했다. 어린 시절 엄한 할아버지와 다정한 할머니의 손에서 자랐다는 얘기도 했다.

얘기를 듣고 있자니, 태형을 잘 아는 것만 같은 착각에 빠졌다.

"한 잔 더 할래요? 아니면 그만?"

"어… 그만 마실게요."

여울의 말과 행동이 따로 놀았다. 아쉽다는 듯 칵테일을 입안에 탈탈 털어 넣고 있었으니까.

"부족하면 말해요. 몇 잔이고 사 줄 수 있으니까."

"아뇨. 진짜 괜찮아요. 시간도 늦었고 가 보는 게 좋을 것 같아요."

"원하는 대로 해요."

테이블을 짚고 자리에서 일어난 여울은 알딸딸한 기운을 떨쳐 내려 애썼다.

은은한 바 조명을 지나 태형과 나란히 엘리베이터 앞에 섰다. 이걸 타고 내려가 각자 방으로 사라지고 나면 짧았던 일탈도 끝을 맞이하게 될 터다.

"밤새 그러고 서 있을 거예요?"

어느새 엘리베이터에 탄 태형이 열림 버튼을 누르며 물었다.

"타, 타요. 너무 먹기만 했더니 몸이 굼떠졌나 봐요."

여울은 이상한 변명을 해 대면서 엘리베이터에 올라탔다.

아무도 없는 엘리베이터는 조용했다. 묵직한 문이 닫히고 나자, 더욱 고요해진 느낌이었다.

탁 트인 루프탑 바에 같이 앉아 있을 때는 몰랐는데 좁은 공간에 단둘이 있으니 순식간에 공기가 바뀐 기분이 들었다. 정작 그 변화를 느낀 건 자신뿐이겠지만.

엘리베이터 벽에 기대선 여울은 낯선 기류를 온몸으로 받아들이며 겨우 침만 삼켰다. 그나마도 소리가 크게 들릴까 숨을 죽인 채였다.

역시나 벽에 기댄 채로 선 태형이 고개를 돌려 자신을 쳐다봤다. 굳게 다물린 태형의 입술에 자꾸만 눈이 갔다. 붉고 탐스러운 게 사람의 마음을 꽉 조인다.

"막상 보내 주려니까 아쉽네요."

살짝 고개를 기울인 태형의 입술 사이로 흐르는 목소리가 미치도록 달았다. 아무 데도 가지 말라고 제 소맷자락을 힘껏 붙드는 것 같다.

순간 스테인리스로 된 안전 바를 잡고 있던 여울의 손이 꼼지락거렸다.

힘차게 뛰는 마음을 어떻게 해야 할지 몰랐다.

누구를 향해 이토록 마음이 뛰어 본 적이 얼마 만이었을까. 열심히 기억을 더듬어 봐도 가슴이 일렁였던 적은 없던 것 같다.

기찬과 만났던 것도 가슴 뛰어서가 아니었다. 그저 그가 자신을 좋아한다고 했기 때문일 뿐.

"나하고 같이 있을래요?"

"네에?"

그랬던 마음이 주체할 수 없이 뛴다.

"당신 보내기 싫어서."

만난 지 얼마 되지도 않는 강태형, 당신에게.

엘리베이터 안이 조용하지 않았더라면 무언가 달라졌을까. 적어도 눅진히 젖은 공기 속에서 빠져나올 수 있었을지도 모른다.

목구멍을 넘어가는 타액이 유난히 뜨거웠다. 아찔하게 번져 버린 적막에 온몸의 신경이 망가진 느낌이었다. 이대로 가다가는 큰일이 날 거라는 걸 알면서도 지금 이 순간, 그의 손을 잡아 보고 싶어졌다.

손을 잡을 것인가, 말 것인가.

선택의 기로 앞에 주어진 시간은 얼마 되지 못했다. 얄궂은 엘리베이터가 갈팡질팡하는 자신의 마음을 알아주지 않고 로비를 향해 빠르게 내려가고 있었으니까.

"일탈 중이라고 했죠?"

"그건……."

"그거 나하고 해 봐요. 물론 당신이 원하면."

태형의 한쪽 입꼬리가 부드럽게 말려 올라갔다.

"억지로 하는 건 내 취향이 아니니까."

거절을 당해도 상관없다는 투였다.

도리어 그 태도가 여울을 조급하게 만들었다.

엘리베이터에서 내리고 호텔을 벗어나면 꿈에서 깨어나는 것처럼 모든 게 사라질 거라는 불안함에 몸서리가 쳐졌다. 이건 마치 홈 쇼핑을 보다가 '마감 임박'이라는 말을 들었을 때와 같은 마음이었다.

끝이 나 버리고 나면 기회를 잡고 싶어도 그럴 수 없는 것.

여울이 바로 결정을 내리지 못하고 어물거리는 사이, 애석하게도 엘리베이터가 로비에 도착했다. 스르르 열리는 문이 얄궂게 느껴졌다.

조금만 생각할 시간을 더 주면 좋을 것 같은데……
짙은 아쉬움이 남아선지 쉽게 발이 떨어지지 않는다.
"아직도 고민 중?"
"아뇨. 내, 내리려고요."
내린다는 말을 내뱉자마자 후회가 밀려왔다.
'사실 끌리잖아.'
마음 깊은 곳에서부터 올라 드는 소리가 머릿속에 하염없이 울렸다.
다시 한번만 더 마음이 가는 대로 움직여 보는 건 어떨까.
앞으로 어떻게 될까 고민하지 말고. 잘못될까 봐 벌벌 떨지도 말고……. 길에서 조금 벗어나도 아무 일 없었잖아.
엘리베이터에서 내리려던 여울이 결국 뒤를 돌았다.
"가려고 했는데……."
여울의 목소리가 개미처럼 기어들어 갔다. 살면서 단 한 번도 자신이 저지를 거라고 생각했던 종류의 일탈이 아니었으니까.
하지만 여울은 본능에 굴복해 보기로 했다. 그게 얼마나 위험한 일인지 계산도 해 보지 않고.
"그랬는데… 같이 있고 싶어졌어요."
잠시 말을 멈췄던 여울이 결국 뒷말을 이었다.
"잘했어요."
열림 버튼을 누르고 있던 태형이 손을 뗐다. 그러자, 엘리베이터 문이 이 순간만을 기다리기라도 한 것처럼 닫혔다.

태형이 카드 키를 대고 숫자 버튼을 눌렀다. 그의 룸은 고층부에 있었다.

엘리베이터가 한 층 한 층 올라갈 때마다 심박수가 덩달아 올라갔다. 마음이 붕 뜨는 느낌이다.

흥분에 차서 제가 어쩔 줄 모르고 있다는 걸 태형이 눈치채지 못했기를 바랐다. 자신의 시선이 끝없이 그의 입술에 닿고 있다는 것도.

고층부까지 단숨에 올라온 엘리베이터 문이 드디어 열렸다.

붉은 카펫을 깐 복도를 보자마자, 여울은 금단의 구역에라도 들어온 것처럼 공연히 조심스러워졌다.

가방끈을 붙잡은 손에도 절로 힘이 들어간다.

"갈까요?"

"…네."

태형을 따라 엘리베이터에서 내렸다.

이내 객실 앞에 멈춘 그가 문고리 쪽에 카드 키를 댔다. 묵직하게 열리는 문이 제 마음을 세차게 뒤흔들었다.

이제 돌이킬 수 없다.

"들어와요."

아니, 돌이킬 마음도 없다.

"키스하고 싶어서 못 참겠으니까."

저를 룸 안으로 끌어당긴 태형이 단숨에 제 입술을 집어삼켰다. 온몸을 녹여 낼 정도로 뜨거운 입김이 한꺼번에 벌어진 입 사이로 쏟아졌다.

굳게 다물렸던 입술을 파고드는 말캉한 혀가 순식간에 제 입 안을 장악했다. 달게 엉겨 붙는 혀 놀림에 꼼짝할 수가 없었다. 달뜬 숨과 함께 스며드는 태형의 향기에 현혹돼 꼼짝할 수가 없었다.

"하아……."

잠깐 입술이 떨어질 때마다 여울에게서는 거친 숨만 흘러내렸다. 숨은 가빴지만, 그에게서 조금도 떨어지고 싶지 않았다. 어디서 나온 용기인지 여울은 두 팔로 태형의 목을 감았다.

술기운 때문일까. 아니면 단 한 번도 경험해 보지 못한 황홀한 입맞춤에 정신이 나가 버렸는지도.

타액과 뜨거운 숨을 그득 머금은 여울은 스스로를 잠그고 있던 빗장을 완전히 풀어 버리고 말았다.

"읍, 아아……."

태형은 조급해하는 저를 음미하듯 귓불을 깨물었다. 단단한 이가 연약한 살을 짓씹을 때마다 강렬한 자극이 피어올랐다.

다급하게 두 손으로 막아 봤지만, 울컥 터지는 신음이 도저히 막히지 않았다.

"잠깐, 하읍… 잠깐만요."

"벌써 흥분하면 곤란하죠."

태형의 저음이 입김과 함께 기어들어 왔다. 아찔하게 터지는 감각에 순간 여울의 얼굴이 화르륵 타올랐다. 두 뺨이 얼마나 뜨거운지 얼굴이 그대로 터져 버릴 것만 같았다.

정말 흥분해 버렸는지도.

피부 아래에서 팔딱거리는 심장 소리가 바깥에 선명히 들리는 듯했다.

"이다음은 어떻게 버티려고요."

"할 수 있어요."

"역시."

역시…….

태형의 말을 속으로 똑같이 따라했다. 귀에서 쉽게 사라지지 않을 것 같이 매력적인 목소리다.

"재미있네요."

그에게 있어 재미있는 사람이라는 건 좋은 의미일까.

말의 의미를 정확히 간파할 수는 없지만, 재미없다는 것보다는 낫겠지 싶었다. 적어도 제가 생각보다 따분해서 여기서 멈춰야겠다는 소리는 하지 않을 테니까.

"하고 싶은 대로 마음껏 해 봐요."

"……."

"마음에 찰 만큼."

저음이 사라지고 난 자리에 태형의 미소가 피어났다. 부드럽게 휘어지는 입매에 금방이라도 빨려들 것 같았다.

하지만 사람을 미치게 만드는 건 비단 그 미소뿐만은 아니었다. 오랫동안 잠들어 있던 감각을 깨우는 것처럼 턱선을 타고 미끄러져 내려오는 손가락도 심장을 벌렁이게 하는 데, 한 몫했다.

담벼락을 타고 올라가는 넝쿨만큼 끈덕진 손길이 가슴 사이를 아슬아슬하게 지나갔다.

셔츠가 얇아선지 손가락의 움직임이 선명하게 느껴졌다. 태형도 제 가슴팍이 기대감에 부푸는 것을 느끼고 있을 것이다.

거기까지 생각이 미치자, 숨을 들이쉬고 내쉬는 게 조심스러워졌다. 이러다가 숨이 멎는대도 전혀 이상하지 않겠다.

"아……."

태형이 제 목에 얼굴을 묻고 지분거렸다. 이내 말캉한 입술이 벌어지고, 순식간에 그의 입 속으로 살덩이가 빨려 들어간다. 춥춥거리는 야한 소리가 허공으로 피어올랐다.

목에 짓눌린 태형의 혀에서 쏟아지는 열기가 대단했다. 그가 제 기운을 모조리 빨아들이는 것 같은 기분에 사로잡힐 정도였다.

난생처음 겪는 생경한 감각이었지만, 나쁘지 않았다.

"솔직하게 말해 봐요. 아까부터 나하고 하고 싶어서 미칠 뻔했죠?"

목에서 살짝 입술을 뗀 태형이 자신을 올려다보며 물었다. 번들거리는 그의 입술에서 번져 나는 열감이 대단했다.

혀를 내밀어 느릿하게 입술 끝을 훔치는 움직임은 어딘지 모르게 외설스러웠다. 어서 나를 잡아먹어 보라며, 속살거리는 느낌이랄까.

이런 상황은 처음이라 그런지 여울의 마음 깊은 곳에서는 '위험해!'라는 말이 솟아올랐다.

요새는 다정한 사람도 조심해야 한다던 친구 지혜의 말이 설핏 귓가를 스쳐 지나가기도 했다.

하지만 고장 난 브레이크는 잡히지 않았다. 오히려 가속이 붙으며, 폭주할 뿐.

멈추기 싫다.

계속 하고 싶어.

"…네."

태형의 말이 맞다. 처음부터 이 사람과 입을 맞추고 싶었는지도 몰랐다. 같이 밥을 먹자는 말에 좋다고 대답했을 때부터.

"다행이네. 나도 처음부터 이 짓 하고 싶어서 죽을 뻔했거든요."

태형을 바라보는 여울의 눈동자가 떨렸다.

"원래 재밌는 건 놓치기 싫잖아요."

태형은 씨익 웃어 보이더니, 다시금 제게 뜨거운 키스를 퍼부었다. 그는 저돌적으로 혀를 입 안 깊숙이 구겨 넣다가도 금세 뒤로 물러나 아이스크림을 먹듯 맛있게 제 입술을 할짝거렸다.

느릿하고도 검질긴 입맞춤에 떠밀리던 여울이 삽시간에 침대까지 밀려났다. 끈적끈적한 키스에 빠져 태형의 객실이 일반 스탠다드 룸보다 훨씬 크다는 사실조차 알지 못했다.

"저… 아!"

태형이 그녀의 손목을 붙들어 위로 올렸다. 마치 벌이라도 받는 자세였다.

"손은 내리면 안 될까요?"

"재주껏 벗어나 봐요. 그럴 힘이 남을지 모르겠지만."

"네?"

재차 물었는데도 태형은 빙긋이 웃기만 했다. 곧 알게 될 거라는 듯이.

그리고 그의 경고는 이내 현실이 됐다.

태형은 저를 똑바로 응시하면서 봉긋한 가슴을 물었다. 형언할 수 없는 감각이 차올라 여울의 몸이 살짝 비틀어졌다. 하지만 손목이 붙들려 조금도 달아날 수가 없었다.

그저 이로 아랫입술을 깨물며, 생경한 감각에 취하거나 견디거나… 둘 중 하나를 선택할 수밖에.

입술을 물었던 이에서 힘이 빠지면 달뜬 숨이 쏟아졌다.

"좋아, 좋아요……."

그다음에는 속마음이 뜨겁게 흘렀다.

뭔가에 홀린 건지도 몰랐다. 그래서 허리를 들썩이게 만드는 자극을 자꾸 바라게 되는 걸지도. 더 이상 키스만으로는 만족할 수 없다는 제 마음을 읽었다는 듯 태형은 여체를 집요하게 탐색했다.

그의 입술이 지나간 자리마다 찌릿한 감각이 요동쳤다.

어찌나 온몸이 뜨거워졌는지 겨울이라는 사실조차 잊어버릴 정도다. 침대에 퍼진 열기는 더욱 그악스럽게 두 사람에게 엉겨 붙었다.

"윽, 앗!"

무릎을 세우고, 다리 사이로 고개를 들이민 태형의 달콤한 입맞춤에 허리가 들썩거렸다. 심지어 저도 모르게 그의 부드러운 머리카락을 손에 쥐게 된다.

축축한 공간에 떨어진 쾌락이 입김을 받아 빠르게 자라났. 더, 세게…….

단물을 빨아낸 태형의 입술이 붉게 타오르고 있었다. 상기된 얼굴로 그의 두 뺨을 감싸 쥐고는 입술을 머금었다.

"하읍, 으으!"

동시에 낯선 고통이 아래쪽을 두둑하게 채웠다. 찢어질 듯한 아픔은 서서히 모습을 감췄다. 쾌락은 기다렸다는 듯 그 자리를 집어삼켰다.

긴장한 아랫배는 단단해지고, 여린 몸이 끝없이 움직였다.

순수한 열락.

쉴 새 없이 몰아치는 파도 속에 온몸을 던진 기분이었다. 무결한 즐거움 속에 아무것도 생각나지 않았다. 바람난 남자 친구도, 아버지의 원망 어린 눈빛도 존재하지 않는 느낌이다.

오직 눅진하게 젖은 공기 속에 강태형과 자신만이 존재했다.

"아……."

"하아."

털썩.

침대에 널브러진 여울의 입술 사이로 불규칙한 숨이 흘러내렸다. 뒤늦게 민망함이 밀려들어 이불을 목 끝까지 끌어 올렸다.

고작 한 번의 뒤엉킴이었는데 술이 확 깨는 것 같다.

태형은 가쁜 숨을 가다듬고 있는 제 곁에 눕지 않았다. 그저 능숙하게 뒤처리를 끝내고 자리에서 일어났다.

"마실래요?"

태형이 미니바에 있던 생수를 내밀었다.

"괜찮아요."

"생각나면 마셔요. 먼저 씻고 올 테니까."

태형은 협탁에 생수를 내려놓고는 욕실로 들어갔다. 비록 흘러내린 머리카락을 쓸어 넘겨 준다든가, 이마에 가볍게 입을 맞춰 준다든가 하는 로맨틱한 분위기는 없었지만 여울의 쿵쾅거림은 오래도록 멈추지 못했다.

쿵쾅- 쿵쾅쿵쾅-

이불을 쥐고 있는 여울의 얼굴에 수줍은 미소가 돌았다.

어쩌면 단순한 일탈이 아니라 새로운 관계가 시작될지도 모른다는 기대감이 그녀를 들뜨게 했다.

제2장
다정한 사람을 조심할 것

새벽빛이 여울의 눈두덩을 찔렀다.

밤을 뜨겁게 달구었던 온기가 사라졌기 때문일까. 아니면 남의 룸에 있어서? 무슨 이유에선지는 몰라도 여울은 평소보다 일찍 잠에서 깨어났다.

이불을 바짝 목 끝까지 끌어당기고는 커튼이 쳐져 있는 창쪽을 봤다.

머리가 멍했다. 꼭 어젯밤 일이 하룻밤의 꿈처럼 느껴졌다.

정말로 꿈은 아니었을까. 불현듯 든 생각에 슬그머니 이불을 들어 올렸다. 절대 꿈은 아니라는 듯 붉은 흔적이 곳곳에 남아 있었다.

'나하고 하고 싶어서 미칠 뻔했죠?'

외설스러운 말이 선명하게 살아났다. 혼자 있으면서도 괜히 민망해져 얼굴이 화르르 달아올랐다.

제 인생 첫 일탈이자 처음으로 경험한 쾌락이었다.

전희에 빠져 태형을 끌어안고 얼마나 달뜬 숨을 쏟아 냈던가. 어제의 여운이 남아 여전히 배 속이 묵직했다.

'다행이네. 나도 처음부터 이 짓 하고 싶어서 죽을 뻔했거든요.'

간밤의 일에 대해서는 그 어떤 판단도 하지 않기로 했다.

그런데 이 남자는 이른 시간부터 어디로 간 걸까. 힘을 쏟아 냈으니 많이 피곤할 텐데.

화장실에 갔나?

자리에서 일어난 여울의 귀에 말소리가 들렸다. 너무 작아 무슨 말인지 정확히 들리지는 않았다. 저도 모르게 그 소리에 이끌리듯 바닥에 널브러진 옷가지를 주워 입고, 살짝 열린 문 쪽으로 움직였다.

미닫이문을 조금 더 열고 나오자, 거실 소파에 앉아 있는 태형의 뒷모습이 보였다. 전화에 집중하느라 인기척이 나는 것도 듣지 못한 듯했다.

"어머니도 부지런하시지. 꼭두새벽부터 뭘 그렇게 사람을 들볶으시는지."

지극히 사적인 대화 내용에 여울은 침실로 돌아가려고 했다.

"남단아한테 나 여기 있는 거 알려 줬다고? 왜 아예 룸 넘버까지 알려 주지? 어차피 여기까지 찾아와서 귀찮게 굴 텐데."

낯선 여자의 이름이 제 발목을 붙들었다.

대만에 사는 친구인가. 아니면 헤어진 연인? 지금 만나고 있는 사이는 아니겠지?

부디 마지막 경우는 아니기를 바랐다. 자신도 기찬에게 상처 입고 이곳까지 날아온 마당에 다른 사람에게 똑같은 상처를 주고 싶지 않았다.

"내가 누구하고 있다고. 혼자야. 사고 칠 일 없으니까 걱정 마. 걔가 호텔 방까지 찾아오면 또 어떻게 될지는 모르겠지만."

언제든지 남단아라는 여자하고 잘 수 있다는 소리일까.

저도 모르게 입술이 바짝 말라 들어갔다.

"새끼, 뭘 그렇게 과민 반응해. 같이 자는 게 뭐 어때서."

그 말을 듣자마자, 심장이 요동쳤다. 무언가 잘못됐다. 머릿속에서는 어서 빨리 저 남자에게서 달아나야 한다는 경고음까지 울어 대기 시작했다.

커다란 어장에 잘못 갇히면 돌이킬 수 없는 문제가 발생할 수도.

다정할수록, 친절을 베푸는 사람일수록 조심해야 한다는 말을 어긴 결과였다.

태형에게 있어 자신은 별다른 의미 없는 하룻밤의 재미였을 게 분명했다. 그런 줄도 모르고 그와 잘될 수도 있을 거라는 희망찬 생각이나 하고 앉아 있었다니…….

스스로가 너무 멍청해 견딜 수 없었다.

"어머니한테는 나하고 연락 안 된다고 해. 아예 전화기 꺼 버렸다고. 그래야 어머니도 너 덜 닦달할 거 아냐. 차라리 너도 잠수 타."

무슨 대답이 돌아왔는지 몰라도 태형이 재미있다는 듯 픽 웃었다.

"고생해라."

잠깐의 침묵을 끝으로 태형이 끝인사를 날렸다.

그가 혹시라도 침실로 돌아올까.

숨까지 죽이고 살금살금 침대로 돌아갔다. 머리끝까지 이불을 덮었으나 쿵쾅거림이 멈추지 않았다. 이불 밖으로 심장 고동이 들릴지도 모르겠다.

만약 태형이 돌아온다면 자는 척할 생각이었다.

솔직히 말하자면 누구와 전화했냐며 물을 것도 없었다. 서로의 사생활에 관여할 사이는 아니니까.

태형은 하룻밤을 원했고 자신도 그걸 바랐다. 이해관계가 맞아떨어져 잘 즐긴 일에 잘잘못을 따지는 게 도리어 이상했다.

"후우……."

낯선 여행지에서의 일탈.

그렇게 마무리 짓는 게 맞았다.

그 마음에 확신을 심어 주듯 태형은 다시 침대로 돌아오지 않았다.

아침이 밝을 때까지 홀로 침대에 있던 여울은 얼른 호텔로 돌아가고 싶었다.

불편해진 공기 속에서 벗어나 편안하게 쉬고 싶었다. 편한 공간에서 생각할 시간을 갖다 보면 마음도 잘 정리될 것이다.

이런 관계는 원래 쿨하고, 깔끔하게 끝내는 게 맞다.

*

태형은 조식을 먹으러 내려와서도 계속 여울의 표정을 살폈다. 정확하게 이유는 알 수 없었으나 그녀의 분위기가 어제와 확연히 달라져 있었다.

왜 그럴까.

뭐가 불만이야?

"제 친구가 여기 조식 괜찮을 거라던데 별로예요?"

"아뇨, 아뇨. 맛있어요. 종류도 많고요."

"혹시 입에 안 맞으면 억지로 먹을 필요 없어요. 근처에 괜찮은 식당도 있고……."

"정말 괜찮아요."

여울이 제 말허리를 가볍게 끊어 냈다. 어제와 다름없이 친절하고 차분한 말투기는 하지만 경계심이 확실히 보이는 투였다.

의자에 기댄 태형은 여유 있게 굴면서 상대의 속마음을 꿰

뚫어 보려 노력했다. 이 지랄 맞은 분위기를 종일 끌고 갈 수는 없으니까.

앞에 있는 사람이 어떤지, 그 사람이 어떤 약점을 가지고 있는지 파악하는 것은 그다지 어려울 것도 없는 일이었다.

태형은 어렸을 때부터 사람의 마음을 쥐고 흔드는 데 익숙했다. 그래야만 자신이 원하는 것을 취할 수 있었기 때문이다.

'태형아, 인사해라. 앞으로 네 동생이 될 우석이야. 둘이 잘 지내면 좋겠어.'
'반갑다. 대표님께 말씀 많이 들었어. 대표님이 자랑하시던 대로 너무 잘생겼다. 앞으로 나한테 엄마라고 해도 돼. 그게 아직 어려우면 아줌마라고 불러도 되고.'

어렸을 때부터 끝없이 생겨나는 새 부모들과 형제들을 헤치고 살아남기 위해서는 상대를 관찰하는 수밖에 없었다.

그들의 부족한 부분은 곧 자신의 힘이 됐다.

태형은 어렸을 때부터 사고 한번 치지 않고 어른스럽게 구는 법을 터득했다. 반항이랍시고 어른들에게 삐뚤게 굴었다면 지금쯤 제 손에는 아무것도 남아 있지 않았을 거다.

다행히 다정한 척하는 것은 세상에서 살아남는 데 큰 도움이 됐다.

아무리 날을 세우던 사람들도 조금 다정하게 대해 주면 경계를 풀었다.

친해진다는 게 얼마나 위험한 줄도 모르고, 멍청하게 다들 마음을 놓았다. 심지어는 약점을 내보이기까지 했다.

바로 지금 자신의 앞에 앉아 있는 주여울처럼.

'착한 딸이 되고 싶었어요. 그냥, 그래야… 아버지가 절 덜 미워할 것 같았거든요. 근데 전부 제 착각이었어요. 엄마 잡아먹은 자식은 절대 평범해질 수 없거든요.'

제가 어떤 새끼인지 알고 이 여자는 자신의 가족사까지 다 털어놓았을까.

나긋한 목소리에 빠져 저도 결국 약점을 하나 던져 줬으니 공평한가?

'그래서 이제는 착한 딸에 집착하지 말아 보려고요.'

혼자 조잘거리는 게 재미있었다. 조금이라도 주여울이 따분하게 느껴졌다면 절대 자신의 방에 들이지 않았을 거다.

여울을 살짝 건드렸을 뿐인데, 그녀는 쉽게 넘어왔다. 어젯밤에도 잔뜩 흥분해서 제게 매달리지 않았던가.

귀를 적시는 달뜬 신음이 꽤나 듣기 좋았다. 제 아래에서 헐떡거리던 것도 나쁘지 않았다. 이대로 헤어지기 아쉬울 정도로.

물론 그랬다고 이성적인 마음이 있던 것은 아니었다.

하룻밤을 태우기에 더할 나위 없이 만족스러운 존재. 이 이상도 이하도 아니다.

사실 태형은 다른 관계를 맺는 재주도 없었다.

애인이니, 아내니······.

그런 관계가 필요나 있는 걸까. 어차피 돌아서면 남보다 못한 존재가 돼 버리고 마는걸.

자신의 부모님만 봐도 알 수 있지 않나. 서로 사랑하고 죽고 못 산다고 해 놓고는 금세 새로운 사람을 찾아 떠났다.

곁에서 지켜보던 제가 다 지겨울 지경이었다.

'태형아, 엄마 결혼해.'

어머니의 네 번째 결혼.

아버지도 만만치 않게 재혼을 해 댔으니 놀라울 것도 없었다. 그들의 피를 이어받은 자신도 누군가와 길게 관계를 나눌 타입은 못 될 거다.

책임지지도 못할 사랑이라면, 그래서 자식에게 혼돈만 안겨 준다면 애초에 시작하지 않는 게 맞았다.

가벼운 만남이 나쁘지도 않았고.

"간밤에 불편한 건 없었어요?"

"네, 좋았어요."

여울에게서는 유쾌한 말투가 사라지고 불편함만이 짙게 남아 있었다. 대화를 끊고 싶어 하는 느낌마저 들었다.

원래대로라면 태형은 여기서 물러났을 것이다.

하지만 이번만은 그러기 싫었다. 재혼이든, 삼혼이든 사혼이든, 어머니의 그 망할 결혼식을 잊으려면 이 여자의 명랑한 조잘거림이 필요했다. 저를 끌어안고 좋다고 소리치던 그 목소리가 절실했다.

'놀랍죠? 한두 번도 아니고 네 번이나 결혼하는 사람이 많지는 않으니까.'

'서라도 그랬을 것 같아요.'

부모를 생각하라느니, 천륜이라느니… 그런 쓰잘머리 없는 얘기를 하지 않는 여자라 좋았다.

불쌍하다거나 '너도 알 만하다'는 표정은 엿 같으니까.

어쩌면 누군가 제게 해 줬으면 하는 말을 여울이 해 줬기 때문이었는지도 몰랐다.

이렇게 숨어 버리는 게 바른 일이라고. 누구라도 이랬을 테니 네 선택은 지극히 정상이라고.

그렇게 어젯밤에는 모든 것을 다 내어 줄 듯 굴던 여자가 왜 달라진 건지 종잡을 수가 없었다. 커피를 마시는 태형의 시선이 그녀에게서 떨어지지 않았다.

어떻게든 그녀의 속마음을 알아내고 싶었다.
"오후에는 따로 계획 있어요?"
태형이 커피잔을 내려놓으며 물었다.
"국립 고궁 박물관 가려고요. 티켓 미리 사 놨거든요."
"나도 오후에는 거기 가 봐야겠네."
"태형 씨도요? 왜요?"
왜냐니?
"그러니까, 어… 박물관이 보통 재밌지는 않잖아요."
제가 살짝 미간을 구기자 여울이 변명하듯 말했다.
"일정에도 없던 일 하려면 불편하지 않을까요? 힐링하기에는 여기 호텔이 더 좋을 것 같아서요."
다정한 말로 포장하기는 했지만 결국에는 자신과 다니고 싶지 않다는 거부 의사였다.
어젯밤 일은 지나가게 놔두고 깔끔하게 헤어지자는 거야? 그렇게 좋아했으면서?
여울의 거부를 허락할 수 없었다.
지금 자신은 그녀가 필요했고, 이 관계를 끊는 건 자신이어야만 했다. 먼저 버려지는 건 어린 시절 경험만으로도 충분했다.
"내가 계획한 게 아예 없어서요."
"택시 투어만 예약하신 거예요?"
"그것도 제 친구가 수고해 줬죠. 내가 원래 계획대로 움직이는 타입은 아니거든요. 물론 진짜로 원하는 게 있을 때는 다르지만."

 태형은 앞쪽으로 몸을 기울이고는 비밀 이야기라도 하듯 나직이 속삭였다. 빙긋거리는 입매와 달리 그의 눈은 조금도 웃고 있지 않았다. 그저 반듯이 여울을 바라보고 있을 뿐.

 마치 지금 당신을 원하고 있다는 듯이.

 그러나 그의 말에도 여울은 아무 대답을 하지 않았다. 그녀가 들고 있는 포크만 애처롭게 허공에 멈춰져 있을 뿐. 어떻게 대답을 해야 할지 고민하고 있는 듯했다.

 테이블에 번진 적요한 공기가 어쩐지 차갑게 느껴졌다.

 제 눈빛에 담긴 속뜻을 읽지 못하지는 않았을 거다. 눈치 하나만은 빠른 여사였으니까.

 "제가……."

 굳게 다물어져 있던 여울의 입술이 떨어졌다.

 "제가 오전에는 호텔에서 쉬고 출발하려고 해서요."

 "내 방에서 같이 쉴래요?"

 "아뇨, 아뇨. 옷도 갈아입고 샤워도 해야 할 것 같아서요. 차, 차라리 3시쯤에 박물관 앞에서 뵙는 건 어떨까요?"

 딱 거기까지만 양보하겠다는 단호함이 묻어났다.

 "제 방에서 혼자 쉬고 싶어서요."

 여울이 다시 한번 선을 그었다. 이대로 무리하게 밀어붙이다가는 금방이라도 그녀가 튕겨 나갈 것 같았다.

 이럴 때는 한발 물러나는 게 나았다.

"그렇게 합시다."

대단한 협상을 끝내기라도 한 듯 태형의 입가에 만족스러운 미소가 번졌다. 완벽하게 마음에 드는 결과는 아니지만 적어도 시간을 함께 보내기로 했지 않나.

여울의 태도가 왜 변했는지는 조금씩 알아내면 될 거다.

태형은 뒤늦게 평화로운 아침 식사를 즐기며, 조금이나마 마음을 놓았다. 분명 그녀는 어젯밤의 희열을 잊지 못하고 제게 달려올 테니까.

모든 여자들이 그랬다.

더군다나 그들보다 다정한 얼굴에 더 쉽게 마음을 여는 사람이 아닌가.

커피 한 잔을 말끔히 비울 때까지 그는 단 한 번도 자신의 단단한 믿음이 무너지리라 상상조차 하지 못했다.

＊

4시.

약속한 시간에서 무려 한 시간이 지났는데도 여울의 모습은 보이지 않았다. 거대한 박물관 앞을 지나가는 사람들이 수도 없이 많다는 게 짜증스러울 지경이었다.

약속을 잊었나?

아니다. 계획이라면 사족을 못 쓰는 사람이 그럴 리가 없었다.

"후우……."

태형이 한숨을 길게 내쉬며 머리카락을 쓸어 올렸다. 한 시간만 더 기다려 보기로 했다.

그렇게 태형은 자리에 앉지도 않은 채, 무려 두 시간 반을 보냈다. 여울에 대한 믿음이라기보다는 자신이 속았다는 걸 인정하고 싶지 않았다.

그러나 국립 고궁 박물관이 닫히고 나자 태형은 여울이 오지 않을 거란 것을 인정할 수밖에 없었다.

'박물관 앞에서 뵙는 건 어떨까요?'

여울이 던진 말 속에 담긴 의미는 간단했다.
'나는 도망칠 시간이 필요해요.'
그걸 눈치채지 못하고 덥석 그 말을 물다니.
헛웃음을 흘리는 태형의 한쪽 입꼬리가 삐뚤어지게 올라갔다.

기껏 남긴 전화번호가 가짜라는 것을 알았을 때부터 눈치챘어야 했다. 이렇게 오래도록 남아 여울을 기다리는 게 아니었는데.

후회와 불쾌감이 너 나 할 것 없이 동시에 태형의 속에 차올랐다. 여울이 괘씸해 꼴도 보기 싫으면서도 어떻게든 그녀를 찾아내고도 싶었다.

  유치한 자존심을 부리는 거래도 어쩔 수가 없었다. 자신을 버리고 간 여울을 붙잡고 제 앞에 굴복시키고 싶었으니까.

  순간 호텔로 발길을 돌리던 태형의 뇌리를 스치며, 좋은 생각 하나가 떠올랐다.

'이거는 별거 아니지만 선물이에요.'

  호텔에 두고 온 볼펜에 여울의 회사 로고가 박혀 있을 거다. 어서 제 눈으로 확인을 해야겠다는 생각에 곧장 택시를 붙잡아 탔다.

  태형은 창틀에 턱을 괸 채로 차창 밖을 바라봤다. 자신을 두고 도망쳐 버린 여울을 잡을 수 있을 거라는 생각에 가라앉았던 마음이 조금 들썩였다.

  택시가 호텔 앞에 멈추자마자, 태형은 곧장 룸으로 올라가기 위해 바삐 걸음을 움직였다.

  그런데 엘리베이터를 타려던 순간.

"태형아!"

누군가 자신의 이름을 부르며 앞을 가로막았다.

"어디를 그렇게 급하게 가?"

제 손목을 붙든 사람은 다름 아닌 남단아였다.

중학교 때부터 쭉 친구로 지냈던, 그리고 서로 필요할 때마다 몇 번 잤던 사이. 비이상적인 관계를 친구로 명명하기는 어려울 수도 있겠다.

서로의 욕망을 채우는 파트너.

서로의 사생활은 절대 간섭하지 않는 게 암묵적인 룰이었다.

남단아가 대만에 왔다는 건 자신의 친구이자, 비서인 도현을 통해 새벽에 미리 들었다. 다만 그녀가 정확히 언제, 어디서 나타날지를 몰랐을 뿐.

적어도 전화 정도는 하고 올 줄 알았는데, 이렇게 예상치 못한 지점에서 튀어나올 줄이야.

"여기는 왜 왔어?"

"너희 어머니한테 떠밀려 왔지. 나한테 너 잘 구슬려 보라면서 비행기 티켓에, 여행비까지 두둑하게 챙겨 주시너라."

태형의 입술 사이로 헛웃음만 터졌다. 결혼식에 아들 한번 앉히겠다고 별 수고로운 짓까지 하시네.

어머니가 하고많은 사람 중에 단아를 보낸 건 그녀를 신뢰하고 있었기 때문이었다.

어떤 수를 써서라도 자신을 데리고 올 거라는 확신.

그 믿음은 단아가 자신의 편이라는 것에서 나왔을 게 분명했다. 미래 며느릿감의 능력을 두 눈으로 확인하고 싶으셨는지도 모르고.

하지만 애석하게도 단아의 꾐에 넘어갈 제가 아니었다.

"이렇게 불쑥 찾아올지 몰랐네."

"전화하려고 했는데 배터리가 나갔어. 마땅히 충전할 데도 없어서 여기 로비 카페에서 죽치고 앉아 있었지, 뭐. 분위기 괜찮더라."

"내가 계속 룸에 있었으면 쳐들어오기라도 하려고 했어?"

"슬슬 지루해지면 데스크에 졸라 보려고 했지. 근데 어디 갔다 와? 너 어디 싸돌아다닐 성격은 아니잖아."

"누구 좀 만나러."

"뭐야. 그새 친구라도 사귄 거야? 근데 왜 혼자? 친구는?"

단아에게서 쏟아지는 질문에 태형의 심기가 불편해졌다. 여울이 흔적도 없이 사라져 버린 것을 다시 한번 확인받은 것 같아 기분이 무척이나 더럽다.

"갔어."

태형의 대답이 묵직하게 떨어져 내렸다.

"나중에 나도 소개시켜 주라. 누군지 궁금하네."

자신을 보는 단아의 눈이 반짝거렸다.

"봐서."

우선은 여울을 찾는 게 급선무였다.

"잘 데는?"

"글쎄. 너하고 같이 잘까?"

"방 따로 잡아 줄 테니까 쉬어."

"나 혼자?"

"어, 너 혼자."

"여기까지 날아왔는데?"

"그 보상은 우리 어머니께 바라. 현지 가이드에 여행 일정까지 다 잡아 주실 테니까."

단호하게 그어진 선이 기가 막힌다는 듯 단아가 실소를 터뜨렸다.

하지만 그 코웃음에 넘어갈 태형이 아니었다.

오늘은 누구도 방에 들일 마음이 없었다. 간밤의 열감이 남아 있는 침대에서 다른 여자와 뒹굴 마음도 들 것 같지 않았으니까.

"와아아!! 매정하네, 매정해. 간다! 나도 푹 쉬련다."

로비에 있던 사람들이 쳐다볼 만큼 단아가 크게 소리쳤지만, 태형은 무심히 그녀를 지나쳤다.

"카드 들고 가."

"나도 돈 많거든."

여울이 남기고 간 볼펜을 찾아야 한다는 생각밖에 들지 않았다.

위로 올라가는 엘리베이터가 느리게만 느껴졌다.

"문이 열립니다."

곧 묵직한 문이 열리고, 태형이 엘리베이터에서 내렸다. 두툼하게 깔린 카펫이 발소리를 먹어선지 복도는 쥐 죽은 듯 고요했다.

그는 카드 키를 대고 룸으로 들어갔다.

그런데 어딘가 모르게 룸이 전과는 다른 느낌이었다. 꼭 커다란 뭔가가 이곳에서 쑥 사라져 버린 기분이라고 할까.

썩 유쾌하지 않았다.

'좋아, 좋아요…….'

슬리퍼를 신고 거실로 들어서자, 쾌락에 빠졌던 여울의 얼굴이 생각났다.

주여울.

주여울…….

어머니 결혼식 따위가 생각나지 않을 만큼 제 머릿속을 어지럽혀 줄 사람이 필요했는데. 그렇게 순진한 얼굴로 뒤통수를 치고 가면 곤란하지.

온몸을 태우는 듯한 갈증이 목을 타고 올라왔다. 목마름이 어찌나 짙은지 쓴맛이 입 안을 집어삼키는 것 같았다.

그래, 물이고 나발이고. 우선 볼펜부터 찾자.

어딘가 던져 뒀을 볼펜을 찾아 다녔다.

식탁, 거실 테이블, 캐리어…….

곳곳을 살피는 그의 손길이 분주하고도 다급했다. 꼭 독에 중독된 채로 해독제를 찾아다니는 사람이 된 기분이었다.

볼펜마저 사라져 버렸을까. 돌아 버릴 것만 같다.

쓸데없이 주방 기구들까지 모조리 끌어 내렸는데, 우습게도 볼펜은 책상 위에 가지런히 놓여 있었다. 아마도 메이드가 청소를 하다가 바닥에 굴러다니는 걸 주워서 놓은 듯했다.

"미신수."

볼펜에 브랜드 이름이 똑똑히 박혀 있었다.

주여울은 어디 꼭꼭 숨기에는 영 재능이 없는 여자가 분명했다. 이리저리 흔적을 남기고 가는 것만 봐도 그랬다.

볼펜에 새겨진 '미신수' 글자를 엄지로 문지르며, 다른 손으로 핸드폰을 꺼냈다.

도현에게 건 전화 신호음이 얼마 가지 않아 끊겼다.

"어, 나야. 다른 건 아니고 사람 하나만 알아봐 주라."

자신을 버리고 간 죄를 묻는 게 우습기는 했지만, 그러고 싶었다.

다른 곳에 집중할 것이 필요했는지도 모르겠다. 그러기에 여울은 아주 적당한 사냥감이었고.

-누군데 그래?

"나한테 거짓말하고 도망간 여자."

태형의 시선이 볼펜에 검질기게 달라붙었다.

그렇게 여울을 찾아 만나기까지는 고작 3주밖에 걸리지 않았다.

저를 보는 여울의 눈빛에서는 조금의 반가움도 느껴지지 않았지만.

　회의실에 들어선 순간부터 여울은 대혼돈의 시대에 발을 들인 것 같았다.
　정확히는 태형의 명함을 받아 든 순간부터.
　"안녕하세요, 본부장님. 정식으로는 처음 인사드립니다. 미신수 마케팅팀 주여울 대리라고 합니다. 잘 부탁드리겠습니다."
　명함을 건네는 여울의 얼굴에 긴장이 가득했다. 어떻게든 아무렇지 않게 굴려도 해도 마음이 벌렁거리는 건 어쩔 수가 없었다.
　혹시라도 태형이 이상한 말이라도 했다가는 회사가 떠들썩거릴 게 분명했다.
　다른 것도 아니고 몸을 섞은 사이가 아닌가!
　할 수 있으면 최대한 태형과 엮이고 싶지 않았다. 대만에서 일어난 일은 그곳에 묻어 두는 게 맞았다.
　무슨 일이 있더라도.
　제 명함을 살피는 태형을 보며 마른침을 삼켰다. 금방이라도 숨이 멎어 버릴 것 같다.
　태형이 자신의 앞에 나타난 건 단순히 우연일까.
　만약 우연이 아니라면? 제가 아주 질 나쁜 사람에게 걸려든 거라면?
　제 명함을 뚫어져라 바라보는 태형의 눈빛을 보는 것만으로도 형체 없는 손이 목을 조르는 것처럼 느껴졌다.

당황한 저와는 달리 태형의 표정에는 아무런 변화가 없었다.

"에이스까지 들어오시다니 든든하군요. 우선 저희 쪽에서 준비해 온 피티 자료 보시면서 검토 한번 해 주시고, 궁금한 부분이나 추가됐으면 하는 부분 있으면 편하게 말씀해 주세요."

"예예!"

김 팀장의 목소리가 몹시도 우렁찼다. 누가 봐도 티가 날 만큼의 저자세였다.

"최 차장님, 시작하시죠."

태형의 말 한마디에 청해 전자 직원들이 일사불란하게 움직였다.

감탄이 터져 나올 만큼 기획안은 말끔하게 정리돼 있었다. 한정판 터치펜의 개발은 청해 쪽에서, 디자인과 프로모션은 미신수와 함께 진행하겠다는 내용이 담겨져 있었다.

솔직히 말하자면 여울의 팀에서는 마다할 것이 없었다. 잘 차려진 밥상 위에 숟가락을 얹는 정도의 제안이었으니까.

여울도 어느새 적극적으로 대화에 참여했다.

그저 업무를 위한 자리라 마음을 놓았다. 태형이 겨우 저 하나를 만나자고 이 큰 기획을 했을 리 없을 테니까.

단순히 좋은 아이디어가 떠올라 콜라보를 제안하러 온 것뿐인데, 제가 몹쓸 상상을 한 것 같아 도리어 미안해지기까지 했다.

"저희는 기존 미신수에서 제공하는 필기구들이 가지고 있는 느낌을 살려서 레트로한 감성을 살린 리미티드 에디션 터치펜을 출시할까 합니다. MZ세대 고객들에게도 디자인이 충분히 어필될 수 있다고 보고요."

최 차장의 발표에 미신수 직원들의 눈빛이 빛났다.

"예상 매출이나 미신수 브랜드의 노출도 관련해서는 12쪽을 참고해 주시면 감사하겠습니다."

설명을 따라 사람들이 일제히 종이를 넘겼다. 그 속도를 번번이 놓치고 있는 것은 여울뿐이었다.

태형을 신경 쓰지 않으려고 했지만, 자꾸 고개가 돌아갔다. 그날 밤에 다른 여자의 이름을 들먹거리던 그의 목소리가 귓가를 맴돌았기 때문이었다.

"아, 역시. 기획 너무 좋네요. 하하하!"

미팅 분위기는 화기애애했다.

아무리 대기업 놈들이 와도 중견 기업의 자존심을 지키고야 말겠다던 차 과장까지 어느새 박수를 치고 있었다.

거기까지만 하면 좋았을 텐데.

차 과장은 양쪽 엄지까지 치켜들며, 단전에서부터 감탄을 끌어 올려 뱉어 냈다. 조금 더 나갔으면 환호성까지 지를 판이었다.

회의실에 앉아 있는 모두가 축제 분위기였다.

여울은 그 속에서 튀지 않으려 애써 미소를 지었다. 썩소에 가까운 모습이래도 어쩔 수 없었다.

웃음을 짓는 것조차 결코 쉬운 일이 아니니까.

"저희야 마음에 들어서 바로 진행하고 싶은데, 윗선에 보고를 드려야 해서요. 그런데 걱정하실 거 하나 없습니다. 바로 좋다고 하실 것 같거든요. 하하하!"

"결정 나면 저한테 연락 주시죠."

"본부장님께요?!"

"제가 이 프로젝트에 기대하는 바가 꽤 커서."

태형의 입매가 짓궂게 휘어졌다.

"앞으로 연락은 주여울 대리님이 해 주시면 좋겠는데. 가능하죠?"

"저희 팀장님하고 연락하시는 게 좋지 않을까요?"

"영업하고 내빼는 거예요?"

"아뇨, 저는……."

"사람 홀렸으면 끝까지 책임져야죠. NO?"

질문의 답은 이미 정해져 있었다.

"아이고, 그럼요! 우리 주 대리하고 연락하시면 됩니다."

잠깐의 적막을 뚫고, 김 팀장이 대답을 대신했다.

그의 협조적인 태도가 마음에 든다는 듯 태형의 입가에 번진 미소가 짙어졌다.

여울은 청해와의 프로젝트에 불을 켜고 있는 차 과장에게 눈짓을 보내는 것밖에 할 수 없었다.

하지만 차 과장은 선택을 잘했다면서 맞장구나 치고 있었다.

"받아들여."

그러더니 이까지 악물고 복화술을 했다.

회의실에서는 아무도 제 편을 찾을 수 없었다. 차 과장의 말대로 이 상황을 모조리 받아들이는 수밖에.

"그러면 저희가 얼른 보고드리고, 주 대리 통해서 연락드리겠습니다."

깔끔하게 마무리된 미팅에 김 팀장은 무척이나 뿌듯해 보였다.

청해 전자 직원들은 처음 들어왔을 때처럼 일사불란하게 회의실을 나섰다.

그들을 배웅하러 나가는 여울의 마음은 심란했다. 어쨌든 태형에게 거짓말을 하기도 했고, 그날의 일탈을 누군가 알게 될까 두렵기도 했다.

"조심히 들어가세요. 다음에는 저희가 본부장님 계신 곳으로 찾아뵙겠습니다."

"시간 되면 놀러도 오세요."

"아후, 바쁘실 텐데······."

"가끔은 저도 숨 돌릴 시간이 필요하니까."

방심한 사이. 태형과 허공에서 눈이 마주쳤다. 미신수의 직원들이 마음에 드네, 뭐네. 태형에게서 흘러나오는 말에 끝없이 몸이 얼어붙는 기분이었다.

하지만 모든 일에는 끝이 있는 법이다.

끝나지 않을 것 같던 배웅에 비로소 끝이 보이는 듯했다. 그가 사라지고 나면 벌렁거리던 마음도 제자리를 찾을 거다.

"주여울 대리님, 잠깐 시간 되죠?"

비록 태형은 그 시간마저 허락할 마음이 없는 것 같았지만.

"지난번에 보답을 제대로 못 한 것 같아서요."

"무슨… 보답을?"

"보면 알 거예요. 보답할 게 뭔지."

"혹시 괜찮으시면 다음에 말씀해 주셔도 될까요? 제가 급하게 처리할 일이 남아서요."

적당히 잘 넘어갔다고 생각했는데, 느닷없이 김 팀장이 제 등을 떠밀었다.

"그래그래, 주 대리. 본부장님하고 얘기 끝내고 올라와. 저희는 다음에 뵙겠습니다!"

김 팀장은 저를 데리고 가 달라는 제 눈빛을 단박에 묵살했다. 결국 태형의 뜻대로 끌려가는 꼴이 돼 버리고 만 거다.

그래도 청해 직원들이 있으니 괜찮지 않을까.

잠시나마 안도했지만, 먼저 회사로 돌아가라는 태형의 말에 모두가 자리를 떠났다. 그의 곁을 지키고 있던 비서마저도.

"주여울 씨, 우리 할 얘기 많죠?"

"……."

"아닌가. 나만 많나?"

태형의 한쪽 눈썹이 얄궂게 들썩였다.

회사 로비에도 카페가 있었지만 여울은 그를 데리고 밖으로 나왔다. 사적인 대화가 회사 사람들의 귀에 들어가 봐야 좋을 게 없으니까.

태형은 다행스럽게도 순순히 빌딩을 나섰다.

어느새 태형과 커피 두 잔을 사이에 두고 마주 앉아 있었다. 여울은 이 상황이 낯설게 느껴졌다. 나무로 된 차반을 두고 앉아 있던 때와는 전혀 다른 느낌이다.

뭐랄까. 발가벗겨진 채로 세상에 떠밀려 나온 기분이랄까.

태형과 하룻밤을 보낸 탓일 수도 있었고, 그에게 제 속 얘기를 자세히 털어놓았기 때문일지도 몰랐다.

"한국은 언제 오셨어요?"

지독한 적막을 견디지 못하고, 여울이 첫 질문을 던졌다. 나름대로 수없이 고민한 끝에 던진 말이었다.

그 말을 던지기까지 얼마나 많은 용기가 필요했는지.

그러나 태형은 바로 대답을 하지 않고, 커피를 마셨다. 그의 작은 손짓 하나에도 긴장됐다. 이번 프로젝트가 어그러지기라도 하면 큰일이었다. 김 팀장의 눈총에서 끝나지 않고 제 자리가 아예 사라져 버릴 수도 있다.

정신 차리자, 주여울.

호랑이굴에 들어가도 정신만 차리면 산다잖아. 대화로 차분하게 해결하면 될 거다. 아니, 무조건 되게 해야 했다.

"2주쯤 됐나."

태형이 커피잔을 내려놓고는 대답했다.

"아아. 금방 오셨네요."

"어디 멀리 나가서 숨어 있는 것보다 한국이 가장 안전하지 않을까 해서. 등잔 밑이 어둡다잖아요."

그의 목소리는 차분하고 안정적이었다. 조급함 같은 건 눈곱만큼도 느껴지지 않는다.

"아! 우리 주 대리님한테 선물부터 줘야지."

그날 왜 박물관에 나타나지 않았냐고 물을 줄 알았는데, 태형은 뜬금없이 작은 쇼핑백을 제게 내밀었다.

결코 자신과 좋은 끝은 아니었을 텐데 선물이라니? 대체 이 선물을 어떻게 받아들여야 할지 모르겠다. 열어 보면 알 거라는 듯 태형이 턱짓으로 다시 한번 쇼핑백을 가리켰다.

쇼핑백을 열자 거기에는 명품 브랜드 로고가 선명하게 박혀 있는 값비싼 볼펜이 들어 있었다.

무슨 의미지?

"마음만 받겠습니다, 본부장님."

"가져가요."

"그치만,"

"가질지 버릴지는 알아서 결정해요. 내 손 떠난 순간부터 그건 당신 거니까."

여울은 선물을 돌려주지도 못하고 아랫입술만 깨물었다.

"아래도 잘 봐요."

"……?"

"내 진짜 선물은 못 본 것 같아서."

그의 말대로 또 다른 선물이 볼펜이 담긴 케이스 아래에 깔려 있었다. 유리 케이스에 담겨 있는 배추 모양의 미니어처에 여울의 표정이 단숨에 굳었다.

"취옥백채라고 대만 국립 고궁 박물관에서 가장 유명하다길래. 순결과 풍요라는 의미가 있어서 특히 인기가 많다고 하더라고요. 근데 왠지 주여울 대리는 못 봤을 것 같아서."

대화 주제가 원래대로 되돌아왔다. 제가 무슨 노력을 해도 결과는 같을 거다. 태형이 어떤 식으로든 저를 '그날'로 끌고 갈 테니까.

서늘하게 휘어지는 태형의 입매를 보자, 맥박이 빠르게 뛰었다. 피부 밑에서까지 느껴질 정도로 빠른 박동이 온몸 곳곳에 번져 나갔다.

"왜요? 이제 사과하려고?"

태형은 흔들림 없는 눈빛으로 자신이 하고 싶은 말을 던졌다.

애인도 있는 사람이 왜 이러는 거냐고 쏘아붙이고 싶은 마음이야 굴뚝같았다.

하지만 아무 말도 나오지 않았다.

최대한 부드럽게 이 상황을 넘어가야 한다는 마음이 컸다. 그리고 마음 한구석에서는 태형에게 정말 여자 친구가 있을까, 두려웠던 것도 같다.

정확히 말하자면 음욕에 빠져 남의 남자를 탐해 버렸을까 봐.

"그때는 죄송했습니다. 제가 그날 몸이 안 좋아서 약속을 못 지켰어요. 마땅히 연락드릴 방도도 못 찾았고요. 죄송합니다."

여울은 적당한 사과로 그날의 일을 덮는 쪽을 택했다.

"사과는 차차 받을게요."

"……?!"

"마음에도 없는 사과는 내 취향이 아니라."

그런데 태형은 그날의 일을 가볍게 넘어갈 마음이 없어 보였다.

"앞으로 사과힐 시간은 자고 넘칠 거거든요."

대만에서 봤던 다정한 남자는 흔적도 없이 사라져 있었다.

차디찬 공기만이 태형을 맴돌았다. 온기와 냉기가 공존할 수 있다는 게 놀라울 따름이었다.

하룻밤의 실수가 태형을 바꿔 놓은 걸까. 아니면 원래부터가 이런 사람인데 제가 눈치를 채지 못한 걸까.

판단 미스일 확률이 아무래도 높았다.

태형은 싸늘한 겉웃음을 흘리며 메탈 시계를 봤다. 그를 보고 있자니 문득 엄마가 어린 시절 제 손을 붙잡고 했던 말이 떠올랐다.

'친절하고 착한 사람이라고 무조건 따라가면 안 돼, 여울아.'

'왜에, 앙대?'

'착한 사람인지 나쁜 사람인지는 겉만 봐서는 절대 알 수가 없거든. 그러니까 어디 가지 말고 엄마 옆에만 꼭 붙어 있어. 우리 여울이는 엄마가 지켜 줄게.'

엄마의 말이 맞았다.

아무나 함부로 따라가서는 안 됐다. 일탈이 주는 달콤함에 빠져 위험한 길에 발을 들이게 될 테니까.

엄마가 살아 있었다면 이런 바보 같은 짓은 벌이지 않았을까?

뒤늦게 후회가 밀려왔지만 쏟아진 물을 주워 담을 수 있는 방법이 떠오르지 않았다.

"나는 그럼 다음 일정이 있어서 이만 일어나야겠네. 내부 결정 끝나면 주 대리님이 나한테 직접 연락 줘요."

태형이 먼저 자리에서 일어났다.

"이번에는 연락 안 될 일 없겠죠?"

태형의 말에는 뼈가 있었다.

"네, 그럴 일 없을 거예요."

최대한 태연한 척 굴었지만 등줄기를 타고 땀이 흘러내리는 듯했다.

"조만간 봅시다."

태형은 바람 빠지듯 픽- 하고 웃고는 먼저 카페를 나섰다.

*

 차 뒷자리에 타고 있던 태형이 턱을 괴고 차창을 바라봤다.
 만약 누군가 그깟 여행지에서 만난 여자가 뭐길래 새 프로젝트까지 만들었냐고 묻는다면, '왠지 그 여자라면 제가 머저리 같은 짓을 해도 이해해 줄 것 같아서'라고 대답했을 거다.

'누구든지 도망치고 싶을 때가 있잖아요. 그걸 할 수 있는 사람과 못하는 사람이 있을 뿐이지.'

 머릿속에 붙은 그 말이 쉽게 떨어지지 않았다.
 저를 다 이해하는 것처럼 말하더니 도밍가 버린 여울에게 자꾸 심통이 났다. 그래서 한국으로 돌아와 밤낮으로 머리를 굴려 콜라보 기획안을 꾸려 냈다. 여울을 도망치지 못하도록 만들기에 그 방법이 최고라 여겼다.
 타국에서도 제품 홍보에 열을 올리던 여자가 아닌가.
 미팅 날짜가 잡히자, 태형의 마음이 짓궂게 들떴다. 저를 보면 얼마나 놀랄까. 그날 말없이 사라져 버린 걸 얼마나 후회할까.
 좋아하는 애를 툭- 건드리는 것만큼 유치한 짓이라는 것을 알면서도 멈출 수가 없었다.
 하기야 평생을 자기밖에 모르는 부모 사이에서 착하고 좋은 새끼가 태어났겠나. 그런 놈이 나왔으면 별일이지.

"네가 만났던 사람이 주 대리님이라는 거지?"

차가 잠시 멈추자, 도현이 룸 미러로 저를 보며 물었다.

타국에서 여울에 대해 알아봐 달라고 했을 때부터 궁금해하더니, 오늘 직접 만나 보고는 호기심이 완전히 터졌나 보다.

어쩌면 제가 그동안 만났던 여자들과 다른 타입의 여자라 그럴지도 몰랐다.

주여울은 '화려하다'는 말과는 거리가 멀었다. 이목구비가 또렷한 편도 아니고 남다른 패션 감각이 있지도 않았다. 그나마 눈에 띄는 흰 피부마저 가리는 칙칙한 정장을 입은 것만 봐도 그랬다.

그렇다고 적극적으로 나서서 다른 사람에게 매달리는 타입도 아니었다.

딱히 튀는 걸 좋아하는 것 같지도 않고.

지극히 수수한 사람.

원래대로라면 태형의 관심 밖에 있을 스타일이었다.

특별한 이유는 없었다. 그냥, 재미없으니까.

그런 의미에서 여울은 특별하다고 봐야 할까. 어쨌든 대화해 보고 싶게끔 만드는 재주는 있으니까?

"아니야?"

"왜. 사람 뒤통수칠 여자로 안 보여?"

"갑자기 다른 일이 생겼던 거 아닐까. 연락 못 할 사정이 있을 수도 있잖아."

"너는 이래서 문제야. 겉하고 속이 다른 새끼들을 그렇게 봐 놓고 사람을 믿냐."

"착한 사람도 많으니까."

못 말리겠다는 듯 태형이 고개를 가로저었다.

"그나저나 너 어쩔 생각이야?"

"내가 그 여자 구워삶아 먹을까 봐 걱정돼?"

"어."

"뭐야, 새끼. 너 그런 취향이었어?"

"차라리 사모님 뵙고 하고 싶은 얘기를 해. 애먼 사람 괴롭히지 말고."

어머니 이야기에 태형의 미간이 구겨졌다.

도현도 제 반응을 모를 리 없었다. 제가 어머니 얘기를 싫어하는데도 굳이 꺼낸 것은 더 이상 어머니를 피할 수 없다는 경고와 같았다.

"오늘 사모님 생신인 건 알지?"

"축하할 사람도 많을 텐데 뭘 나까지 가."

"너 거기까지 얼굴 안 비치면 언팩 행사 때라도 찾아오시겠대. 기자들 깔린 자리에서 웃고 있는 것보다는 밥 한 끼가 낫지 않겠어?"

두 개의 선택지 모두 최악이라 절로 헛웃음이 흘렀다.

따지고 보면 결론이 정해진 질문이었다. 결국은 자신을 볼 수밖에 없게 만드는구나. 어머니다운 방식이라 생각했다.

"뭘 그렇게까지 축하받고 싶은 게 차고 넘치시는지."

한숨을 쉬듯 진심이 흘러나왔다.

"행사를 망칠 수도 없고. 어쩔 수 없이 가 봐야겠네. 너는 먼저 들어가서 쉬어."

"혼자 가도 되겠어?"

"뭘 좋은 꼴이라고."

가족도 아닌 사람들끼리 친한 척을 하며, 식사할 생각만으로도 소름 끼쳤다. 처음 있는 일도 아닌데 매번 돌아 버릴 만큼 짜증스럽다.

"그래도 혹시 필요하면 연락해. 바로 갈 테니까. 사모님 선물은 너 퇴근 전까지 픽업해서 뒷자리에 둘 테니까 꼭 가져가고."

"고맙다."

"새삼스럽게."

도현은 그리 어려운 일도 아니라는 듯 어깨를 으쓱였다.

무슨 선물을 샀는지는 따로 묻지 않았다. 어차피 어머니 취향이라면 저보다는 도현이 잘 알고 있을 테니까.

잠시나마 잊고 있던 불편한 감정이 기어 올라왔다. 갑갑한 마음을 덜어 내듯 태형은 넥타이 매듭 부분을 잡아끌어 내렸다. 그러고는 깊은숨을 흘리며 뒷자리에 몸을 기댔다.

부모와의 연을 끊지 못한 것은 돌아가신 할머니 때문이었다.

부모님이 양육을 포기하고 각자 새 삶을 찾아갔을 때, 유일하게 저를 거둔 사람이 할머니였다.

'날 봐서라도 네 어미는 미워하지 말거라. 용서까지는 바라지도 않으마. 내가 가고 나면 가끔 얼굴도 보고 안부도 묻고. 그래 줄 수 있지?'

그게 할머니가 남긴 유언의 전부였다.
할머니의 손을 붙잡고 태형은 한참 눈물을 쏟아 냈다. 제 유일한 편이었던 할머니의 머릿속에는 온통 어머니에 대한 걱정뿐이라는 게 서글펐던 것 같다.
만일 할머니가 어머니를 마음껏 미워해도 좋다고 했다면 홀가분하게 그녀를 외면할 수 있었을까.
자신의 미래가 어떻게 달라졌을지는 모르겠지만 할머니가 돌아가신 이후, 태형의 마음속에는 항상 여러 감정이 소용돌이쳤다.
용서, 미움, 분노…….
어느 것 하나 빠짐없이 마음에 드는 감정들이었다.
태형은 피곤한 듯 눈을 감고는 눈두덩을 지그시 눌렀다. 눈앞에 펼쳐진 어둠 속에서 그는 몇 번이고 스스로에게 주문을 걸었다.
자신은 그저 어머니가 만든 웃기지도 않는 연극에 잠깐 참여하는 것뿐이라고.

제3장
그날 밤 좋았거든

 어머니의 생신 자리는 생각보다 단출했다. 각기 다른 성을 가진 사람들로 채워진 가족 식사 자리가 평범하지는 않았지만.

 그나마 재계 여러 인사들을 초대하지 않은 것만으로도 다행이었다. 다 들리게 속닥거리는 소리를 듣는 것도 기분 더러운 일이니까.

 어머니는 세 번째 결혼을 실패하고는 미니멀 라이프를 살겠다고 선포했다. 하지만 서울 중심부에 있는 타워 꼭대기로 이사한 것만 봐도 '미니멀'과는 거리가 멀었다.

 어린애가 공을 들고 뛰어다녀도 될 만큼 커다란 방과 대리석으로 번쩍거리는 바닥, 거기에 경매로 사들인 여러 그림이 벽면을 가득 채우고 있었다.

 아무리 봐도 과하디과한 집이다.

"생신 축하드립니다."

"아들, 뭘 바쁜데 선물까지 준비했어?"

도현이 준비한 선물을 받아 든 어머니의 입가에 환한 미소가 번졌다.

"어머니 생신이신데 빈손으로 올 수는 없죠. 선물이 마음에 드셔야 할 텐데."

"우리 아들이 주는 건 다 좋지."

무엇이든 상관없다고 말하면서도 어머니는 내용물이 궁금한 듯 곧장 포장을 풀었다.

"어머머머!! 웬일이야. 이거 이번에 새로 나온 한정판 숄더백이잖아. 다들 이거 구하기 어렵다고 난리던데 어떻게 구한 거야?"

명품 백을 꺼내 든 어머니는 좋아서 어쩔 줄을 몰랐다. 비록 저 새카만 가방의 정확한 가치는 모르겠지만 제법 가치 있는 물건이라는 것만은 확실했다.

하여간 센스 하나는 죽여 주는 놈이다.

"너무 예쁘다, 아들."

어머니가 숄더백을 어깨에 메고는 제자리에서 빙그르르 한 바퀴를 돌았다. 격한 반응에 성이 다른 형제들이 무슨 일이 있는지 확인하려는 듯 죄다 몰려들었다.

그도 그럴 것이 어머니의 감탄은 그들에겐 자신의 자리가 어느 정도에 위치해 있는지 가늠할 수 있는 지표나 다름없었다.

어머니에게 잘 보여야 청해 그룹 지분을 나눠 먹을 수 있을 거라고 생각하고 있었으니까.

그러나 안타깝게도 그들의 욕심은 절대 채워지지 못할 거다.

할머니는 돌아가실 때 자신의 지분 전부를 태형에게 넘겼다. 그게 할머니가 제게 미안함을 표하는 방식이었던 것 같다.

게다가 어머니는 모든 아이들을 공평하게 사랑하는 듯 굴었지만 마지막에는 항상 자신의 혈육을 챙겼다.

재혼으로 아이를 낳지 않았던 어머니에게는 제가 유일한 혈육이었는데, 그 때문에 다들 제게 잘 보이고 싶어 하면서도 저를 견제하느라 바빴다.

"우리 아들만큼 엄마 마음을 잘 알아주는 사람이 없다니까. 다음 모임 나갈 때 들고 나가서 자랑해야겠어."

어머니의 호들갑에 대답 없이 미소를 지었다. 억지웃음에 입꼬리가 아플 지경이었다.

"지금도 다들 자기 딸들 소개시켜 주고 싶다는데, 이렇게 자상한 거 알면 난리 나는 거 아닌지 몰라."

결혼.

어머니의 입에서 제일 듣기 싫은 말이다. 애석하게도 연례행사처럼 나오는 말이었지만.

몇 번이나 실패한 결혼을 추천한다는 게 그저 기가 막혔다.

"근데 좋은 인연은 가까이에 다 있더라."

코를 찡긋거리는 어머니의 본심을 모르지 않았다.

남단아를 말하는 게 분명했다.

삐뚤어진 말이 목 끝까지 올라왔지만 가까스로 삼켰다. 굳이 모두의 앞에서 어머니와 다투는 모습을 보여 봐야 좋을 게 없지 않나. 어머니와 입씨름을 벌이는 것보다는 대충 넘기는 게 여러 면에서 효율적이기도 하고.

"가까이서 잘 찾아볼게요."

그 말을 내뱉자마자, 웃기지 않게도 여울이 떠올랐다.

왜 그 여자가 생각났는지 모르겠다. 다른 곳으로 신경을 분산시키려는 방어 작용이었을지도.

태형은 어머니를 등지고 거실 쪽으로 몸을 돌렸다.

거실 테이블 위에는 선물이 잔뜩 올려져 있었다. 쇼핑백에는 죄다 명품 브랜드 로고가 찍혀 있었다. 어머니의 환심을 사려고 하나같이 얼마나 고군분투했는지 눈에 보인다.

"태형이 형!"

그때 어머니 세 번째 남편의 아들, 김석윤이 씩씩거리며 제게 다가왔다. 아무렇지 않게 형이라 불러 대는 꼴이 불쾌했다.

정작 이 눈치 없는 새끼는 상대의 기분이 나쁘든지 말든지 상관도 없는 듯했다.

"이번에 새 폰 나온다며. 나 하나 먼저 주면 안 돼? 아니면 언팩 행사 때 나 좀 초대해 주라."

조잘거리는 목소리만 들어도 피곤하다. 할 수만 있으면 그 입 좀 닥치라고 소리를 내지르고 싶은 심정이었다.

그렇게 이 집을 나서면 마음이 뻥 뚫릴 것 같았다. 어머니가 제게 기대하는 모습이 아니겠지만.

"우리 형이 청해 전자 대가리라는데 병신들이 안 믿잖아. 아오!! 개답답해."

석윤이 제자리에서 펄쩍 뛰면서 화를 냈다.

"나 가도 되지, 응? 혀어어엉. 이번에 행사 가면 형네 핸드폰 모델 개, 그 누구냐, 최예빈? 개도 보고 싶단 말이야."

기어코 알겠다는 대답을 들을 때까지 떠들어 댈 새끼다.

"태형아, 동생 초대해 줄 수 있지?"

가만히 얘기를 듣고 있던 어머니가 한마디 거들었다. 동생이라는 말을 참 아무렇지 않게도 한다.

적어도 같은 배에서 나왔거나 같이 밥이라도 먹고 살이라도 섞었어야 동생이라고 부를 수 있지 않나? 개나 소나 데려와 놓고 우애 넘치는 형제 연기라도 하라는 거야?

속에서부터 들끓는 열이 금방이라도 이성을 끊어 놓을 것 같았다.

최악의 경우를 막는 방법은 도망뿐이다.

"도현이한테 말해 놓을 테니까, 그날 와."

"대박!! 형 최고."

최고는 개뿔.

태형은 자신을 안으려는 그의 팔을 쳐 내고는 조용한 곳으로 자리를 옮겼다.

배알도 없는 건지 석윤은 저를 향해 양쪽 엄지를 치켜들었다. 그러더니 잔뜩 흥분해서는 어디론가 전화를 걸었다.

누구에게 자랑을 하든지 말든지 마음대로 해라 싶었다.

태형이 손목시계를 봤다.

지금부터 정확히 한 시간.

제가 이 거지같은 상황 속에서 버틸 수 있는 최대한의 시간이었다. 이곳에 계속 머무르다가는 기껏 지켜 온 다정한 가면을 벗어 버리고 말 것 같았다.

적절한 핑곗거리를 고민하던 때였다.

"어머님, 생신 너무 축하드려요!!"

반갑지 않은 목소리가 귓전을 때렸다.

고개를 돌리자, 예상대로 단아가 있었다. 커다란 쇼핑백을 든 그녀가 단숨에 어머니에게 달려갔다.

반갑게 어머니를 안는 단아의 등장에 골치가 아팠다. 어머니가 저를 놓아주지 않을 확률이 커졌기 때문이다.

쟤는 왜 여기까지 와서 사람을 골치 아프게 만드는 건지.

"바쁜데 어떻게 왔어?"

"아무리 바빠도 어머님 생신에는 꼭 와야죠."

너스레를 떠는 솜씨가 날이 갈수록 느는 듯했다.

"잘 왔어. 우리 태형이도 너 오니까 좋아하는 거 봐."

한쪽으로 삐뚜름하게 올라간 입꼬리를 좋아 죽겠다는 걸로 해석할 수 있다니. 역시 어머니는 자식의 속마음을 읽는 데는 영 재주가 없었다.

애초에 어떤 마음일지 관심이 없는 걸지도.

단아의 등장에 형제들이 바짝 긴장하고 있었다. 그녀를 힐끔거리는 눈길이 놀랍도록 재빨랐다.

어머니의 관심이 제게 집중되는 게 못마땅한 것 같았다.

그렇게 애정이 고프면 멀뚱히 서 있지 말고 뭐라도 하든가. 단아만큼 어머니의 환심을 사지 못하는 인간들이 그저 한심스러웠다.

"태형아, 음료라도 한 잔 가져다줘."

본격적으로 둘만의 자리를 만들어 주려는 듯 어머니가 제 등을 떠밀었다.

"괜찮아요."

"괜찮긴. 어서."

어머니의 채근을 이기지 못했다. 애초에 고집을 꺾기 힘든 분이기도 하고.

바라는 대로 해 주는 게 차라리 나았다.

단아는 주방으로 향하는 제 뒤를 따랐다. 냉장고를 열어 손에 집히는 대로 아무거나 집어 음료를 따라 주었다.

그녀가 들고 있던 유리컵 안으로 노란 액체가 가득 채워졌다. 오렌지인지 망고 주스인지 관심도 없었다.

"땡큐."

주스를 한 모금 마신 단아의 입가에서는 환한 미소가 가득했다. 가만히 보면 저보다 이 집구석에 잘 어울린다.

"여기 타워가 높아서 그런지 탁 트여서 좋다."

"여기는 왜 왔어?"

"어머님이 초대해 주셔서 왔지. 설마 내가 막무가내로 왔게?"

"하기야 두 사람만큼 친한 사이도 없지."

"비꼬지 마."

"사실대로 말한 거지."

"나 사실 너 보러 온 거거든? 우리 대만에서 재미 못 봤잖아."

단아가 던진 실없는 소리에도 웃음이 터지지 않았다.

더럽게 재미없다.

"잘 즐기다 가라."

태형은 단이의 어깨를 가볍게 두드리고는 먼저 수방을 나섰다.

물론 그녀와 뒹구는 건 어려운 일도 아니었다. 발정 난 짐승처럼 서로에게 달려들었던 것이 한두 번도 아니지 않나.

그런데 이상하게도 여울과 하룻밤을 보낸 이후, 그 짓을 벌이기가 쉽지 않았다. 정욕이 사라졌다기보다는 여울을 생각해야 아랫도리가 섰다.

다른 여자 말고 여울의 몸이 그리웠다. 살덩이를 한 입 베어 물 때마다 바르르- 떨리던 여체를 느끼고 싶었다. 거대한 벽을 두른 채 발톱을 세우고 있는 여울의 살결을 물고 빨면서 그녀의 속으로 돌진하고 싶었다.

무너진 벽을 바라보는 것만으로도 환희가 밀려들 게 분명했다.

여울을 바라게 되는 건 그녀가 제 도전 욕구에 불을 지폈기 때문이다.

다른 이유가 있을 리 없다.

'그때는 죄송했습니다. 제가 그날 몸이 안 좋아서 약속을 못 지켰어요.'

여울을 떠올리는 그의 입가에 비릿한 미소가 피어올랐다.
미안할 줄 알았으면 애초에 도망가지를 말았어야지.

*

불행히도 두 시간이 지나도록 태형은 어머니의 집에서 한 발짝도 나가지 못했다.

그럴듯한 핑계를 만들어도 어머니 선에서 커트 당했다. 어머니는 일보다 가족이 가장 중요한 거라고 몇 번이나 강조했는지 몰랐다.

그 단호한 말투에 웃음이 나올 뻔했다.

자신의 행복을 위해 아들까지 버리고 간 사람이, 가족 타령은.

그렇게 삼십 분이 더 흐르자, 태형의 미소가 조금씩 무너지기 시작했다. 짙은 피로가 아가리를 벌려 저를 집어삼키는 것 같았다.

"엄마! 생신 진심으로 축하드려요! 이거는 제가 특별히 주문한 케이크인데 L 호텔 셰프가 만든 거예요."

"맛있어 보이기는 하는데, 너무 많이는 드시지 마세요. 단 거 몸에 안 좋아요."

"많이 안 달아요. 맘껏 드셔도 돼요."

저마다 서로를 견제하며 어머니에게 잘 보이기 위해 안달을 부렸다. 별걸 가지고 다 으르렁거린다.

"태형이 형은 엄마한테 할 말 없어?"

석윤의 한마디에 모두의 눈빛이 제게 꽂혔다. 유치한 축하 행렬을 끊어 딜라는 것일 터다.

"생신 축하드려요, 어머니."

세상 다정한 목소리를 끝으로 어머니의 생신 파티가 계속됐다. 어머니는 케이크에 꽂힌 초를 껐고 모두의 축하를 받았다.

여기저기서 터져 나오는 박수를 받으며, 연신 행복하다고 말했다.

석윤이 케이크에 꽂혀 있던 초를 하나씩 뺐다. 초의 밑단에는 크림이 범벅돼 있었다. 반면 심지 부분에서는 연기가 피어올랐는데, 태형은 연기 속에 이 가짜 행복이 사라지기를 바랐다.

시끌벅적하게 어머니의 생신을 축하하던 이들이 하나둘 자신들의 얘기를 꺼냈다.

사업을 해 보고 싶다느니, 청해 그룹 계열사하고 프로젝트를 진행하면 좋겠다느니……. 대부분은 돈과 관련된 일들이었다.

어김없이 본색을 드러내는 꼴에 실소가 터질 것 같았다.

이제 정말 한계가 온 건지 미소에서도 비릿함이 느껴졌다. 태형은 결국 견디지 못하고 자리에서 일어났다.

"거래처에 급하게 넘길 자료가 있어서 저는 이만 일어날게요."

"뭘 네가 고생해. 아랫사람들 시켜서."

"제가 기획한 프로젝트라."

황급히 어머니의 말허리를 잘랐다. 이대로 휘말리다가 집에서 자고 가라는 말까지 나올지 몰랐다.

"다시 한번 생신 축하드려요."

이만 가 보겠다는 듯 태형은 고개를 숙여 인사했다. 그러고는 소파에 걸쳐 둔 코트를 들고 집을 나섰다.

다른 사람들이야 경쟁자가 빠졌다는 것에 기쁜 듯했고, 어머니는 아쉬운 대로 단아를 붙잡느라 바빴다. 그 덕에 누구의 방해도 받지 않고 엘리베이터에 올라탔다.

단숨에 지하 주차장까지 내려가 운전석에 올라탔다. 시트에 몸을 기대고는 넥타이를 거칠게 끌어 내렸다.

"…씨발, 미친 새끼들."

보이지 않는 손이 목을 졸라 대는 것처럼 갑갑한 느낌이 사라지지 않았다. 숨을 쉬기 어려워선지 머리까지 지끈거린다.

뒤이어 삐- 하고 이명이 울렸다.

식은땀이 흘러내릴 만큼 지옥 같은 순간, 웃기지 않게도 그 여자가 생각났다.

"주여울."

주여울…….

몇 번이고 그녀의 이름을 되뇌었다. 마치 그게 숨을 쉬기 위한 주문인 것처럼.

조금씩 호흡이 안정을 되찾아 갔다. 태형은 두 손으로 얼굴을 쓸어내리고는 핸드폰을 꺼냈다. 뭔가에 홀리듯 재킷 안주머니에 넣어 둔 여울의 명함을 꺼냈다.

여울의 앞에 있다면 마음이 자분해질 수도 있겠다는 희망에 주저 없이 그녀의 전화번호를 눌렀다.

그리고 통화 버튼.

뚜루루- 뚜우-

곧 기나긴 신호음이 태형의 귀에 쉴 새 없이 쏟아졌다.

상대의 목소리가 들리지 않자 마음이 다급해졌다.

주여울이 전화를 받으면 어쩌려고? 무슨 말을 하려고? 하룻밤 잠이라도 더 같이 자 달라고 애원이라도 하게?

짧은 순간 여러 생각이 사나운 파도처럼 밀려왔다.

만약 고객이 전화를 받지 않는다는 안내 음성이 흐른다면 순순히 포기할 생각이었다.

-여보세요?

뚜- 하고 길게 이어지던 신호음의 끝에서 여울의 목소리가 들렸다.

핸드폰을 붙잡은 태형의 손에 절로 힘이 들어갔다. 전화를 끊을 수가 없었다. 마음을 진정시킬 수 있는 달콤한 사탕을 입에서 절대 토해 내고 싶지 않았으니까.

*

전화를 받은 여울이 아랫입술을 자그시 깨물었다.

전화가 온 순간부터 태형이라는 걸 알고 있었다. 그가 회사로 돌아가고 난 후에 혹시나 하는 마음에 번호를 저장해 놨기 때문이다.

태형에게서 전화가 올 거라고는 생각했다. 이렇게 빨리 올 줄 몰랐을 뿐.

"여보세요?"

두 번째 물음에도 핸드폰 너머로는 아무 말도 들리지 않았다. 작은 숨소리조차 없다.

"누구세요?"

-납니다, 강태형.

드디어 대답이 나왔다. 태형의 목소리에서 어째선지 반가움이 느껴졌다.

"근데 이 시간에는 무슨 일이세요?"

이번에도 바로 대답이 돌아오지 않았다.

전화가 끊어졌나 싶어 귀에서 핸드폰을 떼고는 화면을 봤다. 여전히 통화 중인 상태였다.

"여보세요?"

-지금, 잠깐 만날 수 있어요?

"네?"

-혼자 있기 싫은데 생각나는 게 주여울 씨뿐이라.

속없이도 제 이름을 불러 주는 저음이 좋았다.

'앞으로 같이 일할 텐데 잘 지내면 좋잖아.'

악마의 속삭임이 울려 퍼졌다.

그 말에 농요하듯 핸드폰을 쥐고 있는 여울의 손가락이 꼼지락거렸다.

-싫어요?

싫다고 말하면 실망할 거라는 투다.

다정하게 번져 나가는 저음에 물러 터진 마음이 일렁였다. 당장이라도 좋다는 말이 나올 것 같다.

하지만 여울은 그를 조심해야 한다는 걸 분명 알고 있었다. 아무것도 모른 채 태형과 대화를 나눴을 때와는 확연히 다른 상황이니까.

남다른 로맨스를 꿈꾸며 엘리베이터에 다시 올라타는 일탈은 한 번으로 충분했다.

"회사 일 때문이라면 회사에서 만나는 게 맞을 것 같아요."

-사적인 일이라면?

"만날 이유가 없고요."

-우리가 겨우 이만한 사이였어요?

"이만한 사이가 아니면 안 될 이유라도 있나요?"

-같이 잤으니까.

태형은 굳이 그날의 일을 에둘러 말하지 않았다. 돌직구로 날아든 말에 여울은 얼굴이 벌게졌다. 그를 부둥켜안고 신음을 쏟아 내던 기억이 떠올랐기 때문이다.

양 볼에서부터 피어올라 온 열감이 삽시간에 그녀의 얼굴을 집어삼켰다.

"보, 보내 주신 기획은 내부에서 확정 나는 대로 연락드릴게요. 시간 늦었는데 쉬세요."

떨리는 목소리를 감추며 대충 대화를 마무리하려 했다.

-뭐 하나만 물어봐도 돼요?

"말씀하세요."

-왜 그날 안 나타났어요?

태형에게 발목이 잡힌 기분이다.

-그 이유라도 속 시원하게 알아야 두 다리 뻗고 잠이라도 잘 수 있을 것 같아서.

제가 어디로든 도망갈 수 없도록 태형이 목줄을 바투 움켜잡고 있는 것 같기도 했다. 프로젝트가 끝날 때까지 이런 상태를 계속 유지할 수는 없었다.

차라리 모든 일들을 허심탄회하게 털어놓고 어정쩡한 사이를 정리하는 게 맞았다.

그날 들었던 이름을 얘기하면 태형도 더는 할 말이 없을 거다.

"어디서 볼까요?"

결정을 끝낸 여울의 눈빛이 전보다 단단해졌다.

*

태형을 만나기로 한 카페에 들어서자, 따뜻한 온풍이 불어왔다.

전화를 끊고 난 후로 여울은 꽤 오래 옷장 앞을 떠나지 못했다. 꾸몄다는 느낌을 주고 싶지는 않지만 그렇다고 후줄근하게 보이고 싶지는 않았다.

그 바람에 얼마나 많이 옷을 입었다 벗었는지 몰랐다. 누군가 저를 봤더라면 혀를 내둘렀을지도.

심지어 여울은 립스틱까지 심혈을 골라 발랐는데 그저 예의를 지키는 것뿐이라 쉼 없이 중얼거렸다.

"여기."

창가에 앉은 태형이 손을 들었다.

편안하게 입고 나온 자신과는 달리 그는 미팅 때와 같은 차림이었다. 시간이 꽤 지났는데도 흐트러짐이 없었다. 다만 어딘가 모르게 지쳐 보이는 것도 같았다.

무슨 일이라도 있는 건가. 어머니 결혼 때문에?

여울은 쓸데없이 머릿속에 자라나는 걱정을 털어 내려 애썼다.

태형의 고민 따위를 들어 주기 위해 나온 자리가 아니다. 그날의 실수를 지우려는 거지. 처음 가졌던 목표에 어떻게든 집중하는 게 맞았다.

"안녕하세요."

"다시 보니까 또 반갑네요."

환하게 번진 태형의 미소에 아무 대꾸도 하지 않았다.

"앉아요. 따뜻한 차라도 마시면서 얘기해요."

저 얼굴 뒤에는 몇 개의 가면이 숨겨져 있는 걸까.

차가운 눈빛으로 왜 도망갔냐고 물을 때는 언제고 이제는 한없이 다정하다.

"앉아 계세요. 제 거는 제가 알아서 시킬게요."

자리에서 일어나는 태형을 말리며 카운터로 걸어갔다.

적당한 거리를 유지하자 싶었다.

여기까지 걸어오는 동안에도 생각이 정리되지 않았기 때문이다. 여울은 메뉴판을 훑으며 태형에게 할 말을 생각했다. 그러니 메뉴판이 눈에 들어올 리가.

"여기 계속 서 있을 거예요?"

바로 뒤에서 태형의 목소리가 들렸다. 거리가 얼마나 가깝던지 목덜미에 뜨거운 입김이 스쳤다.

작은 열기에도 저도 모르게 흠칫하게 됐다. 뭔가 잘못될 것 같은 느낌을 떨칠 수가 없었다.

여울은 놀란 마음을 숨기며 앞으로 걸음을 옮겼다. 조금이라도 그와 거리를 두려는 발버둥이었다.

"아이스 아메리카노 주세요."

"밤도 늦었는데 차 마셔요."

하지만 태형은 자신의 울타리에서 빠져나갈 수 없을 거라는 듯 제게 가까이 붙었다.

옆으로 살짝 비켜나 봐도 결과는 마찬가지였다. 얼른 자리로 돌아가는 게 나았다.

"그냥 커피 마실게요."

급히 결제를 마친 여울은 진동 벨을 들고 먼저 자리로 돌아갔다. 앞만 보고 걸었지만 온 신경은 자신을 따라오는 태형의 걸음에 집중하고 있었다.

자리에 앉아 허벅지 위에 올려 둔 가방만 만지작거렸다. 태형과 마주 앉아 있는 게 처음도 아닌데 어색하기 짝이 없다.

"퇴근은 일찍 했어요?"

"네."

"저녁은?"

"먹었습니다."

모든 질문은 태형의 쪽에서 쏟아졌다. 제게는 오래 대화를 이어 나갈 마음이 없다는 걸 분명 인지했을 거다.

여울은 그의 눈빛을 피한 채로 진동 벨을 계속 힐끔거렸다. 어서 커피라도 나오길 바랐다. 그래야 분위기가 어색할 때마다 커피라도 마실 테니까.

"나하고 얘기하기 싫어요?"

엄청난 돌직구.

"네?"

"신경이 다른 데 가 있는 것 같아서."

여울은 침묵으로 대답을 대신했다.

그가 불쾌한 표정이라도 지을 줄 알았는데, 생각과 달리 얼굴에 아무런 변화도 없었다. 꼭 제가 무슨 말을 할지 예상하고 있던 것 같다.

"나하고 반대네."

"……"

"난 어떻게든 주여울 씨 만나고 싶어서 미치겠던데."

"본부장님."

"말해요."

"그날은 죄송했습니다. 술 취해서 한 실수였어요."

여울이 먼저 그날 일을 꺼냈다.

그런데 정작 태형은 다른 말에 꽂힌 듯했다.

실수.

그의 입에서 느릿하게 떨어지는 두 글자가 서늘했다. 태형은 커피잔 손잡이를 문지르며, 픽- 실소를 터뜨렸다.

"그날 일은 없는 셈 치는 게 본부장님한테도 저한테도 좋을 것 같아요."

"주여울 씨한테만 좋은 일은 아니고?"

"본부장님."

"나는 그날 실수 아니었어요. 그만큼 취하지도 않았고."

태형이 앞쪽으로 몸을 기울여 제게 가까이 다가왔다.

"다음 날에는 우리 둘 다 맨정신이었잖아요."

짓궂게 말려 올라간 입꼬리가 제게 거짓말을 하지 말라고 다그치는 것 같았다. 그에게서 느껴지는 강한 위압감에 아무 대꾸도 하지 못했다.

침묵이 뼈를 뚫고 들어와 저를 들쑤셔 댔다.

그 변화를 감지했는지 태형의 몸이 뒤로 움직였다. 그는 의자에 등을 기대고는 저를 가만히 쳐다보고 있었다.

"그래서 어디까지가 거짓말이었어요? 박물관 표를 끊었다는 것부터? 거기 갈 거라는 것부터가 거짓말이었나."

"표, 표는 예약했었어요."

"그건 어떻게 했어요?"

"버렸습니다."

"아까웠겠네."

흡사 취조라도 당하는 기분이었다. 더 이상 일말의 거짓말이라도 해서는 안 될 것 같다는 생각에 여울의 입에서는 진심만이 쏟아졌다.

"그렇게 나하고 잔 게 후회됐어요?"

"그건,"

"그 밤에 나한테 좋다고 속삭였던 것도 전부 거짓말?"

모든 것이 제 탓이 되어 가고 있는 느낌이다.

왜 그날 밤의 쾌락이 사라졌는데. 다른 여자의 이름을 들먹이던 게 누군데.

속에서부터 솟구치는 억울함에 여울의 눈꼬리가 점점 내려갔다.

"그런 거 아니에요."

"그럼?"

"……."

"그쪽 찾겠다고 여기까지 왔으니까 내 정성을 봐서라도 그럴듯한 이유를 대 봐요. 주여울 씨가 그럴 만했다 생각하면 콜라보 건은 실무진한테 맡기고 물러나 줄게."

여울의 입이 떨어지지 못하고 움찔거리기만 했다. 그날 새벽녘에 들은 얘기를 하면 끝날 일인데 뭘 머뭇거리는 건지 스스로도 알 수 없었다.

하지만 종일 이곳에 붙어 있을 수는 없는 노릇이었다.

"그날……."

가까스로 흘러나온 목소리가 잠시 멈췄다.

"통화하시는 거 들었어요."

"통화?"

"어떤 여자,"

본론을 꺼내려는데 테이블 위에 올려 둔 진동 벨이 매섭게 울어 댔다. 여기서 한마디도 더 하지 말라는 경고 같았다.

"우선 차 좀 가져올게요."

여울이 진동 벨을 집어 들고는 자리에서 일어섰다.

"얘기 끝나면 내가 갈 테니까 앉아요."

저보다 빠르게 자리에서 일어난 태형에게 손목이 붙들렸다. 그 바람에 여울은 제자리에서 옴짝달싹하지 못했다.

"금방 가져올게요."

"앉아요."

다시 한번 명령조가 터졌다.

"나는 지금 얘기 들어야겠으니까."

진동 벨이 제 손안에서 붕붕거리면서 그를 뿌리치라 소리치고 있었다. 하지만 태형의 눈빛에 붙잡혀 아무 생각도 하지 못했다.

"그날 새벽에… 어떤 여자분을 만난다고 통화하시는 거, 들었어요."

저를 행복에 젖게 했다가, 바닥으로 처박아 버린 눈빛.

"만나시는 분이 있다는 걸 알았다면 본부장님하고… 아무 일도 없었을 거예요."

그날의 일을 생각하듯 태형은 아무 말이 없었다. 변명거리를 생각하고 있는 걸까. 아니면 골치 아프게 됐다고 생각하고 있을까.

"그걸 들었구나."

낮은 저음이 울려 퍼지며 저를 붙잡고 있던 손이 떨어졌다.

"앉아 있어요. 커피 가져올 테니까."

태형은 더는 말을 잇지 않고 제 손에 있던 진동 벨을 가져갔다. 카운터로 걸어가는 뒷모습을 보는 제가 도리어 긴장됐다.

도대체 무슨 생각을 하고 있는지 종잡을 수가 없었다.

커피를 가져온 태형은 어서 앉으라며 고개를 까딱거렸다. 자존심도 없는 몸은 그의 말대로 움직인다.

"나하고 커피 마시기로 했으니까 그거 다 마실 때까지는 못 일어나요."

"본부장님!"

"그날 일이 궁금해서 일어나지도 못하겠지만."

여울은 약간 자존심이 상했다. 그의 말이 조금도 틀리지 않았기 때문이다.

뭘 원해서 자신은 여기 앉아 있는 걸까. 태형에게 무슨 말을 듣고 싶어서.

떨리는 마음을 누르려 커피를 마셨다. 차가운 갈색 액체가 목을 타고 여울의 정신을 깨웠다. 태형에게 휘말리지 않는 게 중요했다. 까딱하다가는 그가 원하는 대로 휩쓸려 갈 게 뻔하니까.

커피잔을 내려놓은 여울이 마른침을 삼켰다.

"본부장님께 다른 분이 있는지는 몰랐으니까 사과는 하지 않을게요. 실수였습니다. 술 마시고 잠깐 어떻게 됐나 봐요."

"또 실수라네."

"실수가 맞으니까요. 이번 일은 잘 묻어 두고 일에만 집중할 수 있게 해 주세요."

억지로 끌어 올린 입꼬리가 바르르 떨렸다. 자신이 내보일 수 있는 최대한의 예의였다.

"겨우 그거 때문이었어요?"

겨우?

"나 사귀는 사람 없는데."

"네?"

"주여울 씨하고 잔 게 마지막 잠자리라면 충분히 설명되겠어요?"

올곧게 날아드는 날것의 말에 여울의 얼굴부터 목까지 빨개졌다. 민망하면서도 알 수 없는 기쁨이 동시에 차올라 그녀를 채웠다.

"여자 친구분이 아니라고요?"

"네."

태형은 주저하지 않고 대답했다.

"그렇지만 분명 같이 자는 게 뭐 어떠냐고 그러셨는데……."

자신이 없어져 목소리가 개미처럼 기어들어 갔다.

"남단아라고 어렸을 때부터 친구였어요. 어머니가 저 좀 잡아와 달라고 급하게 왔다는데 잘 곳이 없다길래."

"아……."

"그런데 주여울 씨가 질투해 줄지는 몰랐네."

"지, 질투 아니에요."

속을 들킨 것만 같아 목소리가 절로 커졌다.

"제가 질투할 일도 아니고요. 사실 저희가 무슨 관계도 아니잖아요."

"거짓말을 잘 못하네요?"

당황한 마음을 숨겨 보려 테이블로 시선을 돌렸다. 그런데도 자신을 보는 태형의 눈빛이 또렷이 느껴졌다.

"걔는 신경 쓰지 않아도 돼요. 계속 친구일 거니까."

단호한 말투에 여울이 슬며시 고개를 들었다.

"내가 누구하고 사귀는 거에는 관심 없거든요."

그건 다시 말해서 저와도 사귈 마음이 없다는 소리다.

"왜요?"

"영원하지 않을 관계에 얽매이는 것보다는 그때그때 감정에 충실한 게 낫다고 생각해서."

태형의 연애관을 비판할 이유는 없었다. 결혼이나 연애에 대한 각자의 생각이 있고, 그게 맞는 사람과 만나면 될 일이었다.

문제는 자신과는 다른 태형의 연애관에 자꾸 마음이 시무룩해진다는 거였다.

마치 그와 특별한 사이라도 될 수 있다는 희망을 품은 것처럼.

"그리고 생각보다 그쪽한테 아주 흥미가 생겼기도 하고요."

"……."

"주여울 씨만큼 나도 그날 밤이 좋았거든."

태형의 입꼬리가 짓궂게 말려 올라갔다.

'좋아요, 태형 씨…….'

일순간 태형을 붙잡고 신음을 쏟아 내던 제 모습이 떠올랐다. 더군다나 그를 두고 얼마나 야한 꿈들을 꿨던가. 차마 입에 두 담지 못할 꿈이었다. 그 속에서도 여울은 그의 품에서 벗어나지 못했다.

태형의 붉은 입술 사이로 흘러내리던 달고 음탕한 말들이 하나씩 되살아나는 듯했다. 제 속을 파고드는 그의 어깨에 이를 박고 신음을 쏟아 냈던 것마저 진짜처럼 선명하다.

솔직히 말하자면 제게도 그 밤은 잊지 못할 밤이었다.

어딘가에 깊이 묻혀 있던 본능을 기어코 꺼내 버린 밤이기도 했다.

하지만 지금은 본능에 따라가지 않는 게 좋았다. 몸만 탐하는 사이가 되는 건 원치 않았으니까. 이대로 태형에게 휘말렸다가는 자신만 상처받고 끝날 게 분명했다.

"주여울 씨하고 잤던 걸 떠벌릴 마음 없어요. 공과 사도 잘 구분할 거고."

"하지만,"

"우리 사이에 비밀 하나 생긴 걸로 해요. 친밀감도 생기고 좋잖아요?"

여울의 머릿속은 혼란스러웠다.

도통 자신의 마음을 파악할 수가 없었다. 태형에게 여자 친구가 없다는 사실이 기쁘면서도 자칫 그의 어장에 들어가게 될까 걱정스러웠다.

그렇게 부정 속에 빠졌다가도 어느새 이 남자의 연애관이 저로 인해 바뀔 수도 있지 않을까 기대하게 된다.

결혼하지 않겠다고 선언하고서도 마음을 바꾼 사람들을 여럿 보지 않았나.

여러 감정이 한꺼번에 밀려와 여울의 마음을 어지럽혔다.

거대한 풍랑이라도 맞닥뜨린 듯했다. 이성적인 판단이 서지 않았다.

어쩌면 벌써 태형에게 끌려가기 시작한 건지도 몰랐다.

∗

집에 돌아온 여울은 밤새 핸드폰만 붙잡고 있었다. 당장 직진할 것처럼 굴던 태형에게서는 아무런 전화가 없었다.

핸드폰을 확인한다고 잠까지 설칠 정도였다.

하지만 여전히 연락 없음.

여울의 입꼬리가 올라갈 생각을 하지 않고 끝없이 내려갔다. 집에 도착하자마자 잘 들어갔냐고 먼저 메시지를 보냈어야 했을까. 웃기지도 않는 후회가 고개를 쳐들었다.

"나 지금… 연락 안 온다고 아쉬워하는 거야? 아냐, 그럴 리가 없잖아. 아쉽긴 뭐가 아쉬워?"

여울은 핸드폰을 테이블에 내던지며 고개를 저었다. 최대한 핸드폰에서 관심을 떼기로 했다.

정신을 다른 곳에 두려고 바쁘게 몸을 움직였다. 청소며 빨래며, 온갖 집안일을 했고 회사에서도 먼저 나서서 일을 도맡아 했다.

그러나 핸드폰이 조금이라도 울리는 날에는 '혹시'하는 마음이 피어올랐다.

태형의 전화를 기다리지 않는다고 스스로에게 주문을 걸수록 더욱 그의 전화를 기다리고 있는 것 같았다.

오랜 기다림에도 태형에게서는 아무런 연락도 오지 않았다.

하루, 이틀, 사흘.

시간만 속절없이 흘러갔다. 태형은 꼭 신기루처럼 나타났다가 사라져 버렸다.

이럴 거면 저를 왜 찾아왔을까. 가만히 있는 사람 흔들지나

말지. 말없이 사라져 버린 것에 대한 복수일까. 만약 그런 거라면 완벽히 성공했다. 업무를 보면서도 핸드폰을 손에서 떼지 못하고 있었으니까.

"주 대리."

"……."

"주여울 대리!"

태형을 떠올리느라 김 팀장이 자신을 부르고 있다는 걸 알지 못했다.

"대리니임."

눈치 빠른 신입 민아가 서둘러 제 팔을 건드렸다. 민아 쪽으로 고개를 돌리자 그녀가 '팀장님요'하며 입을 벙긋거렸다.

뒤늦게 상황을 파악한 여울이 자리에서 일어났다.

"네, 팀장님"

대답을 듣자 김 팀장의 미간이 조금 풀어졌다.

"거, 거… 거 뭐냐. 기획안 오케이 났으니까 청해 본부장한테 연락해. 다음 일정 잡아서 빨리 일 진행 시키자고."

"다음 회의는 청해 쪽에서 진행하는 걸로 말할까요?"

"그래그래. 저번에 그쪽에서 왔으니까 이번에는 우리가 또 한 번 가 줘야지. 바쁜 사람을 오라 가라 하면 되겠어?"

여러 명분을 들이밀기는 했지만 결론은 청해 전자를 구경하고 싶다는 말이었다.

"팀장님 가능하신 일정 말씀 주시면 조율해서 전달할게요."

"아냐. 그쪽 일정에 무조건 맞춰 줘. 괜히 거기서 수틀려서 못 하겠다고 하면 우리 모가지 날아가니까 잘하자. 어엉?"

김 팀장이 제게 신신당부했다. 윗선에서도 지대한 관심을 보이고 있다고 어찌나 강조하던지 귀에 딱지가 앉을 정도였다.

"주 대리가 예의 잘 갖춰서, 알지?"

"네."

대답을 하자마자 곧장 수화기를 들었다. 연락하는 게 뭘 특별한 일이라고 벌써부터 마음이 세차게 뛰었다.

어떤 식으로 첫인사를 해야 할까.

딱딱하게? 아니면 부드럽게 그간의 안부라도 묻는 게 좋을까. 날씨 얘기는 너무 진부한 것 같고, 바로 본론으로 들어가자니 너무 정이 없어 보였다.

여러 회사 담당자들과 통화를 하면서 나름대로 기술을 쌓아 왔다고 생각했는데, 지금은 꼭 처음 전화 업무를 시도하는 신입 사원이 된 것만 같았다.

절대로 태형과의 통화가 그리웠던 건 아니다.

아니어야만 했다.

여울은 명함집에서 그의 명함을 꺼냈다.

본부장	**강 태 형**

명함에 박혀 있는 글자가 여전히 현실감 없었다.

그녀는 길게 한숨을 내쉬고는 명함에 적힌 사무실 번호로 전화를 걸었다. 신호음이 길게 이어질수록 벌렁거림이 심해졌다.

여울이 큼큼거리며 목을 가다듬은 순간.

-강태형 본부장님 비서실, 곽도현입니다.

수화기 반대편에서 부드러운 목소리가 넘어왔다. 태형이 바로 전화를 받지 않은 게 천만다행이었다. 아직 어떻게 첫인사를 건넬지 정하지 못했기 때문이다.

"안녕하세요. 미신수 마케팅팀 주여울 대리라고 합니다. 프로젝트 관련해서 전달드릴 사항이 있는데 본부장님과 통화가 가능할까요?"

-본부장님께서 자리를 비우셔서요. 말씀 남겨 주시면 전달드리겠습니다.

"다른 건 아니고 회사 내부에서 프로젝트 컨펌이 나서요. 다시 한번 미팅 잡고 디테일하게 논의 진행하고 싶은데 언제 스케줄이 되실까 하고요."

-좋은 소식이네요. 본부장님도 연락 기다리고 계셨거든요.

"이번에는 저희가 본부장님 스케줄 맞춰서 찾아뵙겠습니다. 가능한 시간 보시고 연락 주시라고 전달 부탁드려요."

-돌아오시면 전달드릴게요.

모시는 보스와 달리 도현의 말투는 차분하고 따뜻했다. 더러 사람 냄새가 가득했다.

태형보다 능숙하고 편안하게 대화를 이끌어 갈 줄 아는 사람이다.

"들어가세요."

사무적인 인사를 끝으로 전화를 끊었다.

귀를 쫑긋 세우고 대화 내용을 듣고 있던 차선율 과장이 의자를 끌고는 다가왔다. 눈썹을 씰룩거리는 게 진행 상황이 어지간히 궁금한 눈치다.

"뭐래?"

"본부장님이 자리 비우셔서 메모만 남겼어요."

"와이씨! 금수저가 최고라니까. 분명 어디서 자거나 놀거나. 꿀 빨고 있을 걸? 나하고 나이도 비슷한데 벌써 본부장까지 되고. 역시 수저를 잘 물어야 해."

차 과장의 말에 반박을 하려다 말았다. 당사자도 아닌데 굳이 열을 낼 필요도 없었고 굳이 차 과장과 언쟁을 벌이기도 싫었다.

이럴 때는 그저 웃음이나 날리며 제 할 일이나 하는 게 제일이다.

"금수저 부러워 뒤지겠네."

"금수저면 뭘 해? 집안이 콩가루인데."

김 팀장의 목소리에 차 과장이 놀라서는 자리에서 일어났다. 엄청난 반응 속도였다.

"청해 그룹 유명하잖아. 거기 전대 회장 딸이 세 번이나 결혼을 했다던가. 근데 사위도 만만치 않아. 결혼하자마자 바람피우더니 결혼도 몇 번 더 했을걸? 형제만 몇이야."

"그래도 돈은 많잖아요. 월급 나부랭이보단 콩가루 금수저가 낫죠."

"부모 하나라도 죽어 봐라. 그 돈 갖겠다고 다들 달려들 텐데."

"형제의 난이겠네요."

차 과장이 과한 리액션까지 선보이며 김 팀장의 말에 맞장구를 쳤다.

평소에는 차 과장이 살아남는 아부 비법이려니 생각했는데 오늘은 이상하게 그의 행동이 거슬렸다. 어쩌면 대화 내용이 거슬린 건지도.

얼굴도 모르는 사람들이 자신의 가정사를 소상히 알고 있는 기분은 어떨까.

설령 사람들이 앞에서는 고개를 조아릴지언정 뒤에서는 쑥덕거리고 있다는 걸 태형이 모르지는 않을 텐데…….

"근데 주 대리는 강 본부장하고는 어떻게 아는 사이야?"

"여행 갔다가 우연히 만났어요."

"아니, 저 정도 금수저를 만난다고?"

"택시 투어에서 만나서요."

더욱 믿을 수 없다는 듯 차 과장의 눈이 가늘어졌다.

"무슨 재벌이 택시 투어를 해."

"친구분이 신청해 주셨대요."

"말이 되는,"

"강 본, 사람 참 소탈하기는 해? 나 같으면 최고급 투어 갔을 텐데 말이야."

반박을 하고 나서려던 차 과장이 '그렇다'면서 삽시간에 말을 바꿨다. 김 팀장이 서쪽에서 해가 뜬다고 하면 그렇다고 맞장구칠 사람이다.

"그런데 씁, 어떻게 영업해야 그런 사람이 떡 하고 넘어오는 거야? 웬만한 걸로는 설득이 되나."

차 과장은 턱을 매만지면서 제게 수상하다는 눈빛을 날렸다. 어떻게든 흠집을 내고 싶어서 안달 난 것처럼 보였다.

"항상 저희 제품 들고 다니는 것부터가 영업이죠."

여울은 얼른 책상에 굴러다니던 볼펜 한 자루를 집어 들고는 말했다.

"비법 궁금하시면 제가 나중에 자세히 알려 드릴게요, 과장님."

웃는 낯으로 던진 말에 차 과장은 썩은 미소를 날렸다. 제게 한 방을 맞았다고 생각했는지 미간에는 구김살이 생겼다.

김 팀장의 총애를 뺏길 것만 같아 불안한 모양이었다.

"팀장님, 저희는 담배 한 대 태우러 가시죠."

그는 어떻게든 김 팀장을 끌고 밖으로 나갔다. 자신들만의 친목을 다지고 말겠다는 의지가 강하게 느껴졌다.

그날 밤의 일은 절대 차 과장에게 들어가서는 안 됐다. 그의 귀에 그 사실이 들어가면 회사 전체에 소문이 퍼지는 건 시간 문제일 테니까.

*

"그래서 메모까지 남겼는데 연락이 없다고? 이틀이나 지났는데?"

반갑지 않은 소식에 김 팀장이 뒷머리를 벅벅 긁어 댔다. 이럴 때 기적처럼 태형에게서 전화가 오면 좋겠지만 그런 행운은 찾아올 기색도 없었다.

"다시 전화는 해 봤고?"

"비서분하고 따로 전화는 했는데 요새 일정이 많아서."

"세상일 뭐, 지 혼자 다 한대? 바빠도 핸드폰 볼 시간은 있을 거 아냐. 밥 안 먹어? 잠 안 자? 우리 다-아 시간 쪼개서 연락하고 있구먼. 안 그래?"

"네."

열을 내는 김 팀장의 목에 퍼런 핏대가 섰다. 태형이 나타나면 바로 고개를 조아릴 사람이 기세는 좋다.

김 팀장이 이토록 초조해하는 걸 보니 위에서 그를 쪼고 있는 게 분명했다. 그러지 않고서야 고작 이틀이 지났는데 이렇게 사람을 닦달해 대지는 않을 거다.

물론 여울도 걱정이 되지 않는 것은 아니었다.

하지만 때로는 기다림의 미학이 필요할 때가 있지 않나. 바쁘다는 사람을 붙잡고 계속 전화를 할 수도 없는 노릇이었다.

도리어 그쪽이 프로젝트를 망치는 지름길이 될 터다.

"청해 쪽에서 갑자기 프로젝트 엎자고 하는 건 아니겠지?"

김 팀장의 멘탈은 실시간으로 박살나고 있었다.

"주 대리 손 놓고 있을 거야?"

때리는 시어머니보다 말리는 시누이가 더 밉다더니. 김 팀장의 불안을 증폭시키는 차 과장의 한 마디 한 마디가 짜증스러웠다.

"직접 찾아가 보기라도 해 봐. 가면 만나는 줄 거 아니야."

하지만 그만하라고 쳐다보기 무섭게 불난 집에 기름을 획- 부어 버린다.

"그래. 주 대리가 가서 책임지고 확답 받아 와."

"제가요?!"

"그럼 내가 가리? 이 프로젝트 따 온 주 대리가 가야지. 강 본하고 연락하고 있는 것도 주 대리잖아. 이거 다 주 대리 책임이다, 어?"

김 팀장은 모든 것이 제 책임이라며 몇 번이나 강조했다.

잘될 때는 다 팀원들을 잘 키워 낸 자신의 능력 덕분이라 하더니.

기가 차서 하마터면 헛웃음을 터뜨릴 뻔했다.

"팀장님 우선 조금만 더 기다려 주세요. 오늘 전화 올 수도 있고."

"쇠뿔도 단김에 빼야지. 나는 팀장 회의 있어서 가 볼 테니까, 주 대리는 무조건 대답 받아 와. 거기서 퇴근해도 되니까 될 때까지. 오케이?"

김 팀장은 자신이 하고 싶은 말만 쏟아 내고는 사무실을 나갔다.

그 바람에 여울만 덩그러니 제자리에 남겨졌다. 벌써부터 머리가 지끈거리는 듯했다. 결국 태형을 찾아갈 수밖에 없게 되어 버렸으니까.

웬만하면 전화로 해결하고 싶었는데…….

제자리로 돌아온 여울은 핸드폰을 집어 들었다. 태형에게 찾아가고 싶기도 했고 그러지 않기도 했다. 두 개의 마음이 맞부딪히며 저를 주저하게 만들었다.

그래선지 몇 번이나 문자 메시지를 썼다가 지워 댔다.

[본부장님 안녕하세요. 미신수 주여울 대리입니다. 바쁘신 줄 알지만, 혹시 시간 되시면 연락 가능하실까요? 기다리고 있겠습니다.]

그러다 마침내 태형에게 문자 메시지를 날렸다.

빠른 답장은 기대하지도 않았다. 원체 연락이 없던 사람이 아닌가. 만약 그러면 말도 없이 회사로 들이닥쳐야 하나 고민이 됐다.

바로 그때였다.

핸드폰이 울렸는데 화면에는 다름 아닌 태형의 이름이 떴다. 이름 석 자만으로도 반가웠다.

"안녕하세요, 본부장님."

전화를 받자마자 인사를 날렸다.

-오랜만이네요.

"그러게요. 지금 통화 가능하세요?"

-곧 회의라.

"시간 많이 뺏지 않을게요. 저희 미팅 일정 때문에요. 스케줄 비실 때 찾아뵈려고 하는데 따로 연락이 없으셔서. 혹시 언제쯤 알려 주실 수 있으실까요?"

여울은 시간과 장소 모두 태형에게 맞출 수 있다 말했다. 급한 마당에 이것저것 따지고 잴 시간이 없었다.

-많이 급해요?

"…네."

-그럼 오늘 본부장실 와서 내 비서하고 시간 체크해 봐요. 난 지금 바로 회의 들어가 봐야 할 것 같아서.

"네! 그럴게요."

제가 대답을 하자마자 전화가 끊긴 걸 보니 어지간히 바쁘기는 한가 보다.

여울은 핸드폰을 가만히 바라봤다. 확답을 받지 못했지만 진

전은 있었다. 회의로 바쁘다고 했으니 다행히 태형과 일대일로 마주칠 일도 없을 거다.

[오후에 찾아뵙겠습니다.]

여울은 문자 메시지를 보내고는 곧장 나갈 채비를 시작했다.

제4장
질투

 태형의 집무실은 놀랄 만큼 깨끗하고 컸다. 높은 천장과 커다란 창문이 제일 먼저 여울의 시선을 사로잡았다.

 창밖으로 보이는 한강과 드넓은 하늘이 속을 시원하게 만들었다.

 블랙과 화이트로 톤을 맞춘 내부 인테리어는 깔끔했는데, 태형의 이미지와 묘하게 닮아 있었다.

 "이쪽에 앉으세요."

 "감사합니다."

 소파에 앉은 여울이 주변을 돌아봤다. 벽에는 여러 그림이 걸려 있었다. 그림에 문외한인 제가 봐도 예술적인 감각이 물씬 묻어나는 그림들이었다.

 태형의 감각과 취향이 군데군데 묻어 있는 집무실은 사무 공간이라기보다는 그의 개인적인 공간 같았다.

이런 널찍한 곳에서 일을 하면 어떤 느낌일지 감조차 잡히지 않았다. 그저 막연히 좋지 않을까 싶다가도 큼지막한 집무실을 쓰는 만큼의 무게감과 압박이 있지 않을까 하는 생각도 들었다.

"홍차 좋아하세요?"

도현이 허벅지에 손을 비비며 어색하게 앉아 있는 저를 보며 물었다.

"아, 네. 좋아해요."

"우유 넣는 거 좋아하세요?"

도현의 말에 고개를 끄덕였다.

"다행이네요. 마침 홍차하고 우유 다 있거든요. 본부장님은 별로 안 좋아하시기는 하는데 그래도 제가 좋아하니까."

처음 전화에서 느꼈던 것처럼 도현에게는 사람을 편하게 만드는 재주가 있었다. 그 덕에 낯선 집무실에서도 편하게 대화가 오갔다.

금방 오겠다면서 사라진 도현은 금세 밀크티를 만들어 왔다.

"입에 맞을지 모르겠어요."

"제가 아무거나 다 잘 마셔서요. 괜찮아요. 잘 마시겠습니다."

여울이 밀크티를 한 모금 마셨다. 부드럽게 목을 넘어가는 밀크티의 맛에 절로 와아- 하고 탄성이 터졌다.

제 반응에 비로소 마음을 놓았는지 도현의 미소가 깊어졌다.

조심스럽게 찻잔을 내려놓는데 툭 소리가 났다.

바람이 창을 치는 소리였는데 태형이 온 줄 알고 놀란 여울이 급히 문 쪽으로 고개를 돌렸다. 거기에는 역시 아무도 없었다.

"여기까지 오시게 해서 죄송해요."

"당연히 와야죠. 비서님이 미안해하실 일도 아니구요."

"곧 신제품 공개 행사가 있어서 요새 본부장님이 정신이 없으시거든요. 하나하나 본인이 확인해야 직성이 풀리시는 분이라."

태형의 상황을 충분히 이해할 수 있다는 듯 고개를 주억거렸다.

그러면서도 제가 태형에게는 일보다 중요하지 않다는 엉뚱한 결론에 약간 서운한 마음이 들었다. 태형이 자신과 무슨 사이라고. 기가 막혀 헛웃음이 나올 지경이었다.

여울은 어서 일이나 끝내고 돌아가자 싶었다.

"혹시 오늘 본부장님도 오시나요?"

"저녁 늦게나 오실 텐데 기다리시겠어요?"

"아뇨. 그냥 여쭤봤어요. 갑자기 오시는 거 아닌가 싶어서요."

"그러진 않으실 거예요. 행사장 둘러보려면 시간이 꽤 걸려서요. 아마 지금 시간 가는 줄도 모르고 계실걸요."

여울의 입가에 안도의 미소가 번졌다.

"저희 그럼 스케줄 조정 빨리 끝낼까요? 얼른 결론이 나야 주대리님도 마음 편하실 것 같아서요."

여울은 서둘러 핸드백에서 수첩을 꺼냈다. 수첩을 펼쳐 저희 팀원들의 스케줄을 살폈다. 그러다 문득 고개를 들어 도현의 태블릿을 봤는데 하마터면 입이 딱 벌어질 뻔했다.

쉬는 시간이 있나 싶을 만큼 태형의 일정은 빡빡하게 차 있었다.

일당백이 따로 없었다. 몸이 남아나기는 할까.

"본부장님 스케줄이… 엄청나시네요."

"이것저것 일정이 많이 잡혀 있어서요. 혹시 편한 일정 있으세요? 미룰 수 있는 스케줄 있으면 미루라고 하셨으니까 편히 말씀 주세요."

"이번 주는 무리겠죠?"

"아무래도."

도현과 머리를 맞대고 스케줄 조정에 열을 올렸다. 도현은 어디론가 전화를 걸었고 분주하게 메모를 남겼다. 이동 동선까지 꼼꼼하게 체크하는 모습에 박수가 나올 정도였다.

그렇게 몇 통의 전화가 반복됐을까. 드디어 절대 비지 않을 것 같던 태형의 일정에 빈 공간이 생겼다.

"목요일 오후로 저희 쪽에도 일정 전달해 놓을게요."

"저희도 청해로 오시는 걸로 알고 준비하겠습니다."

정신없이 이어지던 일정 논의가 끝났다.

일을 끝내선지 여울의 마음이 한결 가벼워졌다. 이제 집으로 돌아가면 됐다. 가는 길에 픽스된 스케줄을 김 팀장에게 보내면 오늘의 일정은 끝이었다.

"저 먼저 일어나,"

"끝났어?"

집무실 문이 활짝 열리며 태형이 나타났다.

그가 올 거라는 걸 도현이 알고 있을 거라 생각했다. 그래서 자연스럽게 도현을 보게 됐는데 그도 태형이 올 줄 꿈에도 몰랐던 모양이다.

"내가 도와줄 거 없어요?"

"곽 비서님 덕분에 잘 해결했습니다."

"잘 해결했나 보네."

"네."

"그럼 저는 다음 주 목요일에 뵙는 걸로 알고,"

"그냥 가면 섭섭하죠. 여기서 같이 퇴근하고 저녁 먹으러 갑시다."

생각지도 못한 제안에 여울의 시선이 도현에게로 돌아갔다. 그를 말려 보라는 눈빛까지 날렸다.

"주 대리님도 회사에 돌아가서 일정 공유해야 할 거고, 바쁘실 테니 저녁 식사는 나중에 하는 게 어떠세요?"

제 마음을 읽은 도현이 완곡하게 태형을 막았다. 부디 그의 말이 먹히길 바랐다.

며칠 동안 연락이 없던 태형을 만나 반가운 건 사실이었지만 일대일로 저녁 식사를 하는 건 부담스러웠다.

그리고 본능적으로 태형과 단둘의 시간을 거부하는 이유를 잘 알고 있었다.

홀릴까 봐.

그날처럼 속수무책으로 빠져들고 말까 봐.

이 사람이 저로 인해 바뀔 수 있다는 착각에 빠져 버릴까 봐.

"괜찮으시면 다음에 미팅 끝나고 주 대리님 회사분들하고 다 같이 식사하시는 게 나을 것 같습니다."

"음……."

태형의 반응이 뜨뜻미지근했다.

"지금 따로 식사도 하고 나중에 같이 식사도 하면 되겠네."

어째선지 혹을 떼어 내려다가 혹 하나를 더 붙여 버린 모양새였다.

"본부장님 말씀 중에 죄송하지만 저는 회사로 돌아가 봐야 할 것 같아서요."

"일 있어요?"

"네."

"급한 일 아니면 시간 좀 달라고 김 팀장님한테 부탁이라도 드려야겠네."

태형은 금방이라도 김 팀장에게 전화를 걸 기세였다. 만약 그의 전화를 받는다면 김 팀장은 마음대로 하시라 말할 게 뻔했다.

팀원이 무슨 고초를 겪어도 프로젝트만 잘 진행되면 그만이라고 생각할 테니까.

더군다나 태형과 식사를 같이 하는 건 청신호라 생각할지도.

"팀장님께는 제가 말씀드리겠습니다."

여울이 백기를 들었다.

누가 전화를 하든지 어차피 허락이 떨어질 거라면 차라리 제가 하는 편이 나았다. 태형이 어떤 말을 덧붙일지 누가 알겠나.

"전화드리고 올게요."

"여기서 해도 되는데."

"밖이 편할 것 같아서요."

실례하겠다는 말과 함께 집무실을 나섰다. 태형과 멀어지자 비로소 한숨을 돌릴 수 있었다.

긴장 속에서 얼마나 벗어나고 싶었는지 여울은 어느새 엘리베이터 앞에 도착했다.

이곳까지 걸어 나왔는데도 사위가 쥐 죽은 듯 고요했다. 비밀스러운 첨탑 꼭대기에 올라선 느낌이었다. 비록 제가 이곳에 갇힌 왕자님을 구하러 온 용사는 아니었지만.

*

"그렇게 고집부릴 필요 없잖아. 저녁이야 다음에 먹어도 되는 거고."

여울이 사라지자마자 도현이 기다렸다는 듯 쓴소리를 날

렸다.

"누가 보면 너 저 여자 대리인인 줄 알겠다?"

"대변이 아니고."

"너 착하고 마음 약한 거 아는데, 남 불쌍하게 여기는 거 적당히 해. 그거 오지랖이야."

책상에 걸어앉은 태형의 말투가 뾰족했다. 도현이 하는 일에는 조금도 날을 세우지 않는 그였지만, 여울의 일에 관해서 만큼은 달랐다.

오랫동안 그의 곁을 지키던 도현조차 처음 보는 모습이었다.

"같이 일할 텐데 서로 불편하게 지낼 필요 없으니까."

"거기까지 해."

더 이상 듣기 싫다는 듯 태형이 딱 잘라 선을 그었다.

여기서 한 소리를 덧붙이면 태형이 어떻게 나올지 알 수 없었다. 그래서 도현은 말을 아꼈다. 어차피 여울의 쪽에서 이미 접고 들어간 일이 아닌가.

일에 관해서만은 깔끔한 태형이었지만 이성 문제는 달랐다. 보통 여자 쪽에서 그에게 일방적으로 애정을 쏟다가 끝이 나거나 일회성 만남이 대부분이었다.

태형은 단 한 번도 애인을 둔 적이 없었고, 늘 결혼 생각이 없다고 못을 박았다. 서로의 쾌락이나 채우면 그만이라던 그가 이토록 누군가를 우악스럽게 붙들고 있는 것은 본 적이 없었다.

왜 달라진 걸까.

주여울이 다른 여자들과 뭐가 달라서?

도현은 머리를 굴려 봤지만 짐작도 가지 않았다. 왠지 결코 좋은 이유는 아닐 것 같았다.

그때 전화를 마쳤는지 여울이 노크를 하고는 집무실로 돌아왔다.

"전화 잘 하고 왔어요?"

"네."

태형의 입가에 번지는 웃음이 얄궂었다.

여울을 보는 눈빛에는 평범한 애정 같은 건 보이지 않았다. 오히려 자신의 손아귀에 든 것을 뺏기지 않으려는 향기만 짙게 풍긴다.

다른 사람은 어떻게 생각할지 몰라도 적어도 도현의 눈에는 그렇게 보였다.

'강태형, 너 얼굴이 왜 이래? 설마 회장님이 또 때리셨어?'

'나한테 청해 그룹은 뺏기기 싫으신가 보더라고.'

'그렇게 자극해서 뭐가 좋다고.'

'청해, 배부르게 처먹어 보고 싶어져서.'

'뭐?'

'다른 새끼들이 내 거 탐내는 게 꼴같잖아.'

얼굴이 엉망진창이 났는데도 좋다고 웃어 대던 태형의 모습이 떠올랐다. 그날 태형에게서 느꼈던 서늘함이 다시 느껴졌다.

그래서일까.

도현은 여울에게서 눈을 뗄 수가 없었다. 설령 그게 태형의 말대로 쓸데없는 관심이라 할지라도.

*

여울이 태형의 차에서 내렸다. 그들이 도착한 곳은 분위기 있는 일식전문점이었다. 태형을 따라 가게 안으로 들어섰다.

태형을 발견한 점원이 기다렸다는 듯 자리를 안내했다. 항상 이용하던 자리로 안내드린다는 말을 붙이는 걸 봐서는 단골인 모양이다.

"오늘도 오마카세로 준비해 드리면 될까요?"

"예."

단박에 메뉴가 결정났다. 요리사에게 메뉴를 맡기는 게 도리어 나은 것 같기도 했다. 적어도 뭘 골라야 하나 태형의 눈치를 보지 않아도 되지 않나.

여울은 점원이 내온 따뜻한 물수건으로 손을 닦았다.

태형과의 자리가 몹시도 어색했다. 도현이라도 있었다면 조금 더 편한 분위기 속에서 식사를 할 수 있었을 텐데.

아쉽기는 하지만 퇴근해야 할 사람을 붙잡을 수는 없었다.

"핸드폰 새로 나온다고 하던데 그것 때문에 많이 바쁘시죠?"

여울이 먼저 입을 뗐다.

"누구한테 들었어요?"

"곽 비서님한테서요."

"내 전화 기다리고 있었어요?"

"저희 팀장님도,"

"기다렸구나."

태형은 제가 얼마나 마음 졸이고 있었는지 다 알고 있다는 투였다.

빨리 다른 화제로 넘어가는 게 좋았다. 이대로라면 꼼짝없이 태형이 원하는 대로 내화가 끌려갈 테니까.

"언팩 행사? 그거 준비하시는 거죠?"

"놀러 올래요?"

"아뇨, 아뇨. 괜찮아요. 신제품 출시되면 그때 구경할게요."

여울이 두 손을 내저으며 거절을 날렸다.

"초대 리스트만 넘기면,"

태형이 말을 멈추고는 핸드폰을 봤다. 미간이 구겨지는 걸 보니 반갑지 않은 연락이라도 왔나 보다.

징징거리는 진동 소리가 쉼 없이 울려 퍼졌다. 하지만 태형은 전화를 받을 마음이 없는지 핸드폰을 뒤집어 놓았다.

"어디까지 얘기했죠?"

"별 얘기 아니었어요."

여울은 찻잔을 매만지면서 대강 행사 얘기를 끝냈다.

"그동안 잘 지냈어요?"

"덕분에 잘 지냈습니다."

태형의 연락이 없어 전전긍긍했다는 건 무덤까지 가져가야 할 비밀이었다. 그가 알아 봐야 좋을 게 없을 일이니까.

"아쉽네요."

"……?"

"내 생각 하느라 잘 못 지내길 바랐거든요."

직설적으로 날아든 말에 어색한 미소조차 짓기 어려웠다.

이럴 때는 아무거나 마시는 게 제일 좋았다. 설령 맛깔난 음식이 나오기도 전에 물배를 채우게 된다고 하더라도.

차를 한 모금 홀짝이고는 잔을 내려놨다.

"차가 맛있네요."

아무 말이나 던지면서 어서 음식이 올라오길 바랐다.

버석하게 마른 아랫입술을 살짝 머금고는 문을 봤다. 제 바람이 가닿기라도 한 듯 노크 소리가 났다.

이내 문이 열리고 서버가 안으로 들어왔다. 서버는 허브와 꽃으로 장식된 정갈한 전채요리를 그와 제 앞에 각각 내려놨다.

"반주 한잔할래요?"

"괜찮습니다."

"혹시 마음 바뀌면 말해요. 여기 따뜻한 정종 한 잔."

태형의 주문에 곧 따뜻한 정종이 올라왔다.

막상 올라오는 음식을 하나씩 먹다 보니 정종을 곁들이면 풍미가 훨씬 살아날 것 같다는 생각이 들었다. 특히나 쫄깃한 도화새우 요리를 먹을 때는 더더욱 그랬다.

하지만 술을 가까이 하는 건 좋지 않았다. 그날의 실수도 결국 취해서 벌어진 일이 아닌가.

게다가 태형의 연락을 기다리고 있었다는 실없는 말까지 꺼낼지도 몰랐다.

불장난에 잘못 들어갔다는 타 죽어 버릴 거다.

마음을 단단히 잡아야만 했다.

제게 필요한 사람은 몸이 동하는 사람이 아니라 안정감을 줄 수 있는 남자였다.

연애하고 결혼도 하고, 그렇게 같이 평범한 가정을 꾸릴 남자.

상대에게 품은 마음이 뜨겁지 않대도 여울에게 필요한 건 그쪽이었다. 평범하게 살고 싶으니까. 그리고 평범하다는 게 얼마나 힘든 건지 잘 알고 있으니까.

'주 씨네 와이프는 어떻게 된 거래요?'

'애 구하러 물에 들어갔다가 엄마는 죽고 애만 살았대.'

'어머머머, 웬일이야. 그래서 저번 졸업식에서 주 씨네 딸만 혼자 덜렁 서 있었던 거야?'

'일이 바빠도 그건 너무했어요. 이래서 애들한테는 엄마가 있어야

된다니까요.'

엄마가 돌아가신 이후, 여울의 삶은 단 한 번도 평범하지 못했다.

엄마 없는 애, 아버지조차 관심을 주지 않는 애. 그 꼬리표가 붙어 떨어지지 않았다. 제아무리 발버둥을 쳐도 마찬가지였다. 조금이라도 욕심이나 고집을 부리면 동네 사람들은 '엄마가 없어서'라며, 혀를 찼다.

여울은 그 소리를 듣고 싶지 않아 남에게 밉보이지 않으려 애썼다.

늘 눈치를 봤고 착한 사람의 기준에서 벗어날 수 있는 일은 하지 않았다.

완벽한 모범생이 되려 했다.

그러면 아버지 역시 저를 미워하지 않을까 싶기도 했던 것 같다.

그런 자신에게 태형의 존재는 분에 넘치는 명품과 같았다. 손에는 쥐고 싶어도 누군가 손가락질하지 않을까. 걱정하게 만든다.

한마디로 태형은 자신과 전혀 어울리지 않는 사람이었다.

"평소에는 퇴근하고 뭐 해요?"

"그냥 쉬어요."

"뭐 하면서?"

"티비도 보고 잠도 자고… 거의 집에 있어요. 집이 편해서요."
"그건 나하고 비슷하네요."

태형의 대답에 여울의 눈이 커졌다.

솔직히 말하자면 소파에 널브러져 있는 그의 모습이 상상되지 않았다. 어쩐지 집에서도 자기 관리를 하고 있을 것 같았으니까.

"집에서도 이 차림 그대로 있을 것 같아요?"

뜨끔.

남의 속마음을 귀신같이 읽어 낸다.

"궁금하면 직접 확인해 봐요. 내가 집에서는 어떤가."

"아, 뇨. 괜찮습니다."

태형은 실없는 농담이 아니라고 못 박았다. 그러면서 이번 행사만 잘 마무리되면 뭘 보며 늘어져 있을지 얘기했는데 제가 아는 영화가 나와서 퍽 반가웠다.

시간이 지날수록 긴장은 풀어지고 대화는 깊어졌다.

여울은 문득 여행을 갔을 때가 떠올랐다. 그때처럼 분위기가 편안했다. 태형의 입가에 번진 미소마저 마냥 다정하게 느껴질 정도였다.

위험하다는 경고음이 서서히 힘을 잃었다.

경계가 무너지면서 여울은 결국 그가 권한 매실주를 몇 잔 마시고 말았다.

"입맛에는 맞아요?"

"전부 맛있어요."

"다행이네. 여기 주인이 청해 호텔에서 일하던 분인데 솜씨가 좋아서 저도 가끔 들러서 먹고 가요."

과거의 보스가 손님이 돼서 들어오면 어떤 느낌일지 상상도 못 하겠다.

식사를 마치고 룸에서 나오자 주인이 버선발로 달려 나왔다. 주인은 긴장한 빛이 역력했다. 혹시라도 음식이 입에 맞지 않았을까 걱정된 모양이다.

"음식은 어떠셨어요?"

"맛있었습니다."

태형의 말 한마디에 주인의 입꼬리가 귀에 걸렸다.

훈훈한 호평 덕에 출입문까지 걸어가는 길이 화기애애했다. 이제 식당을 나가 태형을 배웅하고 집으로 돌아가면 끝이었다.

아니, 끝이라 생각했다.

"어? 강태형?"

그의 이름을 부르는 소리가 나기 전까지는.

머리를 예쁘게 올린 여자의 가느다란 목선과 새하얗고 매끄러운 피부가 제일 먼저 눈에 띄었다. 목에 두른 트윌리 스카프 하나에도 그녀의 패션 센스가 묻어났다.

냉큼 태형에게 달려가 팔짱을 끼는 걸 보니 사무적으로 아는 사이 같지는 않았다.

어렸을 때부터 친했다는 그 여자일까. 아니면 만나고 있는 여자?

대번에 여울의 머릿속이 복작거렸다.

"도현이가 너 저녁 먹으러 갔대서 혹시 여기 있나 했더니. 너는 내 손바닥 안이라니까. 근데 내 문자도 씹고, 전화도 씹구. 너무 비싸게 구는 거 아냐?"

"밥 먹고 가라."

"왜 이렇게 매정해. 서운하게. 나 너희 어머니한테 들볶이느라 쫄쫄 굶었거든?"

여자가 쉴 새 없이 투정을 부렸다. 다른 사람이 있든지 말든지 관심도 없어 보였다.

마치 둘만의 세상에 잘못 발을 들인 것 같다.

"지금 손님하고 같이 있으니까 나중에 얘기해."

손님이라고 했다.

틀린 말도 아닌데 괜히 그 말을 자꾸만 곱씹게 됐다.

손님, 손님······.

"누구?"

여자는 그제야 제 존재를 알아챈 듯했다.

"안녕하세요. 이번에 본부장님하고 같이 일하게 된 주여울 대리라고 합니다."

"무슨 일을 같이 해요?"

"본부장님께서 저희 회사에 콜라보 제안을 주셔서요."

"아아- 그러니까 같은 회사는 아니라는 거네요?"

여자의 목소리가 뾰족했다가 순식간에 부드럽게 변했다. 저를 경계할 필요가 없다 판단한 모양이다.

"저는 남단아라고 해요. 태형이 친구."

남단아.

여울은 그 이름을 듣자마자 놀랐다가 친구라는 말에 안도했다. 주책맞게.

두 사람이 친구든 아니든 무슨 상관이라고.

"제가 너무 배가 고파서요. 식사 끝나신 것 같은데 태형이 좀 데려가도 되겠죠?"

"얘기 덜 끝났어."

이만 가 보겠다며 인사를 하려는데 태형이 벽을 세웠다.

"네 것까지 계산할 테니까 많이 먹고 가."

태형이 팔을 붙들고 있는 단아의 손을 떼어 내고는 말했다.

단아는 눈에 보일 정도로 아쉬워하기는 했으나 그를 붙잡지는 않았다. 서로 일을 할 때는 건드리지 말자는 규칙이라도 있는 것처럼 보였다. 어쩌면 태형의 말대로 친구일 뿐이니까 서로 터치할 필요가 없는 걸지도.

이 상황이 묘하게 신경 쓰이는 것은 자신뿐인 것 같았다. 그러지 말아야지 생각하면서도 자꾸 뒤를 돌아보게 됐다.

정작 태형이나 단아는 서로를 단 한 번도 돌아보지 않았는데.

주인과 점원의 인사를 받으며 가게를 나서자마자 칼바람이 불어왔다.

"타고 있어요."

태형이 뒷자리 문을 열어 주고는 말했다.

거절할 기회는 얼마든지 있었다. 살짝 취기가 돌았지만 혼자 집에 찾아가지 못할 정도는 아니었으니까.

더군다나 식당에서 조금 걸어 나가면 근처에 버스 정류장도 있었다.

"네, 본부장님."

그런데도 태형의 차에 올라타는 쪽을 택했다.

여울은 뒷자리에 타서 태형이 돌아오기를 기다렸다. 마치 그 자리의 주인은 자신뿐이라는 것처럼.

*

두 사람을 태운 차가 도로 위를 부드럽게 달렸다.

대리 기사도 조용했지만, 뒷자리에 앉아 있는 태형과 여울도 말이 없기는 매한가지였다. 고요한 침묵 속에서 침 삼키는 소리만 크게 들렸다.

"택시 투어 하는 것 같네요."

적막을 깨고 태형이 먼저 입을 열었다.

그가 자신을 바라보고 있다는 게 느껴졌으나 여울은 고개를 돌리지 않았다. 혹시 눈이라도 마주치면 여기서 더 흘리게 될까 걱정됐던 것 같다.

이미 이 차에 올라탄 것부터가 위험을 선택한 거니까.

여울은 입술 안쪽의 여린 살을 깨물며 정신을 차리려 애썼다.

하지만 다른 생각을 하려 해도 옆에서 느껴지는 온기가 선명히 느껴진다. 은은하게 번지는 향기마저 사람을 끝없이 들쑤셨다.

더군다나 시트 위에 올려 둔 손가락이 그의 손끝과 닿았다.

손가락이 스칠 때마다 마음이 간질거렸다. 그 바람에 손이 옴지락거렸는데 그럴수록 감촉이 점점 선명해졌다.

손을 무릎에 가져가면 끝날 문제였다. 그런데도 뭔가에 꽉 붙잡힌 것처럼 꼼짝할 수가 없었다.

부디 스스로가 원하는 것은 아니길 바랐다.

"나는 그때 꽤 재미있었는데, 주여울 씨는?"

고개를 돌리자, 태형과 허공에서 눈이 마주쳤다. 그리고 동시에 말문이 막혔다. 그의 입술 사이로 번져 나는 숨이 자신을 잡아끄는 것 같았기 때문이다.

하, 아…….

가슴께가 부풀 만큼 마셨던 숨이 뜨거운 입김이 되어 흘러내린다. 숨소리가 원래 이렇게 야했나.

태형의 작은 것 하나에도 신경이 쓰였다. 입술에 달라붙는 눅진한 입김조차 그랬다. 혀를 내밀어 입술을 할짝거리고 싶어진다.

달게 올라오는 향에 이성이 무너지기 일보 직전이었다. 고개를 돌린다는 생각조차 잊어버릴 정도였으니까.

침도 삼키지 못하고 태형을 바라봤다. 차창 밖에서 밀려드는 불빛이 그에게 잠잠히 물들었다.

멀찍이 떨어져 있는 별을 바라보고 있는 기분이었다. 손을 뻗어 별을 만지면 제가 타 죽을 거라는 걸 알면서도 잡아 보고 싶다. 지금 아니면 다음에는 기회가 없을 것 같아서.

모두가 탐낼 것같이 너무, 예뻐서.

"싫었어요?"

내가 싫어요?

태형이 꼭 그렇게 묻는 것 같았다.

"…아뇨."

뭔가에 홀린 것처럼 진심이 터져 나왔다.

"좋았어요."

당신이 있어서 좋았어요.

제 말에 담긴 의미를 태형은 분명 알고 있었다. 빙긋이 말려 올라가는 얄궂은 입꼬리만 봐도 알 수 있다.

여울은 호텔 엘리베이터 앞에 선 것 같았다.

쾌락과 도망.

그중에 하나를 다시 선택할 수 있는 기회였다.

"나하고 더 놀다 가요."

능구렁이가 담을 넘듯이 태형이 제 손을 부드럽게 잡았다. 순간 거짓말처럼 머릿속에서 뭔가가 툭- 하고 끊어졌다.

"차 한잔해도 좋고."

"물 한 잔만… 부탁드려도 될까요?"

입이 말을 듣지 않았다. 통제를 벗어나기라도 한 듯 혀가 멋대로 움직인다.

제 말이 마음에 든다는 듯 태형의 입가를 물들인 미소가 짙어졌다.

웃기지 않게도 그 웃음에 기분이 날아갈 듯했다.

자신이 가는 길이 빛이 아니라 어둠이래도 상관없이 느껴졌다. 지금 이 순간은 태형의 웃음 말고는 아무것도 눈에 들어오지 않았으니까.

*

태형의 차가 고급 주택에 있는 차고 앞에 멈춰 섰다. 커다란 전동 문이 눈앞에서 열렸다.

여울은 차고가 저절로 열리고 닫히는 걸 신기하게 바라봤다.

차고에는 여러 대의 차가 있었다. 하나같이 제 월급으로는 유지가 되지 않을 고급차들이었다.

곧 차의 시동이 꺼졌다.

서로 대리비를 내겠다고 싸움을 벌이다가 여울이 먼저 물러났다. 대리 기사가 남자 친구분에게 받겠다면서 태형의 돈을 받았기 때문이다.

여울이 남자 친구가 아니라 말하기도 전에 대리 기사가 차고를 나섰다.

"들어갑시다."

"아, 네."

태형을 따라 그의 집으로 들어갔다.

슬리퍼를 신고 집으로 들어서자마자, 서늘한 기운이 돌았다. 처음에는 난방이 돌지 않아서 그런가 생각했지만 다른 곳과 비교할 수도 없을 만큼 집 안의 온도는 높았다.

그런데 어째서 빈집처럼 허한 느낌이 드는 건지 알 수 없었다.

여러 어두운 톤의 그림이 걸려 있는 복도를 지나 거실로 들어섰다.

"앉아요."

태형이 소파를 가리켰다.

"감사합니다."

제가 소파에 앉자 태형은 외투를 벗고 주방으로 들어갔다. 그가 사라지고 나자 거실이 너무도 휑해 보였다. 그 사이로 스미는 쓸쓸한 향기가 낯설지 않았다.

꼭 본가에 돌아온 느낌이었다.

밥을 먹으면서도, 아버지와 함께 생활을 하면서도 말소리가 존재하지 않았던 집. 그러면서도 서로의 생활감만은 또렷이 느껴져 불편했던 곳.

"귤차 괜찮아요?"

어느새 주방을 나온 태형이 찻잔을 거실 테이블에 내려놓으며 물었다.

"아, 네."

과일차를 그다지 좋아하지는 않았지만 거절할 수가 없었다. 태형이 손수 준비한 차가 아닌가.

"입맛에 맞으면 좋겠네요. 선물받은 거라 맛은 모르겠지만."

"잘 마시겠습니다."

여울은 시원한 물이 그립다는 말을 삼키며 차를 마셨다. 따뜻한 차가 그녀의 입술을 적셨다.

뜨끈한 기운이 느릿하게 목을 타고 내려와 온몸에 쭉 번져 나갔다. 온기가 퍼져 바짝 얼어붙었던 몸과 얼굴이 풀어지는 것 같았다.

게다가 혀에 남는 새콤달콤한 뒷맛도 상큼했다.

찻잔을 내려놓는 소리, 차가 넘어가는 소리, 살짝 몸을 움직일 때마다 나는 부스럭대는 소리.

작은 소리가 끝없이 거실에 피어났다.

'뭐라도 물어봐야 하지 않을까? 이렇게 신나게 차만 마시고 갈 거야?'

찻잔을 만지작거리는 여울의 마음에 아쉬움이 일었다.

잠깐, 아쉽다고? 주여울, 너 뭘 기대하고 여기 따라온 거야? 설마 한 번 더 자고 싶기라도 했어?

몸이 원하는 대로 가다가 상처받는 건 너라고, 너!

여울은 정신을 차리지 못하고 있는 스스로에게 쓴소리를 날렸다. 그런데도 마음이 완전히 잡히지 않았다. 자꾸만 한 번 더 실수한다고 달라지는 게 없지 않을까 하는 안일한 생각이 고개를 쳐든다.

"아까, 그 친구분하고는 많이 친하세요?"

쓸데없는 질문은 덤.

단아에 대해 물은 것을 후회하면서도 또 한편으로는 속이 시원했다. 두 사람이 단순한 친구 사이로 보이지는 않았기 때문이다.

"어릴 때부터 친했어요. 그렇다고 둘이 절친은 아니고. 제 비서하고, 셋이서."

태형이 '셋'이라는 말에 특히 힘을 주었다.

"그게 계속 궁금했어요?"

"아뇨, 아뇨. 계속 궁금했던 건 아니고. 그냥 어… 두 분이 많이 친하신 것 같아 보여서요."

"질투라도 났어요?"

"제가요? 아뇨, 절대 아뇨. 제가 왜 질투를 하겠어요."

여울은 두 손까지 내저으면서 격한 부정을 날렸다. 그럴수록 이상하게도 태형의 말을 더욱 인정하고 있는 느낌이 들었다.

"내가 아무한테나 떠벌리고 다녔을까 봐 겁이라도 났어요? 걱정 마요. 그럴 일 없어요."

"아아-"

여울은 어색한 웃음과 함께 어설픈 대답을 던졌다.

사실 거기까지 생각해 본 적이 없었다. 그저 단아와 정확히 어떤 관계인지가 궁금했을 뿐.

그런데 사실은 두 사람이 특별한 사이일까 내심 마음 졸이고 있었던 것은 아니었을까.

정말 질투하는 거야?

아니다. 아니야.

이것은 절대로 질투일 리가 없다. 절대로 그래서는 안 된다.

"더 궁금한 거 있어요?"

무엇이든지 다 말해 주겠다는 투에 머릿속이 시끌거렸다. 도대체 태형에게 뭐가 이렇게 궁금한 게 많은 건지 모르겠다.

그가 주저 없이 답해 줄 거라는 것을 알면서도 여울은 고개만 세차게 내저었다.

목까지 올라온 말 중에 일에 관련된 질문은 단 하나도 없었기 때문이다.

"궁금한 거 생기면 언제든지 마음껏 물어봐요. 전부 대답해 줄 테니까."

여울은 알겠다는 양 빙긋이 미소를 지어 보였지만 그런 일이 일어나지 않기를 바랐다. 그건 자신의 몸만 동한 것이 아니라 마음까지 움직였다는 소리가 되니까.

정신을 차리자고 마음을 다잡듯 얼른 귤차를 마셨다. 혈관을 얄궂게 돌고 있는 술기운이 말끔히 희석됐으면 했다.

부지런히 차를 마시던 여울의 찻잔이 마침내 말끔히 비었다.
"시간도 늦었는데 이만 가 보는 게 좋을 것 같아요. 차는 잘 마셨습니다, 본부장님."
"앉아 있어요."
역시나 차로 끝나지 않을 일이었나. 하기야 순수하게 차를 마시자는 의미였다면 저를 집까지 부르지는 않았을 거다.
이제 분명 집에 가는 문제로 실랑이가 벌어질 거라 확신했다.
"곽 비서 부를 테니까 기다려요."
그런데 걱정과는 달리 태형은 순순히 자신을 놔주었다. 의외의 반응에 여울은 당황한 기색을 감추지 못했다.
제가 흠칫거린 게 분명 눈에 보였을 거다.
"괜찮아요. 알아서 가겠습니다."
"내 마음 편하자고 하는 선심이니까 받아요."
"곽 비서님 번거롭게,"
"번거롭다고 생각 안 할 거예요. 원래가 밤낮없이 일하는 사람이라."
태형은 제 말허리를 부드럽게 가로채고는 곧장 도현에게 전화를 걸었다. 그 바람에 태형을 말릴 기회도 없었다.
당황한 여울은 여전히 자리에 앉은 채 애꿎은 찻잔만 매만졌다. 군말 없이 저를 놓아주는 걸 좋아해야 하는데 이상하게 마음이 기쁘지가 않았다.

   깊은 바다에 들어가는 것처럼 온몸이 가라앉은 기분이랄까.

   그래선지 여울의 시선은 전화를 하고 있는 태형에게서 떨어질 줄 몰랐다.

*

   도현이 제게 깍듯하게 목 인사를 하고는 뒷자리 문을 열어 주었다.

   이 밤에 자신을 태워 주겠다며 태형의 집까지 왔는데 냘름 상석에 올라탈 수는 없었다.

"저 조수석에 앉을게요."

"뒷자리가 편하실 텐데."

"밤도 늦었으니까 말동무가 필요할 것 같아서요."

   여울은 등 뒤로 태형의 시선이 느껴졌으나 아랑곳하지 않았다.

   아쉬워한다는 인상을 주기도 싫었고 그냥, 심술이 났다.

   조수석의 문고리를 잡고는 뒤를 돌았다.

"본부장님, 오늘 감사했습니다. 다음 미팅 때 뵐게요."

   사무적인 끝인사를 날리고는 조수석 문을 열었다. 차에 올라타자 약간 마음이 놓였다.

   이곳을 떠나고 나면 당분간 태형을 볼 일이 없을 테니까.

여울은 그 시간 동안 물러 터진 정신을 똑바로 다잡기로 다짐했다. 오늘처럼 마음이 널뛰는 것을 막으려면 어쩔 수 없었다.

한창 생각에 잠겨 있는데 태형이 차창을 가볍게 두드렸다. 모른 척하기에는 너무도 선명한 소리였다.

"잠깐 기다려요."

차창을 열자, 태형의 목소리가 밀려들었다.

그는 출발을 말리고는 집으로 들어갔다. 뭘 하려는 건지 조금도 짐작이 가지 않았다.

오래 기다려야 하나 싶었는데 태형은 예상외로 금방 나타났다. 손에는 귤청이 가득 든 병을 든 채였다.

"받아요."

"이건,"

"아까 잘 마시는 것 같길래."

"괜찮습니다."

"내 집에 처음 온 손님인데 빈손으로 돌려보내기 싫어서요. 부담 가질 만큼 대단한 것도 아니니까 편하게 받아요."

이 실랑이의 결말이 어떨지 잘 알고 있었다. 결국에는 태형의 말에 백기를 들고 말 거다. 제가 거절을 한다고 물러날 사람이 아니지 않나. 밤새 차고에 있을 수도 없는 노릇이었다.

"감사해요. 회사 사람들하고 잘 나눠 먹겠습니다."

태형이 바라는 대답이 아니라는 걸 모르지 않았다. 콧바람을 흘리며 그가 웃는 것만 봐도 알 수 있었다.

그럼에도 불구하고 여울은 그가 바라는 대답은 하지 않았다.

단단히 선을 긋는다는 인상을 강하게 심어 주려는 심산이었다.

결국에 기억 남는 것은 마지막 모습일 테니까.

"다음에 뵐게요. 쉬세요."

"조만간 봅시다."

어서 이곳에서 멀리 달아나야 한다는 생각뿐이었다. 뒤를 돌아보지도 말아야 했다. 설령 차고를 빠져나갈 때까지 태형이 자신을 지켜보고 있대도.

여울은 귤청을 품에 안은 채로 앞만 바라봤다. 사이드 미러에는 단 한 번의 눈길도 주지 않았다.

그렇게 골목을 지나 태형의 집은 아예 보이지도 않게 됐는데 마음이 개운하지 않았다. 오히려 싱숭생숭하기까지 한다.

'이거 때문인가.'

여울은 귤청이 든 병에서 눈을 뗄 수가 없었다.

켜켜이 쌓여 있는 설탕에 절인 귤에서 정성이 느껴졌다. 남의 선물을 이렇게 가져가도 되나 싶어 불편하다가도 어쨌든 태형이 저를 신경 쓰고 있었다는 사실에 마음이 일렁거렸다.

'아까 잘 마시는 것 같길래.'

무심하면서도 따뜻한 저음이 여운처럼 남아 귓가를 때렸다.

"0103 님, 마음이 움직이는 대로 도전하려고 합니다. 존 데버의 테이크 미 홈, 컨트리 로드 신청합니다."

짙게 번진 적막을 뚫고 라디오 속 DJ 목소리가 들렸다.

차분한 진행자의 목소리 끝에서 익숙한 노래가 흘러나왔다.

아버지의 방에서 가끔 새어 나오던 노래였다. 여울도 가끔 이 노래를 찾아서 듣고는 했다. 가만히 눈을 감으면 꼭 따뜻한 집에 있는 기분이 들었기 때문이다.

음음음-

기타 소리를 따라 저도 모르게 손가락으로 유리병을 톡톡 두드렸다.

그 소리가 귀를 잡아끌었는지 정지 신호에 멈춰 선 도현이 고개를 돌려 저를 봤다. 정확히는 리듬을 타고 있는 손가락을.

"이 노래 아세요?"

"가끔 들어요. 마음이 편해지는 것 같아서요."

"저도 컨트리 음악 좋아해서 자주 듣거든요."

"이게 컨트리 음악이에요? 제가 장르는 잘 모르고 이 노래만 가끔 들었거든요. 근데 간만에 또 이렇게 들으니까 좋네요."

"나중에 비슷한 곡 몇 개 알려 드릴까요?"

"좋아요."

대화가 물 흐르듯 자연스럽게 이어졌다. 태형과 대화할 때와는 전혀 다른 느낌이다.

"밤에 번거롭게 여기 오시게 해서 죄송해요."

"주 대리님이 부탁하신 것도 아닌데요, 뭐."
"그래도,"
"괜찮아요. 저 운전하는 거 엄청 좋아하거든요."
 상대의 걱정을 덜어 주려는 배려가 느껴졌다.
"혹시 본부장님께서 주 대리님 불편하게 한 거 있었으면 제가 대신 사과드릴게요."
"사과 안 하셔도 돼요. 밥도 맛있게 먹고 이렇게 선물까지 받았는걸요."
 여울이 품에 있던 유리병을 들어 보이며 말했다.
"원래 저런 분이 아닌데 주 대리님이 미신수 에이스라 잘 보이고 싶으셨나 봐요."
"설마요."
"거짓말 아닌데. 본부장님이 누구한테 직접 선물하신 적이 없거든요."
 다른 것보다 도현의 마지막 말이 머리에 깊이 박혔다. 대부분 선물을 줄 때는 도현의 손을 거친다고 하는데 제게는 그러지 않았다.
 유리병을 끌어안은 여울의 두 팔에 힘이 들어갔다. 큰 의미 없는 선물이라 생각하려 해도 자꾸 기대가 자라났다.
 자신이 태형에게 조금은 특별한 존재가 된 것 같은 착각마저 일었다.
"제가 귤청을 너무 맛있게 먹었나 봐요."

아무렇지 않다는 듯 너스레를 떨면서도 귤청에서 조금도 손이 떨어지지 않았다.

*

샤워를 마치고 나온 태형은 여울이 남기고 간 빈 잔을 치웠다. 그녀를 집에 끌어들인 건 순전히 자신의 욕심을 채우기 위해서였다.

주여울, 그 여자와 자고 싶었다. 제가 여울을 꼬시면 그녀도 넘어올 거라는 확신도 어느 정도 있었다.

무른 벽을 세우고 버둥거려 봐야 무너질 것이 뻔하지 않나.

이대로 잡아먹을까, 말까.

여울을 바라보는 것만으로도 희열이 터져 올랐다. 발정이 난 짐승처럼 그녀에게 달려들어 굶주린 욕망을 하나하나 먹어 치울 생각이 간절했다.

'실수였습니다. 술 마시고 잠깐 어떻게 됐나 봐요.'

여울과 있는 내내, 태형의 머릿속에서 단호한 목소리가 떠돌았다.

실수.

그렇게 좋아할 때는 언제고.

절대로 실수가 아니었다는 말을 직접 듣고 싶었다. 그렇지만 그날도, 이번에도 전부 실수였다고 박아 버릴 게 분명하다. 더럽게 자존심 상하게.

제가 그랬듯 여울도 밤새 잠을 이루지 못하기를 바랐다.

그래서 구태여 일어나 보겠다는 여울을 붙잡지 않았다. 선물까지 고이 안겨 보냈으니 귤청을 볼 때마다 아쉬움이 돌 거다.

본래 상대가 평소와 다른 태도를 보이면 '이 사람이 왜 이러는 거지?' 하고 초조해야 하지 않나.

태형은 거실 소파에 기대앉아 도현이 돌아오기를 기다렸다. 조용한 거실에서 들리는 건 벽에 걸린 시계 소리뿐이었다.

그렇게 얼마나 지났을까.

슬리퍼 끄는 소리도 없이 도현이 나타났다.

"주여울은?"

"잘 들어갔어."

"수고했다. 피곤할 텐데 자고 가."

"귤청은 왜 준 거야?"

주여울이 계속 내 생각 했으면 해서.

얼마나 유치한 짓을 벌였는지 알고 있기 때문일까. 진심이 입 밖으로 나오지 않았다.

"너무 맛있게 마시길래."

"그거 누가 준 건지 몰라?"

"알아."

"근데 그걸 줬다고? 단아가 알면 어쩌려고."

"그냥 버리는 것보다는 낫잖아."

태형은 별일 아니라는 듯 어깨를 으쓱이고는 자리에서 일어났다. 쓸데없이 도현과 입씨름을 벌이며, 기운을 빼고 싶지 않았다.

그게 여울과 관련된 일이라면 더욱.

"미신수 직원들 언팩 행사 초대할 거니까 초대장 준비해."

행사장에서 여울을 보면 재미있을 것 같았다. 새 핸드폰에 관심을 보였던 여울에게도 흥미로운 행사가 됐으면 했다.

신기한 눈빛으로 여기저기를 돌아볼 그녀를 떠올리자, 태형의 입가에 픽 웃음이 흘렀다.

*

귤청을 식탁에 둔 여울은 유리병에서 눈을 떼지 못했다.

'본부장님이 누구한테 직접 선물하신 적이 없거든요.'

도현의 말이 머릿속에서 빠져나가지 않았다. 메아리처럼 자꾸만 머리를 맴돈다.

그러지 말아야지 생각하면서도 특별한 존재가 된 것 같은 기분을 떨쳐 낼 수가 없었다.

"다른 이유가 있기는, 무슨. 그냥 처치 곤란해서 줬겠지."
유리병을 만지작거리며 중얼거렸다.

'내가 누구하고 사귀는 거에는 관심 없거든요.'

상대에게 흥미가 떨어지면 철저히 떠나갈 사람이다.
마음 줄 것도 없는 사람.
꼭 피하는 게 좋을 사람.
머리로는 당장에 유리병을 치워 버리는 것이 맞다는 걸 알면서도 몸이 움직이지 않았다. 식탁에 얼굴을 대고 쉴 새 없이 귤청만 만지작거렸다.
단전에서부터 올라온 한숨이 길게 뻗어 나간다.
따지고 보면 고민할 것도 없었다. 태형이 저를 좋아한다든가 사귀자든가, 그런 말을 한 것도 아니지 않나. 그저 지금처럼 철벽을 쌓고 프로젝트가 끝나기를 기다리면 되는 일이었다.
태형이 제게 흥미를 잃는 것도 얼마 걸리지 않을 거다. 그의 주변에는 매력적인 여자가 차고 넘칠 테니까.
단아만 봐도 그랬다.
같은 여자가 봐도 멋졌다. 외모도 아름다웠지만 단아에게서 뿜어져 나오는 자신감이 엄청났다.
그런 사람들이 곁에 득실거릴 텐데 제게 흥미가 떨어지지 않는 게 도리어 이상하다.

"안 맞아. 나하고는 절대 안 맞는 남자야."

여울은 주문이라도 외듯 몇 번이고 같은 말을 중얼거렸다.

자신은 다정한 사람을 좋아했다. 잘 들어갔냐는 문자 메시지 한 통 보내지 않는 사람에게 관심이 있을 리 없었다.

그때 조용하던 핸드폰이 울렸다.

태형일까.

서둘러 핸드폰을 집어 들었는데 문자 메시지를 보낸 사람은 다름 아닌 도현이었다. 오늘 고생이 많았다면서 푹 쉬라 말했다.

[오늘 감사했습니다. 쉬세요^^]

답장을 날리자마자, 여울의 시선은 다시 귤청으로 돌아왔다.

아무래도 오늘 밤은 쉽게 잠이 들지 않을 것 같았다. 애초에 선물을 사양하든지 조수석에 병을 두고 오든지 귤청을 돌려줬어야만 했다.

적어도 그러면 지금처럼 머리를 싸매고 있는 일은 일어나지 않았을 테니까.

*

여울은 재판을 끝내고 나온 친구 지혜와 밥을 먹었다.

좋아하는 음식이 눈앞에 있는데도 입맛이 돌지 않았다. 아마 사흘 내내, 제대로 잠을 이루지 못했기 때문일 거다.

귤청을 처음 받아 든 날에는 태형의 말이 자꾸 떠올라 잠을 잘 수 없었다. 그다음에는 그가 자꾸 꿈에 나타나 자신을 유혹해 대는 통에 정신을 차리지 못했다.

잠에서 깨고 나면 왜 그런 꿈을 꿨나 싶어 현타가 밀려왔다. 꼭 태형을 두고 나쁜 짓이라도 한 기분이었다.

"주여울, 너 어디 아파?"

"아냐. 그냥 요새 잠을 잘 못 자서."

"왜. 무슨 걱정이라도 있어?"

선뜻 아니라는 말이 나오지 않았다.

사실 바쁜 지혜를 불러 밥을 먹자고 한 건 누군가에게 자신의 상황을 털어놓고 싶은 마음이었다. 말을 꺼내는 것만으로도 갑갑한 마음이 뚫릴 수도 있고, 쓴소리를 듣고는 정신을 차릴 수도 있지 않을까 싶었다.

"나… 잤어."

"아까는 못 잤다며."

"그 자는 거 말고……."

"그거 아니면?"

재차 되묻는 지혜의 질문에 입술이 바짝 말랐다.

"자는 거 말고, 뭐… 어! 어? 너 설마 남자하고 잤어?"

지혜의 목소리가 얼마나 크던지 주변 사람들이 다 쳐다볼 정도였다. 여울은 다급하게 그녀의 입을 막으며 주변에 어색한 웃음을 날렸다.

입이 자유롭지 못해도 궁금한 건 많다는 듯 지혜는 연신 뭐라고 말했다. 비록 입이 막혀 움움거리는 소리밖에 나지 않았지만.

"다 말할게. 말할 테니까 조용하게만, 엉?"

지혜가 세차게 고개를 끄덕였다. 그제야 여울의 손이 조심스럽게 그녀의 입에서 떨어졌다.

"와아. 와아아……."

지혜는 자신이 들은 걸 전혀 믿지 못하겠다는 것처럼 연거푸 감탄을 쏟아 냈다.

"내 친구 주여울 맞는 거지? 뭐, 누가 너한테 빙의됐거나 시간을 돌렸다든가 그런 거 아니지?"

"너 너무 소설 너무 봤어."

"요새 그거 말고는 낙이 없어."

"기대에 부흥하고 싶은데 빙의, 안 됐어."

묵직한 분위기를 바꿔 보려 가벼운 농담을 던졌다. 그랬다고 가뿐하게 돌아갈 화제가 아니었지만.

"언제, 어디서, 누구하고 그런 거야? 내가 아는 주여울은 그럴 사람이 아닌데?"

"대만 갔을 때 누구를 만났어."

여울이 천천히 태형에 관한 얘기를 꺼냈다.

어떻게 태형을 만났고, 어떤 연유로 사라졌고, 다시 만났는지. 하나씩 이야기를 풀어놓는 동안 놀랍게도 제가 태형에 대해 작은 것 하나도 놓치지 않고 기억하고 있다는 걸 깨달았다.

"내 생각에는 여울아, 네 생각대로 거리 두는 게 맞는 것 같아. 왠지 위험한 느낌이 폴폴 풍겨. 어장에 너 넣어 두려는 거 아니야?"

"네 생각도 그래?"

"책임지는 건 싫고 즐기고는 싶고. 완전 도둑놈의 심보잖아. 무조건 거리 둬. 똥차 두 번은 타지 말자."

"자꾸 꿈에 나오는 건 시간이 지나면 괜찮아지겠지?"

"너 너무 굶주려서 그래. 내가 조만간 괜찮은 사람 선별해서 소개해 줄 테니까 쬐끔만 기다려. 네 고민 다 해결될 거니까."

여울은 소개는 됐다고 말하려다가 관뒀다. 지혜의 방법대로 사람은 사람으로 잊어 내는 게 가장 좋을지도.

"진짜 조심해. 미남이 꼬신다고 넘어가지 말고."

"알았어."

"절대 자면 안 돼."

누가 듣기라도 할세라 여울이 화들짝 놀라서는 주변을 두리번거렸다. 다행히 이번에는 지혜의 말을 들은 사람이 없는 듯했다.

"몸이고 마음이고 그런 놈들한테 넘어가면 끝장이야. 꼭 새겨 둬."

여울은 잠시 주춤거리다가 고개를 주억거렸다. 느린 반응에 걱정이 됐는지 지혜는 제가 회사에 들어가는 순간까지도 '철벽'을 힘껏 외쳤다.

*

DIY 볼펜 키트 마케팅 논의를 마치고 돌아왔는데 팀원들의 자리가 비어 있었다.

김 팀장과 차 과장만 사라졌다면 어디 담배라도 피우러 갔나 보다 생각했을 텐데, 민아까지 보이지 않자 걱정이 됐다.

어디 문제라도 생겼나.

좋은 생각보다는 불길한 생각이 먼저 떠올랐다.

나홀로 두리번거리다가 자리에 앉아 핸드폰을 충전했다. 방전된 핸드폰 화면이 새카맸다.

"주 대리, 3번 회의실로 오라던데."

디자인팀 이 대리의 말에 갑자기 불안이 일었다. 회의실에 모두가 소집된 것 같은 느낌이 들었기 때문이다.

문제가 생긴 게 확실했다. 설마 프로젝트가 엎어진 건 아니겠지?

여울은 핸드폰을 그대로 책상에 두고는 회의실로 향했다. 어떤 일이 벌어졌는지는 일단 가 보면 알게 될 일이다.

수첩을 든 여울의 손에 바짝 힘이 들어갔다.

똑똑-

회의실 앞에 선 여울이 노크를 하고는 문을 열었다. 안으로 들어가자마자 그녀의 얼굴이 굳었다.

"이제 끝났어요?"

다정하게 말을 건네는 사람이 태형이었기 때문이다.

이 사람이 지금 왜 여기에 있는 걸까. 아직 미팅 날짜까지는 시간이 남았는데. 중간에 전달이 잘못되기라도 했나.

수첩을 든 손에 절로 힘이 들어갔다.

"안녕하세요."

여울은 얼떨떨한 표정을 얼른 지우고는 목인사를 했다.

그러자 태형이 미소로 화답했다.

자신의 앞자리에 앉으라는 태형의 고갯짓을 무시하면서 민아의 옆에 앉았다.

"미팅은 다음 주인 줄 알았는데."

"우리 강 본부장님이 언팩 행사 초대장을 주려고 오셨다지 뭐야."

태형의 대변인이라도 된 것처럼 김 팀장이 대신 대답했다. 누런 이까지 내보이면서 웃는 그의 얼굴에는 충성심이 가득 눌어붙어 있었다.

"행사요?"

"이번에 새 핸드폰 나오는데 다들 보러 오시면 좋을 것 같아서. 편하게 즐기다 가세요. 부담 갖지 않으셔도 됩니다."

그제야 테이블 위에 놓여 있는 초대장이 보였다. 저희 팀원 모두를 초대한 모양이다.

"아휴우, 이 귀한 초대장을 버리면 벌 받죠. 저희 다 같이 갈 겁니다."

"그럼요! 영광입니다."

김 팀장의 아부에 차 과장의 맞장구까지 더해졌다. 그들이 어찌나 입에 침이 마르도록 행사 찬양을 하던지 청해 전자 직원들이라도 된 것처럼 보였다.

속으로는 행사 초대가 난감하기 짝이 없었지만 여울은 되도록 미소를 지었다. 화기애애한 분위기를 깰 수 없었던 거다.

차라리 다른 곳으로 눈을 돌리는 게 나을 것 같아 그의 옆에 앉아 있는 도현만 쳐다보고 있었다.

"그런데 주 대리님 핸드폰은 원래 자주 꺼져 있나요?"

"네?"

"전화했는데 꺼져 있으시길래. 앞으로 자주 연락할 텐데 전화 안 되면 곤란하니까."

"핸드폰 배터리가 나가서요. 앞으로는 배터리 체크 잘 할 테니까 걱정 안 하셔도 돼요."

최대한 미소를 유지하려 애썼다.

"예예. 걱정하실 필요 없습니다. 우리 주 대리가 밤이고 낮이고 대답 하나는 빠릅니다."

"일이 많나 보네요."

"네에?"

"보통은 밤에는 연락 잘 안 하지 않나."

"아하하하, 가, 가끔⋯ 뭐, 일이 바쁠 때가, 네, 뭐⋯ 그럴 때가 있잖습니까."

아차 했는지 차 과장이 어색한 웃음만 터뜨렸다.

하지만 그를 바라보는 태형의 얼굴에는 유쾌한 빛이 떠오르지 않았다.

"제가 지나가던 길에 잠깐 들린 거라, 이만 일어나 봐야겠네요."

태형이 손목시계를 힐끔 보고는 말했다. 은빛 메탈 시계가 형광등 불빛에 부딪혀 차갑게 빛났다.

그가 의자를 밀며 자리에서 일어나자 끼이익- 하고 의자 다리가 바닥을 긁었다.

날카로운 소리에도 아랑곳하지 않고 태형은 회의실을 나섰는데 다른 이들도 분주하게 그의 뒤를 따랐다.

"주차장까지 바래다 드리겠습니다."

김 팀장이 나서서 태형을 에스코트했다. 김 팀장의 열정에 덩달아 차 과장도 열심이었다.

그들의 노력을 봐서라도 이번 프로젝트가 두 남자에게 넘어가기를 바랐다.

하지만 두 사람의 열정은 빛을 발하지 못했다. 태형은 그들의 호의를 가볍게 거절했고, 도현과 함께 엘리베이터에 올라탔다.

김 팀장과 팀원들의 깍듯한 인사와 함께 엘리베이터 문이 닫혔다.

엘리베이터가 지하로 내려갈 때까지 자리를 뜨지 않던 김 팀장은 곧 무리를 끌고 사무실로 돌아갔다.

"본부장님이 사다 주신 디저트 가져올까요?"

업무를 시작하기도 전에 민아가 물었다.

"콜."

"가져올게요."

"얼른 가져와. 강 본부장하고 얘기하느라 나 당 떨어졌잖아."

차 과장은 갑자기 나타난 태형을 대접한다고 얼마나 힘들었는지 토로했다. 태형에게 좋아 죽겠다고 매달릴 때와는 180도 다른 얼굴이었다.

그의 불만을 더 이상 듣지 못하겠던지 민아가 서둘러 탕비실로 걸음을 옮겼다.

그러더니 곧 박스 몇 개를 들고 나타났다. 박스 속에는 얇게 구운 과자에 여러 맛의 초콜릿이 든 랑그드샤가 가득 들어 있었다.

박스 하나를 나눠 먹을 줄 알았는데 각자 하나씩 박스를 품에 안겨 준다.

"이거는 대리님 거요."

민아가 건넨 박스를 받았다.

"차아암- 통이 크기는 해. 나는 뭐, 카페 다 쓸어 온 줄 알았잖아."

 차 과장이 박스를 매만지며 감탄을 터뜨렸다.

 그의 말에 잠시 양손 가득 짐을 들고 온 태형의 모습이 떠올랐다. 이 많은 걸 산다고 수고한 사람은 그가 아니라 도현이겠지만.

 '자꾸 받기만 하네.'

 여울의 시선이 랑그드샤에서 떨어지지 않았다.

제5장
아군과 적군

평화로운 주말.

여울은 집에서 뒹굴고 싶었으나 그러지 못했다. 태형이 두고 간 행사 초대장이 화근이었다. 전 팀원이 다 참석해야 한다고 김 팀장이 못을 박는 바람에 빠져나갈 구멍을 찾지 못했다.

결국 여울은 외출 준비를 시작했다.

차분한 고동색 슬랙스에 셔츠를 걸쳐 입고 화장대 앞에 앉았다. 무슨 립스틱을 바를지 갈팡질팡하고 있는 꼴이 우스웠다. 데이트하러 가는 것도 아니고.

그러나 고민이 되는 건 어쩔 수 없었다. 생기가 넘쳐 보이고는 싶지만 꾸몄다는 인상을 주고 싶지는 않았으니까.

"이걸 왜 고민하고 있는 거야."

아무거나 바르자 싶다가도 선뜻 손이 가지 않았다. 우유부단의 늪에 빠져들고 있는 듯했다.

그렇게 한참 화장대 앞에 앉아 있던 여울은 결국 차분한 말린 장미색을 집어 들었다. 립스틱이 입술 위에 녹아들었다. 가볍게 입술을 붙이다가 떨어뜨리며 색이 고루 퍼지도록 했다.

그때 침대에 올려 뒀던 핸드폰이 울렸다. 손을 뻗어 핸드폰을 잡았다.

[대리님 혹시 출발하셨어여?ㅠㅠ 팀장님이 꽃다발이라도 사야 되는 거 아니냐고 하시는데 제가 늦을 것 같아 가지구.ㅠㅠ]

눈물 가득한 민아의 문제 메시지였다.

[내가 사 갈 테니까 늦지 않게만 와.]

어그러진 계획에 마음이 급해졌다.

여울은 서둘러 준비를 끝내고는 집을 나섰다. 시계를 봤는데 꽃다발을 사고 나면 시간이 빠듯할 수도 있을 것 같았다.

하지만 빈손으로 갈 수는 없었다. 예의도 아니겠거니와 꽃다발도 없이 온 걸 알면 차 과장이 펄펄 날뛸 게 뻔했다.

집을 나선 여울은 부지런히 집 주변을 돌아다녔다.

그 덕에 다행히 푸른 델피늄이 섞여 있는 꽃다발을 샀다. 이번 신제품 메인 컬러가 블루라고 하니 꽤 의미가 있을 거다.

'델피늄 꽃말이 좋아요. 당신을 행복하게 해 주겠다는 의미가 있거든요. 색도 예뻐서 많이들 찾으세요.'

도로를 달리는 버스에 타서도 꽃가게 주인의 말이 귓가를 돌았다. 꽃말 때문일까. 태형의 행복을 빌러 가는 기분이다.

꽃향기가 피어올라 여울의 코끝을 적셨다.

쉴 새 없이 내달리던 버스는 곧 행사장 근처에 멈춰 섰다.

버스에서 내리자 새삼 행사의 규모가 엄청나다는 게 느껴졌다. 건물 크기만 봐도 그랬다. 행사장에서 풍겨 나는 분위기에 압도될 것도 같다.

여울은 안내 요원들의 안내를 받으며, 행사장 안으로 들어섰다.

"주 대리, 여기!"

저를 발견한 차 과장의 목소리가 들렸다. 잔뜩 들뜬 듯 보였다.

"와아- 꽃다발이 왜 이렇게 구려? 여자답게 알록달록 화사한 걸로 좀 사 오지. 퍼렁이가 뭐야."

주말에도 차 과장의 공격적인 입은 쉬지를 않나 보다.

"이 꽃이 요새 핫하다고 해서요. 색도 밝고 예쁘잖아요."

"예쁘기는."

"이번 청해 신제품 메인 컬러가 블루잖아요. 예쁜 것도 좋은데 의미도 담겨 있어야 좋을 것 같아서."

지는 걸 좋아하지 않는 차 과장은 단박에 반격하려고 했으나 김 팀장이 오는 바람에 반격을 날리지 못했다.

민아까지 도착하면서 행사장 입구에 서 있던 네 사람의 걸음이 움직였다. 차 과장은 자신이 준비한 행사처럼 앞장서서 사람들을 끌고 다녔다.

그의 뒤를 따르며 주변을 두리번거렸다. 여러 체험 부스를 지나 무대가 있는 안쪽으로 들어섰다. 무대는 삼면이 스크린으로 둘러싸여 있었다.

엄청난 무대의 크기에 제 마음까지 벌렁거렸다.

"우리 자리가 어디야?"

"저쪽 앞에 앉으시면 됩니다."

차 과장이 즉각 김 팀장을 보필했다.

네 사람은 꽤 앞쪽 자리에 자리를 잡고 앉았다. 태형의 얼굴 하나만은 잘 보일 것 같았다.

다만 태형을 만날 수 있을지는 미지수였다. 워낙 행사 규모가 커서 누구를 만날 정신이나 있을지 모르겠다. 이대로 꽃다발을 들고 집으로 돌아가게 된대도 충분히 이해할 수 있었다.

"언팩 행사를 실제로 보게 될 줄은 몰랐습니다."

"차 과장도 이런 데 관심 많았어?"

"그럼요. 제 친구하고 새벽에 폰으로 본 적도 있었다니까요."

"얼리어답터네."

"그래도 트렌드를 빨리 간파하는 건 팀장님 아니십니까. 제가 따라가지도 못하겠다니까요 하하하!"

어떻게든 칭찬을 곁들여 내는 차 과장의 솜씨가 일품이었다. 다행이라 생각하기로 했다. 차 과장이 없었다면 자신이 김 팀장을 보필해야 했을 테니까.

두 남자를 등지고 민아와 떠드는 사이. 장내가 서서히 어두워졌다.

무대 위에 조명이 떨어지고 스크린에 영상이 나오면서 사람들의 이목이 순식간에 집중됐다. 새 핸드폰 광고가 나가고 무대 한가운데 핀 조명이 떨어진다.

신형 핸드폰이 빛을 받아 우아한 자태를 뽐냈다.

"안녕하십니까. 먼 걸음 해 주시고 이곳에 와 주신 모든 분들께 감사드립니다."

태형이 유창한 영어로 포문을 열며 무대 위로 올라왔다.

어둠 속에서 태형만이 홀로 빛나고 있었다. 꼭 어둑한 하늘에 반짝이는 별 같았다.

"저희는 기존에 없던 새로움에 도전하면서도 지속 가능한 변화를 위해 집중했습니다."

태형의 말에 따라 화면과 조명이 움직였다. 그가 얼마나 꼼꼼하게 이 행사를 준비했는지가 한눈에 보였다.

그러지 않고서야 2층에 자리 잡고 있는 사람들의 마음까지 뺏을 수는 없을 테니까.

태형에게서는 여유가 흘러넘쳤다. 웃기게도 두 손을 붙잡고

떨고 있는 것은 자신이었다. 쿵쾅거리는 소리가 살결 밑에서 느껴질 만큼 컸다.

저렇게 잘하고 있는 사람을 걱정할 게 뭐 있다고.

"H9과 함께 변화의 시작에 같이 서 주시기 바랍니다."

감사하다는 깔끔한 마무리와 함께 박수갈채가 쏟아졌다.

꽃다발에서 퍼져 나오는 꽃 내음이 폐부뿐만 아니라 제 머릿속까지 뒤흔들었다. 저렇게 멋진 남자에게 한 번쯤은 끌려가도 좋지 않겠냐며 악마가 귓가에 속살거리는 듯했다.

그래선지 무대를 내려가는 태형에게서 좀처럼 시선이 떨어지지 않았다. 무대 뒤로 사라지는 그를 보면서 할 수 있는 거라고는 박수를 치는 것뿐이었지만.

다른 세계에 사는 사람.

닿을 수 없는, 아니 애초부터 닿아서는 안 될 사람인지도 몰랐다. 별에서 터져 나오는 열기가 가까이에 있는 모든 것을 태워 버릴 테니까.

살고 싶다면 멀어져야 하는 것이 맞았다.

그런데 왜 이렇게 잡고 싶을까. 왜, 곁에서 차라리 타 버리고 싶을까.

"쯥, 강 본하고 인사라도 하면 좋을 것 같은데."

김 팀장은 체험 존에 가지도 않고 침이 마르도록 '강태형, 강태형' 노래를 불러 댔다. 여울도 김 팀장만큼이나 태형에게 인사를 건네고 싶었으나 그를 어떻게 만나나 싶었다.

그렇게 무대 아래를 떠나지 못하고 있을 때였다.

"어? 팀장님, 저기 강태형 본부장요."

차 과장이 사람들에게 둘러싸여 있는 태형을 가리켰다. 그러더니 어느새 제가 내내 들고 있던 꽃다발을 홱 채 갔다. 헛웃음을 터뜨리자마자 꽃다발이 금세 태형에게 넘어갔다.

"이번 메인 컬러가 블루라서 꽃도 블루로 준비해 봤습니다. 이야! 근데 진짜 신제품 끝내주더라고요. 디스플레이도 커지고 디자인도 장난 없던데요."

제가 했던 말을 어떻게 저리 자연스럽게 가져갈 수 있을까.

차 과장의 태도에 목 끝까지 짜증이 차올랐지만, 아무 말도 하지 않았다. 태형의 앞에서 팀원들끼리 싸우는 모습은 보이고 싶지 않았으니까.

"이번에 H9로 갈아타야겠어요."

여울은 크게 웃음을 터뜨리는 차 과장의 옆에서 옅은 미소만 지었다.

"다른 회사 제품 쓰시나 봅니다."

태형의 한마디에 화목한 분위기가 단박에 얼어붙었다. 뭔가 잘못 말했다는 걸 감지했는지 차 과장의 입가에 맺힌 웃음이 조금씩 사라졌다. 싸한 공기를 어떻게든 해 보라며 차 과장이 제게 다급히 눈짓을 보냈다.

자기가 말아먹은 분위기를 어떻게 살리라는 건지.

이제는 김 팀장까지 고개를 돌려 저를 바라본다.

"청해 핸드폰이 좋은데 차 과장님이 모르셨나 봐요. 이번에 바로 바꾸시는 거죠?"

"주 대리님은요? 마음에 들었어요?"

"차 과장님 마음까지 돌아갈 정도면 저 같은 충성 고객 생각은 말 안 해도 아시지 않을까요."

"어떤 색이 좋았어요?"

"네?"

어떤 점이 아니라 어떤 색이?

생각지 못한 질문에 여울이 놀란 마음을 숨기지 못하고 되물었다.

"마음에 드는 색이 있었는지 궁금해서. 다 별로?"

"아뇨. 다 예뻤어요."

"그중에서는요?"

"퍼, 퍼플이요."

압박 면접이라도 받는 것 같았다. 끝없이 밀려드는 질문에 답을 하면서도 자꾸만 태형의 표정을 살피게 된다.

그래도 다행인 것은 태형이 마지막 대답을 마음에 들어 했다는 것이었다. 환하게 휘어지는 그의 입매를 보고 있자니 마음이 놓였다. 자신이 해야 할 일을 비로소 끝낸 기분이다.

"곽 비서님, 다들 모시고 내려가서 선물 드려요. 주말에 여기까지 오셨는데 빈손으로 보내 드리면 안 되지."

"아이고, 무슨 선물까지. 그러실 필요 없습니다."

"작은 성의라고 생각해 주세요. 그러면 저는 이만."

다른 손님을 맞이하기 바쁜지 태형이 금세 자리를 옮겼다.

제가 사 온 꽃다발도 이미 도현에게 넘어가 있었다. 꽃 선물이야 차고 넘치게 들어올 테니 당연한 일일 텐데도 왠지 모르게 서운한 마음이 들었다.

"이쪽으로 모시겠습니다."

도현의 안내를 따라 여울은 팀원들과 함께 자리를 옮겼다.

그런데 자꾸만 뒤로 고개가 돌아간다. 태형은 다른 사람들과 대화를 나누면서 환한 미소를 짓고 있었다.

"우리도 선물 따로 준비해야 했나. 확실히 꽃다발 하나로는 빈약하네."

"다음에 제가 제대로 된 선물 준비할까요? 여자들한테 맡겨봐야 뭘 알겠습니까."

"그래그래. 차 과장이 한번 준비해 봐."

화를 내고도 남을 두 남자의 대화 내용도 귀에 들어오지 않았다.

그렇게 여울은 사람들 속으로 사라지는 태형의 뒷모습을 바라봤다.

도현이 자신들을 끌고 온 곳은 무대 뒤의 대기실이었다. 수두룩한 선물과 꽃다발이 눈에 띄었다. 제가 산 꽃다발도 저곳 어디쯤 처박히게 되겠지. 애초에 그게 자신이 준비한 꽃다발에게 주어진 운명이었다.

도현은 테이블 위에 꽃다발을 두고는 소파로 갔다. 그 위에 있던 쇼핑백을 가지고는 저희들에게 다가왔다.

그가 제일 먼저 제게 쇼핑백을 내밀었다. 얼결에 봉투를 받아 든 여울의 눈이 커졌다.

"이번에 나온 새 폰 맞죠?"

선물을 꺼내 든 차 과장의 목소리가 한껏 커졌다.

"이렇게 비싼 걸… 오우."

차 과장은 얼마나 좋은지 연거푸 감탄을 터뜨렸다.

다른 사람들은 어땠는지 몰라도 여울은 손에 든 선물이 부담스러웠다. 돌려주지 말라는 김 팀장의 눈빛이 아니었다면 진즉에 도현에게 못 받겠다고 말했을 거다.

한두 푼 하는 것도 아닌 데다가 선물이라기에는 너무도 과하다.

"밖에 체험 공간이 있어서 그쪽으로 안내해 드리겠습니다."

"저희끼리 가도 될 것 같아요."

여울이 급히 도현을 막아섰다. 선물을 일일이 챙겨 준 것만으로도 극진한 대접이었다. 태형을 보필하느라 바쁠 텐데 그의 시간을 더 뺏을 수 없었다.

게다가 태형도 그가 필요할지 몰랐다.

"제가 모시고 갈게요."

괜찮다는 도현의 앞을 다시 한번 가로막고 말했다.

"곽 비서님도 바쁘시잖아요."

"괜찮,"

"체험 존 위치는 미리 알아 둬서요. 제가 잘 모시고 갈 수 있을 것 같아요. 오늘 감사했습니다, 비서님. 선물도 감사하다고 전해 주세요."

여울은 쇼핑백을 살짝 들어 보이며 미소를 지었다. 얼른 상황을 마무리하려는 몸부림이었다.

"잘 구경하고 갈게요."

단정하게 끝인사를 날리고는 팀원들과 함께 대기실을 나섰다.

"강 본부장이 나이는 어린데 통은 크네."

"그러게요. 저도 핸드폰까지 줄 줄은 몰랐습니다."

"우리 딸내미 주면 좋아하겠어."

"팀장님, 스마트 워치도 한번 보시겠어요? 요즘 애들은 그거 다 하나씩 차고 다니거든요."

"한번 보러 가 볼까."

체험 존으로 향하는 두 남자의 발걸음이 유난히 신나 보였다.

*

여울은 시계를 봤다.

김 팀장의 뒤를 한 시간쯤 따라다녔다. 핸드폰부터 스마트 워치까지. 최신 제품을 보자 두 남자는 흥분을 감추지 못했다.

신나기는 민아도 마찬가지였다.

그래도 잠시 쉬겠다는 저를 다들 붙들지 않았으니 다행이라 여겨야 할지도 모르겠다.

쉬는 공간에 들어선 여울은 음료를 받아 들고는 한쪽에 자리를 잡았다. 의자에 앉자 피곤했던 다리에 싸르르- 피가 돌았다. 여기에 소리 소문 없이 박혀 있다가 집에 가자는 전화를 받으면 일어나면 되겠다.

여울은 음료를 들이키며 옆에 둔 쇼핑백을 만지작거렸다.

'핸드폰 배터리가 나가서요.'

혹시 그날의 일이 마음에 걸려서 준비한 건 아니겠지?
주여울, 너 너무 의미 둔다.
그냥 선물이라잖아.
팀원들한테 하나씩 돌린 선물.

쇼핑백을 뚫어져라 바라보면서 마음을 눌렀다. 차 과장의 말대로 태형의 손이 큰 것뿐이다. 이번 콜라보 프로젝트를 잘해 보자는 의미였겠지. 수없는 이유를 떠올려 댔다.

그래야 설레지 않을 것 같아서.

"어머! 주임님?"

어딘가 모르게 익숙한 목소리에 여울이 소리 나는 쪽으로 고개를 돌렸다.

"맞죠? 맞네!"

기장이 긴 붉은 원피스를 입은 단아가 저를 반겼다. 반가운 친구라도 만난 모양새다.

"저 기억하세요? 그때 일식집에서 태형이하고 같이 봤는데."

단아의 격한 인사에 여울이 음료를 탁자에 올려 두고는 자리에서 일어났다.

"안녕하세요."

"여기서 보니까 반갑다. 태형이가 초대해 준 거예요?"

"네네."

"우리 태형이가 주임님 마음에 들었나 보다. 걔가 원래 살뜰히 누구 챙기는 타입이 아닌데."

단아의 말투에서는 뾰족한 가시가 느껴지지 않았다. 경계심도 없었다.

그저 상냥하고 호의적이다.

"본부장님께서 저희 팀분들 다 초대해 주셔서요."

"나머지 분들은 어디 가고 혼자 있어요?"

"이것저것 구경하느라 바쁘시길래 몰래 쉬고 있었어요. 제가 별로라."

여울은 말을 끝내고는 어색한 웃음만 지었다.

"단아 누나!"

그 순간 단숨에 칵테일을 비운 남자가 단아에게 다가왔다.

"태형이 형은?"

태형과 친한 사이인가 보다.

"글쎄, 나도 모르겠는데. 태형이는 왜?"

"최예빈 한 번만 만나게 해 달라고 했는데 벌써 간 것 같아."

최예빈이라면 이번 청해 전자 모델을 말하는 것이 분명했다.

톱 배우 최예빈이라니.

태형에게 개인적인 부탁까지 할 정도면 무척이나 가까운 사이인 듯했다. 여울은 두 사람을 번갈아 쳐다보며 자신이 빠질 타이밍을 노렸다.

대화를 끊지 않고 자연스럽게 사라지고 싶었는데 좀처럼 기회가 오지 않았다.

그 바람에 여울은 그들의 대화를 훔쳐 듣고 있는 것 같은 기분까지 들었다. 이제 좀 빠지고 쉬고 싶은데……. 두 사람을 보는 여울의 눈동자가 좌우로 분주하게 굴러갔다.

"아이 씨, 나 진짜 사진 한번 찍어야 되는데!!"

"내가 나중에 따로 자리 만들어 줄게."

"누나, 진짜지?"

"응."

"나 정말 누나뿐이야. 누나가 최고라니까!!"

남자가 단아를 안고는 좋다고 펄쩍 뛰었다. 덩치는 커서는 애 같다.

최예빈의 광팬인가.

단아에게 서슴없이 볼 뽀뽀까지 날린 남자의 얼굴에서 미소가 떠나지 않았다.

"근데 옆에 있는 예쁜 누나는 누구? 뭐야. 어… 이거 신제품 아니에요?"

쇼핑백을 발견한 남자의 목소리가 커졌다. 그러더니 태형의 선물이 마치 자신의 것인 양 쇼핑백 안에 든 박스를 꺼낸다. 보라색의 신형 핸드폰 사진이 그려진 박스가 순식간에 남자의 손에 들어갔다.

"어디서 났어요?"

"강태형 본부장님께서 주셨습니다."

"형이 줬다고요? 새 거를?!"

두 사람의 시선이 동시에 여울에게 꽂혔다. 어찌나 놀란 표정이던지 뭐가 잘못됐나 싶었다.

"대에에에박."

남자가 연신 탄성을 쏟아 냈다.

"우리 형이랑은 어떻게 알아요? 설마 애인? 그 정도는 돼야 동생한테도 안 주는 핸드폰 주고 그러겠지. 어디서 만났어요? 아버지가 어느 회사예요? 세림? 한주?"

그는 특종을 문 기자처럼 쉴 새 없이 질문을 던져 댔다. 어찌나 말이 빠르던지 태형과 아무 사이도 아니라고 말할 기회조차 찾을 수 없었다.

그런데 방금 태형의 동생이라고 했나.

친동생?

'청해 그룹 유명하잖아. 형제만 몇이야.'

문득 태형에 관해 들었던 말이 떠올랐다. 눈앞에 있는 남자도 그 수많은 형제들 중 하나일 확률이 높았다.
"사람 그만 괴롭혀."
마침 태형이 나타나 제 앞에 섰다. 그 덕에 자연스럽게 남자의 질문 폭격에서 벗어날 수 있었다.
"누구야?"
"이번에 콜라보 같이 진행할 업체분이니까 예의 차려."
"에이, 뭐야 나는 또 형 여친인 줄 알았네."
"김석윤."
적당히 하라고 엄포라도 놓듯 태형의 목소리는 위압적이었다. 형에게는 꼼짝을 못하는지 석윤이 금방 깨갱하고는 꼬리를 내렸다.
"쏘리요. 너무 예뻐서 가지고 왠지 형하고 막 그런 사이인 줄 알았어요."
석윤은 변명을 하면서도 태형의 눈치를 봤다. 안타깝게도 그의 검열을 넘지는 못했지만.
"아! 이 인기. 또 누가 나 찾네. 형, 나 이만 갈게. 나중에 얘기해!"
석윤은 울리지도 않는 핸드폰을 흔들더니 '걸음아 나 살려라' 도망갔다.

"음료, 마실 만해요?"

태형이 테이블 위에 올려진 잔을 가리키며 물었다.

"네, 맛있었어요."

"마음에 든다니 다행이네. 다른 분들은?"

"체험 존에 있어요."

"주 대리님만 빼고?"

"저는 조금 다리가 아파서 쉬고 있었어요. 이제 다시 돌아가 보려고요."

"내가 와서 가는 거 아니고요?"

낮은 저음이 제 발목을 꽉 붙든다.

"그럴 리가요."

"그러면 조금만 더 있다가 가요. 나도 쉬고 싶어서."

태형이 먼저 자리에 앉았다. 저를 올려다보는 그의 눈빛이 똑똑히 말하고 있었다.

'나 버리고 갈 건 아니죠?'

그 눈빛에 발이 떨어지지 않았다.

문제는 태형뿐만 아니라 단아의 눈치까지 보인다는 거였다. 도둑질을 하다가 들킨 것처럼 심장이 벌렁거린다. 정작 단아는 아무런 표정의 변화가 없는데.

"그래요. 같이 쉬어요, 주임님."

단아는 도리어 태형의 옆에 앉아서는 어서 앉으라고 고개를 까딱거리기까지 했다.

얼떨결에 자리에 앉기는 했는데 자리 배치가 민망스러웠다. 태형을 사이에 두고 저와 단아가 앉은 꼴이 돼 버렸으니까.

두 사람에게는 몰라도 적어도 제게는 어색한 모양새였다.

"주임 아니고 대리야."

"대리셨어? 어머! 어떡해. 나 계속 실수하고 있었네. 주 대리님, 미안해요. 제가 기억력이 별로 좋지 않아서. 기분 상하셨으면 죄송해요."

"아니에요. 저 기억해 주신 것만으로도 감사드리는 걸요."

부자연스러운 공간 속에서 여울은 미소를 지으려 애썼다.

그렇지만 마음 한구석에서는 당장 자리에서 일어나고 싶은 생각이 간절했다.

"그나저나 태형아, 나 서운해. 주 대리님만 새 폰 주고. 내 건 없어?"

"직접 사."

"주 대리님, 얘가 원래 이렇게 피도 눈물도 없다니까요. 친구래도 얄짤없어요."

"잘 아네."

태형과 단아의 사이에 낀 불청객이 된 기분이었다. 다정한 대화를 제가 방해하는 것 같다.

불편한 마음에 서둘러 자리에서 일어나야겠다 생각하면서도 두 사람을 두고 사라지고 싶지도 않았다.

이성과 감정의 충돌이었다.

"얄짤없는 애가 이번에는 웬일로 선물을 다 했대?"

단아가 쇼핑백을 살짝 들고는 물었다. 단아에게 핸드폰을 줘야만 이 상황이 끝나지 않을까.

그렇지만 주고 싶지 않다.

이유야 어쨌든 제 것이니까.

"잘 보이고 싶어서."

"뭐?"

생각지도 못한 대답에 놀라기는 여울도 마찬가지였다. 기껏해야 콜라보를 위해서라든가, 공적인 이유라도 댈 줄 알았는데 잘 보이고 싶다니.

"주여울 대리하고 친해지고 싶어서 미치겠거든, 내가."

빼도 박도 못할 사적인 이유였다.

당황한 두 여자와는 달리 태형의 입꼬리는 그 어느 때보다 즐겁다는 듯 높이 말려 올라갔다.

짙게 물드는 침묵 속에서 여울은 마른침만 삼켰다.

"하여간 짓궂어. 주 대리님 놀랐잖아. 대리님이 이해해 주세요. 우리 강 본부장이 워낙 사람한테 관심이 많거든요."

단아의 눈이 곱게 접혔다.

"나 아무한테나 관심 없는데."

"그게 문제지. 주 대리님처럼 이렇게 예쁜 분들한테만 관심 있어서야 쓰겠어? 그죠, 대리님?"

단아의 말에 동의하든 하지 않든 실례를 범하게 되는 건 매한가지일 것 같았다.

 그래서 여울은 대답 대신 어색한 미소만 지어 보였다. 두 사람 모두 각자가 보고 싶은 대로 제 웃음을 해석할 거다.

 "봐 봐. 대리님이 맞다잖아."

 아군이라도 만난 것처럼 단아의 목소리가 커졌다.

 반면 태형은 제 까만 속내를 알고 있다는 듯 빙긋이 미소만 지었다.

 저를 바라보는 그의 눈빛이 꼭 제게 예쁘다고 속삭이는 것만 같았다. 절대 그럴 리가 없는데도.

 태형에게 값진 선물을 받았다고 착각에 빠져 허우적거리는 자신의 꼴이 너무도 우스웠다. 그런데도 마음이 제어되지 않는다.

 "잠깐 구경해도 되죠?"

 제가 대답을 하기도 전에 단아가 새 핸드폰이 든 박스를 열었다.

 핸드폰이 마음에 드는지 단아의 눈빛이 반짝거렸다. 저러다가 자신에게 주면 안 되냐고 묻는 건 아닌지 모르겠다.

 "대리님도 보라색 좋아하세요?"

 "네."

 "저도 보라색 엄청 좋아하거든요. 딱 봐도 색깔이 고급스럽잖아요. 대리님이 보는 눈이 있으시네."

 단아의 입매가 시원하게 휘어졌다.

평소의 여울이라면 마음에 들면 얼마든지 가져가라는 말을 꺼냈을 거다. 어떤 물건에든 크게 욕심을 부리지 않으니까.

그런데 지금은 그러고 싶지 않았다. 악착같이 쇼핑백을 빼앗아 들고 제 것이라고 말하고 싶다.

"마음에 들면 직접 사."

자신의 마음을 읽기라도 한 듯 태형이 박스를 가져갔다. 그러더니 다시 제게 선물을 되돌려 주었다.

"잘 가지고 있어요. 어디 뺏기지 말고."

"야아, 누가 보면 내가 주 대리님 거 훔쳐 가려는 줄 알겠다."

"갈취 중이던데."

"아니거든. 구경만 한 거야."

"그러면 다행이고."

투닥거리던 그들의 앞에 도현이 나타났다.

도현은 비밀 이야기라도 하듯 태형의 귀에 뭐라 속삭였다. '아버님이-'라는 말이 설핏 들리기는 했지만, 뒷말은 조금도 들리지 않았다.

도현의 얘기에 태형의 낯빛이 어두워졌다. 좋은 소식은 아닌가 보다.

"여기 있어."

"혼자 가시게요?"

"아무 짓 안 할 테니까 걱정 마."

별일 아니라는 듯 태형이 도현의 어깨를 가볍게 두드렸다.

"갑자기 손님이 와서 가 봐야겠네. 조만간 연락할게요."

미팅 때 만나자는 소리일 거다. 따로 연락하겠다는 소리는 아니겠지?

"대리님 만나서 재밌었어요. 나중에 또 기회 되면 봬요!"

단아는 끝인사를 날리고는 서슴없이 태형의 뒤를 따랐다. 누구를 만나는지는 정확히 몰라도 단아와도 안면이 있는 사이인 듯했다.

그녀가 자연스럽게 태형의 팔짱을 꼈다. 아무렇지 않아야 하는데 속이 갑갑해졌다. 누군가 바늘로 콕- 심장을 찔러 대는 것 같았다.

온몸을 지배하는 아픔 속에서 벗어나려 발버둥 쳤으나 뜻대로 되지 않았다.

평정심은 무너지고 홧홧한 열기가 속에서부터 끓어올랐다. 여울은 아랫입술을 깨물면서 겨우 버티고 서 있었다.

"음료 한 잔 더 가져다 드릴까요?"

자리에 남은 도현이 제게 물었다.

그제야 여울은 자신이 태형의 뒷모습을 너무 뚫어져라 쳐다보고 있었다는 걸 깨달았다.

"아, 아뇨. 제가 가져다 마실게요."

"어차피 저도 한 잔 마시려던 참이라. 피나 콜라다 어떠세요?"

"같이 가요. 메뉴 좀 보고 싶어서요."

"혹시 코코넛 안 좋아하세요?"

"어떻게 아셨어요?"

"왠지 그러실 것 같은 느낌이 갑자기 들어서. 메뉴 직접 보시는 게 낫겠죠?"

도현과 나란히 음료 바 앞에 섰다. 기다란 바는 아까보다 훨씬 한산했다. 다들 신제품 구경을 하는 데 정신이 없는 모양이다.

덕분에 여울은 느긋하게 무알코올 모히또를 한 잔 더 시킬 수 있었다. 피나 콜라다를 추천했던 도현도 제가 주문하는 걸 보고 마음이 바뀌었는지 같은 걸로 주문을 마쳤다.

두 사람은 바에 기대어 바텐더가 능숙하게 칵테일 만드는 모습을 바라봤다. 착착- 칵테일 셰이커 안에서 액체가 경쾌한 소리를 내며 뒤섞였다.

시원한 음료가 제 속을 뻥 뚫어 주기를 바랐다.

"아, 제가 이거 늦게 드리게 됐네요."

도현이 재킷 안쪽 주머니에서 쪽지 하나를 꺼냈다.

무슨 종이인가 싶어 여울이 고개를 갸웃거렸다.

"컨트리 음악 괜찮은 거 몇 개 골라 봤어요."

"아아!"

뒤늦게 도현의 차를 타고 가던 길이 생각났다. 컨트리 음악을 알려 준다고 했을 때는 지나가는 말인 줄 알았는데. 설마하니 그가 정말로 추천 목록까지 준비할 줄 몰랐다.

혹시 태형이 부탁이라도 한 건 아니겠지?

모든 생각이 태형과 연결되는 것이 어이없을 정도였다. 도현과 나눴던 대화를 그가 어떻게 안다고.

이건 순전히 도현의 호의일 게 분명했다.

"문자로 주셨어도 되는데."

"직접 드리고 싶어서요. 마침 행사에 온다고도 하시고."

"저야 감사드리는데 괜히 번거롭게 해 드린 거 아닌가 해서."

"저도 대리님 덕분에 이 곡 저 곡 듣고 좋았어요."

여울은 도현이 건넨 쪽지를 펼쳤다.

> ☆☆
> 1. 키스 어번 - Blue Ain't Your Color
> 2. 해리스타일스 - Cherry

도현의 글씨는 단정하고 깨끗했다. 한 글자 한 글자에서 정성이 느껴졌다.

스무 개가 넘는 추천 목록에 특히나 좋은 곡에는 별까지 그려져 있었다. 그가 얼마나 수고했을지가 보여 그저 고마웠다.

"저 집에 가면 이거 다 들어 볼게요."

"주 대리님 마음에 드는 곡이 있었으면 좋겠네요."

"왠지 제목만 봐도 다 마음에 들 것 같아요."

여울이 고맙다며 환하게 웃었다. 바텐더가 만든 무알코올 모히또를 건네는 도현의 얼굴에도 덩달아 웃음꽃이 피었다.

두 사람은 상사를 피해 구석에서 편히 쉬자는 데 마음을 모았다.

도현과는 생각보다 공통점이 많아 얘기를 나누는 데 어려움이 없었다. 편안한 공기에 서로를 보면서 웃음을 터뜨리기까지 했다.

멀찍이서 차 과장이 자신을 보고 있다는 것도 눈치채지 못하고.

두 사람을 보는 차 과장의 눈이 가늘어졌다.

가진 게 차고 넘치는 강태형이 고작 주여울 같은 애를 좋아할 리 없다고 생각했다. 맹맹한 게 재미없고.

더욱이 그의 곁에 얼마나 미인들이 차고 넘치는지 두 눈으로 똑똑히 확인까지 했지 않나.

그런데 왜 강태형이 여울에게 호의를 베푸는 건지 궁금했다. 아무리 머리를 굴려도 모르겠더니 이제 조금 알 것 같았다.

눈앞에 있던 난제가 풀린 것처럼 속이 시원했다.

분명 도현과 여울이 썸을 타는 거다.

"주여울이 콜라보 따낸 진짜 이유가 저거였어?"

두 사람을 바라보던 차 과장의 입가에 짓궂은 웃음이 피어올랐다.

*

여울은 행사장에서 집에 돌아올 때까지도 태형을 보지 못했다.

김 팀장은 끝까지 태형에게 인사를 해야겠다고 고집을 부렸지만 그를 만날 길이 없었다. 중요한 사람들을 만나느라 바쁘겠지.

아쉬운 마음을 안은 채로 집으로 돌아와 소파에 널브러졌다. 침대까지 가기도 귀찮았다.

'조만간 연락할게요.'

태형의 목소리가 하염없이 귓가를 맴돌았다. 그 말이 뭐라고 잠을 자야지 싶다가도 자꾸만 핸드폰을 만지작거리게 된다.

혹시라도 그 조만간이라는 게 오늘 밤일 수도 있을 거라 생각하며.

하지만 아쉽게도 핸드폰은 조용했다. 와이파이가 터지지 않나 싶어 괜히 와이파이를 껐다 켰다 반복했다.

그랬는데도 아무 메시지도 날아오지 않았다.

이제는 아예 핸드폰까지 흔들어 댔는데, 보내지도 않은 문자를 받을 수 있을 리 만무했다.

애꿎은 핸드폰만 탓하던 여울의 손에 힘이 들어갔다. 술은 입에 대지도 않았는데 취기가 솟는 기분이었다. 쓸데없는 용기가 자라나 뭐든 할 수 있을 것 같다는 착각마저 피어났다.

[본부장님, 주여울입니다. 행사 초대해 주셔서 감사합니다.]

태형과의 대화창을 켜고는 인사말을 두드렸다.
이제 보내기 버튼만 누르면 되는데 손가락이 움직이지 않았다. 밤도 늦은 데다가 공연히 바쁜 태형을 방해하는 건지도 몰랐다.
제게도 좋을 것이 없었다.

[본부장님, 주여울입니다. 행사……]

여울은 와르르 쏟아 낸 글자를 빠르게 지웠다.

[본부장님, 주여울……]

그렇게 완전히 글자를 지우려던 순간, 손가락에서 힘이 빠지며 핸드폰이 그대로 얼굴에 떨어졌다.
"읍, 아!"
외마디 비명과 함께 핸드폰이 바닥에 툭 떨어졌다. 태형에게는 연락도 하지 말라는 신의 경고인지도 몰랐다. 여울은 둔탁한 물건에 맞은 뺨을 비벼 대며 핸드폰을 주웠다.

"......!"

그러다 재수 없게도 문자 메시지가 날아갔다는 걸 발견하고 말았다.

[본부장]

하필이면 딱 그렇게.

엎질러진 물이라는 건 안다. 그 물을 결코 주워 담을 수 없다는 것도.

그랬다고 두 손을 놓고 있을 수는 없었다.

본부장,

그 세 글자를 보고 태형이 기분 좋을 리 없었다.

지금 제가 할 수 있는 것은 메시지를 삭제하는 거였다. 하지만 애석하게도 태형이 제가 보낸 문자 메시지를 읽어 버린 바람에 그럴 수 없게 됐다.

태형에게서는 아무런 대답도 돌아오지 않았다.

제가 술주정이라도 부리고 있다고 생각할지 몰랐다. 아니면 미쳤다고 생각 중일까.

세상 조용한 핸드폰이 여울을 불안하게 만들었다.

"정신이 나갔어."

몸을 일으켜 앉은 여울이 아랫입술을 꽉 깨물었다. 이제는 본부장 뒤에 이어질 자연스러운 말을 어떻게든 쥐어 짜내야 했다.

열심히 머리를 굴려 보지만 좋은 생각이 번뜩 나지 않았다. 오히려 사실대로 말하는 것이 나을지 모르겠다.

물론 태형의 문자 메시지를 기다리다가 생긴 일이라는 것만은 빼고.

[제가 문자를 쓰다가 중간에 실수로 날아가서요. 덕분에 좋은 행사 잘 즐기고 간다고 말씀드리려고 했던 건데 불편하셨다면……]

죄송하다는 말을 구구절절 써 내려 가는데 태형에게서 전화가 걸려 왔다.

[강태형 본부장님]

핸드폰 화면에 뜬 이름을 보는 것만으로도 마음이 벌렁거린다.

여울은 큼큼거리며 목을 가다듬었다. 고작 전화 한 통을 받는 것뿐이다. 특별할 것 없는 일이라 생각해도 여전히 마음이 쿵쾅거렸다.

"네, 본부장님."

전화를 받은 여울이 먼저 입을 열었다.

-섭섭하네.

"네?"

-문자 보고서 이제 서로 말 편하게 하자는 건 줄 알고 좋아했는데.

"죄송해요. 제가 오늘 감사드린다고 문자 보내려다가 중간에 잘못 보내 버려서. 불편하셨다면 사과드리겠습니다."

핸드폰 반대편에서 픽 하고 바람 빠지듯 웃는 소리가 흘렀다. 가벼운 실수로 넘어가 주려는 걸까.

-어떻게 사과하려고?

"죄송합니다."

-그게 끝?

"어떤 사과를 원하세요?"

-말하면 들어줄 수는 있고요?

"제가 할 수 있는 거라면요."

여울은 호기롭게 대답했다가 후회했다. 태형이라면 짓궂은 조건을 쏟아 낼 것이 뻔하니까.

가령 하룻밤을 보낸다거나, 하룻밤이라거나, 하룻밤 같은 것들.

이런 생각만 드는 꼴을 보니 도리어 제게 음란 마귀가 단단히 씌었는지도 몰랐다.

-내일 만납시다.

"네?"

-그것부터 싫어요?

"장소나 시간만 알려 주시면 나가겠습니다."

여울은 거절을 날리지 않았다. 평화로운 프로젝트 진행을 위한 일이라 여겼다. 절대로 사심을 채우기 위해서가 아니라고 몇 번이나 스스로에게 속삭였다.

*

어젯밤부터 여울은 한숨도 자지 못했다. 뭘 입고 나가야 할지 고민이 돼 밤새 패션쇼까지 벌였다.

커다란 쇼핑몰 앞에 서서 태형을 기다리는 지금, 간밤의 제 모습을 생각하면 그저 우스웠다.

데이트 나가는 것도 아니고 뭘 그렇게 들떴을까. 고작 상대 업체를 만나는 것뿐인데 기쁠 게 뭐 있다고. 꼭 산책 나가자는 주인의 말에 잔뜩 신난 강아지라도 된 것 같다.

"많이 기다렸어요?"

약속 시간에서 30분이 지났을 때였다. 그토록 기다리던 태형이 나타났다.

태형을 기다리고 있을 때는 시간 약속도 안 지키는 사람이라며 화가 났는데 그의 얼굴을 보자마자 투덜거림이 대번에 녹아내렸다.

"예쁘네요."

태형의 칭찬 한마디에 속없이 웃음꽃이 피었다. 옅은 파란색 슬랙스에, 화이트 셔츠 차림이 이상하리만치 특별하게 느껴졌다.

예쁘다는 말이 낯설어 애꿎은 머리카락만 쉼 없이 귀 뒤로 넘겨 댔다.

"추운데 들어가죠."

"네."

어디로 가는지도 모른 채 태형을 따라 쇼핑몰 안으로 들어섰다.

일요일이라 그런지 쇼핑몰은 사람들로 북적거렸다. 유모차를 끌고 있는 가족들과 데이트를 즐기는 연인들이 특히 눈에 띄었다.

그들 사이를 걷던 여울의 걸음이 멈춘 곳은 1층 중앙이었다.

그곳에는 청해 전자의 신제품 팝업 스토어가 들어서 있었다. TV 행사 부스였는데 다양한 이벤트와 체험 존이 준비돼 있어선지 사람들이 많았다.

"인증샷 이벤트 참여하시고 경품도 받아 가세요!"

팝업 스토어 알바생이 열정적으로 홍보했다. 자신의 앞에 있는 사람이 누군지 모르는 듯했다.

하기야 누구든 무슨 상관이 있을까. 알바생에게는 팝업 스토어 앞을 얼쩡거리는 남녀를 안으로 끌어들이는 게 우선일 텐데.

"빛이 반짝반짝해서 커플 사진도 예쁘게 나와요. 제가 보장합니다!"

다른 건 몰라도 커플이라는 말은 고쳐야 할 것 같았다. 괜한 말실수로 알바생이 곤욕을 치르면 큰일이니까.

"저희는 커플이,"

"끝내주게 나온다니까 남겨야죠."

태형은 순식간에 제 말허리를 댕강 자르고는 알바생의 안내를 받아 포토 존으로 들어갔다. 고 짧은 순간. 여울은 태형의 뒤를 따라가야 하나 말아야 하나 고민했다.

제자리에서 머뭇거리고 있는데 커튼이 열렸다.

포토 존 안을 환하게 밝히고 있는 빛이 태형의 뒤로 쏟아져 나왔다. 그게 마치 태형에게서 퍼져 나오는 빛 같았다.

"안 들어오고 뭐 해요?"

"저는 여기 있을게요."

"들어와요. 혼자서는 커플이 안 되잖아."

태형은 아무렇지 않게 제 손목을 잡아끌었다.

그 힘에 이기지 못한 듯 굴었으나 사실 포토 존에 들어간 것은 온전히 자신의 선택이었다.

사진 한 장쯤은 남겨도 괜찮지 않을까 하는 안일한 마음이었다.

그렇게 부스 안으로 들어서자 찬란한 빛이 사방에서 터져 나왔다. 세상에 존재하는 모든 빛깔 속에 서 있는 기분이었다.

눈이 부시게 아름다운 공간에서 태형이 빛나고 있었다.

"이쪽이 괜찮겠네."

"제가 찍어 드릴게요."

"같이 찍어야죠. 커플인데."

농담에도 여울의 뺨이 불그스름해졌다. 제 손목을 붙잡고 잡아끄는 손길에 어느새 태형의 곁에 나란히 서게 됐다.

심장 고동 소리가 바깥에 들릴 만큼 커졌다. 태형에게는 아무 소리도 들리지 않았으면 하는데……. 그야말로 속수무책이다.

커플 사진을 찍자던 호기로운 제안과는 달리 태형의 셀카 실력은 영 꽝이었다.

"본부장님, 제가 찍어도 될까요?"

원판의 미모마저 떨어뜨리는 태형의 실력을 두고 볼 수만은 없었다. 이왕에 찍을 거라면 빛나는 그의 모습이 제대로 담기면 좋으니까.

핸드폰을 넘겨받은 여울은 발뒤꿈치까지 들면서 열정을 불태웠다.

키 차이 때문에 하는 수 없이 카메라가 태형에게 넘어가기는 했지만.

"왼쪽으로 조금만요."

"여기까지?"

"네네. 위로 아주 조금만."

"위로 조금만."

아바타라도 된 듯 태형의 팔이 제 말을 따라 움직였다. 그러다 마침내 완벽한 각도를 발견했다.

찰칵- 찰칵-

쉴 새 없이 촬영 버튼을 누르는 태형의 손길에 웃음이 터졌다. 시간의 흐름이 전부 담길 만큼 수백 장의 사진이 핸드폰에 쌓일 것 같았기 때문이다.

그것도 하필이면 전부 같은 포즈다.

"앨범 터지겠어요."

"이 정도는 찍어야 한 장 건진다길래."

"그렇긴 한데……."

"봐서 괜찮은 걸로 가져가요."

태형은 밖으로 나오자마자 제게 핸드폰을 내밀었다. 눈앞에 있기는 하지만 핸드폰을 덥석 받아 들지 못했다. 어쨌든 제 핸드폰이 아니니까.

앨범에 개인적인 사진들이 들어 있을 테고.

판도라의 상자를 굳이 열어 볼 필요가 있을까. 그리 생각하다가도 호기심이 불쑥 올라왔다.

받을까, 말까.

누군가에게는 별거 아닌 결정이 제게는 무척이나 어렵게 느껴졌다. 앨범 속에서 다른 여자의 모습이라도 발견하면 그다지 기분이 유쾌하지 않을 것 같았기 때문이다.

"본부장님이 골라 주세요."

결국 백기를 들고 말았다.

"직접 안 고르고?"

"저보다는 본부장님 감각이 훨씬 좋을 것 같아서요. 사진이 꽤 많이 찍혀서 바로 고르기도 어려울 것 같구요."

에둘러 거절을 날렸다. 판도라의 상자는 닫혀 있을 때가 가장 아름다운 법이다.

"저는 잠깐 화장실 좀 다녀올게요."

여울은 가방끈을 바투 붙잡고 화장실로 걸음을 돌렸다. 차가운 물에 손이라도 씻고 정신 차릴 생각이었다.

고작 태형이 커플 사진 한 장 같이 찍어 줬다고 여친이라도 된 듯 굴어서는 안 됐다. 오늘의 만남은 제 실수를 만회하기 위해 만들어진 자리일 뿐이다. 태형도 단지 외부 프로모션에 같이 갈 사람이 필요해서 저를 부른 것뿐일 거다.

같이 사진을 찍은 데는 다른 의미가 있을 리 없다.

기대나 설렘 같은 건 애초에 가지지 않는 게 좋았다. 상대에게 바라는 게 없다면 상처받을 일도 없으니까.

'정신 차리자. 지금은 업무 중인 거야.'

화장실로 들어선 여울은 찬물을 틀고는 벅벅 손을 씻었다. 차가운 물에 들끓고 있는 마음을 식혔다.

수전을 끄고는 핸드 타월로 손을 닦고 나오는데 여울의 걸음이 멈췄다.

"……."

재수 없게도 전 남친을 만나 버린 탓이었다.

그것도 그의 마음을 대번에 훔쳐 가 버린 여자애와 함께.

"서울 바닥 좁기는 좁다. 어떻게 이 언니를 여기서 봐?"

기찬의 팔짱을 낀 여자가 콧소리를 내며 말했다.

둘의 사이는 여전히 좋아 보였다. 서프라이즈 이벤트를 하겠다고 그의 집에 몰래 들어갔다가 서로 엉겨 붙어 있는 그들을 발견했을 때처럼.

다른 사람에게 상처를 주면서까지 사랑을 했다면 벌은 받아야 하는 거 아닐까. 매서운 벌은 아니더라도 적어도 저렇게 행복하지는 말아야 하는 거 아니야?

그들이 얼마나 행복해 보이던지 제가 너무 초라하게 느껴졌다.

"언니두 놀랐나 보다."

여자가 부러 언니라는 말에 힘을 줬다.

"언니 맞지? 나보다 네 살인가 많다구 했잖아."

삐뚤어진 말이 목 끝까지 차올랐지만 끝끝내 아무 말도 쏟아 내지 못했다. 제가 시원하게 할 말을 내던지는 성격은 못 됐으니까.

괜한 소란으로 사람들의 시선을 받아 봐야 좋을 게 없었다. 지금 제가 친구와 이곳에 온 것도 아니지 않나.

태형의 앞에서 민망한 꼴을 보일 수 없었다.

"잘 지냈어?"

적당히 대화를 마무리하고 자리로 돌아가려는데 기찬이 제게 물었다.

"나는 잘 지냈지. 너도 좋아 보이네."

"언니도 잘 지내신다니까 마음 놓이구 좋다. 아직도 굴 파고 계실까 봐 괜히 마음에 걸렸는데. 암튼! 저희 내년에 결혼 계획 중인데 나중에 꼭 오세요."

연신 싱긋거리던 여자가 내뱉은 말에 말문이 막혔다. 단순히 바람난 인간들이 결혼으로 해피 엔딩을 맺었기 때문만은 아니었다.

기찬과 사귀는 동안, 그는 단 한 번도 결혼이라는 말을 꺼내지 않았다.

제가 몇 번이고 은근슬쩍 결혼 얘기를 꺼낼 때마다 기찬은 매번 말을 돌렸다. 그러다가 궁지에 몰리면 준비가 더 됐을 때 결혼하고 싶다는 말로 상황을 무마했다.

그랬던 사람이 자신과 헤어지기 무섭게 다른 여자와 결혼한다니. 헛웃음이 나올 수밖에 없었다.

애하고 결혼하고 싶어서 결혼 얘기는 꺼내지도 않았던 거야?

합리적인 의심과 허탈한 마음이 뒤범벅돼 여울을 무겁게 짓눌렀다. 돌아가는 상황도 모르고 결혼을 꿈꿨던 제 모습이 한없이 바보같이 느껴졌다.

"오기 좀 그런가."

여자는 남의 속을 어떻게 긁어야 하는지 분명 잘 알았다.

"청첩장 주기 좀 그렇지, 오빠?"

기찬의 팔에 몸을 붙이고 눈을 반짝이는 여자가 미치게 얄미웠다. 두 사람의 꽁냥질을 더 구경하고 있느니 어서 자리를 뜨는 편이 나을 것 같았다.

"나 일행이 기다려서 먼저 가 볼게."

"아아, 지혜?"

기찬이 제 좁은 인간관계를 다 알고 있다는 듯 굴었다.

"아니."

"너 주말에 만날 사람 없잖아."

"있어."

"누구?"

우물거리기는 싫은데 답이 바로 나가지 않았다.

차마 협업하는 회사 사람이라고는 말하지 못했다. '네가 누굴 만나겠니.' 하는 얼굴로 자신을 보는 기찬을 눌러 주고 싶은 마음 때문이었다.

문제는 아무 이름이나 대고 사라지면 그만인데 기껏해야 회사 사람들 이름이나 떠오른다는 거였다.

모두 기찬이 속속들이 알고 있을 이름들이었다. 그와 사귀는 내내 쉼 없이 쏟아 낸 이름이었으니까.

"선이라도 보는 거야? 아버님이 소개해 주신 거? 그런 거 괜히 급하게 하면 탈이나."

"여기 있었어, 여울아?"

생각지도 못한 타이밍에 나타나 커다란 팔로 제 어깨를 감싸 안았다.

"이쪽은 누구?"

태형은 태연한 얼굴로 기찬이 누군지 물었다. 그에 대해서는 아는 바가 전혀 없다는 듯이.

"친구,"

여울은 뒤에 '요' 자를 붙일 뻔했다가 삼켰다.

최대한 친한 척 굴라는 듯 태형이 제 어깨를 잡은 손에 약간 힘을 줬다.

부디 삐걱거리고 있는 몸이 한시라도 빨리 풀어지기를 바라며 여울은 입꼬리를 위로 힘껏 말아 올렸다.

"아아, 친구."

"응."

"강태형입니다."

으레 자기소개를 할 때는 반갑다는 말이 나와야 하는데 태형은 아무런 인사도 하지 않았다. 악수를 하자며 손을 내밀지도 않았고.

여전히 제 어깨만 감싸 쥔 채로 기찬을 빤히 쳐다보고만 있었다.

기찬의 표정이 굳어지는 걸 보자 여울도 가짜 연인 행세를 멈출 수 없었다. 갑자기 이 자리가 불편하다는 듯 기찬의 미간이 구겨지는 게 속 시원했다.

"어, 예……. 저는 마기찬입니다."

설마 벌써 다른 남자를 만났을 거라고는 꿈에도 상상하지 못한 표정이었다.

게다가 새로 사귄 남자 친구라는 사람이 연예인 뺨치게 잘생긴 데다가 키까지 컸으니 묘하게 비교가 됐을 거다.

기찬은 슬쩍슬쩍 손을 비벼 대고 있었는데 그건 자기 뜻대로 일이 풀리지 않으면 나오는 그의 습관이었다.

"여울이, 너 남친 생긴 줄도 몰랐다. 아버님 사시는 동네에 이렇게 잘생긴 분이 있으신지 몰랐네."

잘나 봐야 시골 촌놈이겠지.

기찬은 웃는 낯으로 딱 그 말을 하고 싶었을 거다.

"우리 여울이하고 많이 친하신가 보네. 저도 못 뵌 아버님까지 보셨다고 하시고."

"아버님 소개로 만나신 거 아니에요?"

"여행 갔다 만났습니다."

"여행?"

"제가 한눈에 반해서 번호 좀 달라고 얼마나 질척댔는지. 하도 쫓아다녀서 여울이가 많이 귀찮았을 거예요."

"아……."

"근데 어쩔 수가 있겠어요? 마음에 드는 여자가 있으면 잡아야지."

그날이 생각나냐는 듯 태형이 저를 보고는 빙긋이 웃음을 지었다.

입에 침도 바르지 않고 거짓말을 쏟아 내는 태형의 모습에 그저 감탄이 나올 정도였다.

그 덕에 여울은 그저 미소만 지으면 됐다.

"저희가 먼저 가 볼 데가 있어서. 나중에 또 뵐 수 있으면 뵙죠."

"아? 아, 예예."

태형의 앞에서 기찬은 한없이 작아지고 있었다.

"아! 저기! 이건 제 명함. 혹시 세무 처리할 일 있으시면 연락 주세요."

마지막 자존심을 회복하려는지 기찬이 호기롭게 명함을 건넸다.

세무사 **마 기 찬**

기찬이 어깨를 쫙 펴고는 턱을 쳐들었다. 잔뜩 자신감에 찬 모습이 꼴 보기 싫었다. 기찬을 좋아한 적이 있었다는 게 신기할 정도였다.

어쩌면 이제 그에게 손톱만 한 미련도 남아 있지 않다는 증거일지도 모르겠다.

"저는 딱히 도움 될 일이 없을 것 같긴 한데, 궁금해하시는 것 같아서."

태형이 재킷 주머니 안쪽에서 반듯한 명함 한 장을 꺼내 내밀었다.

뭘 얼마나 대단한 놈인지 보겠다는 듯 기찬은 명함을 살폈다. 작은 기대도 없다는 표정이었다. 그런데 기찬의 얼굴이 서서히 굳어졌다.

슬쩍 곁눈질을 하던 그의 여자 친구도 마찬가지였다.

두 사람은 토끼눈이 됐는데 순식간에 태형을 보는 눈빛이 달라졌다.

"저희는 이만."

태형의 말이 끝났는데도 두 사람은 정신을 차리지 못했다. 어린 나이에 본부장이라는 직함을 단 태형이 아닌가.

더욱이 다른 곳도 아니고 청해 전자의 본부장.

두 사람 모두 당장이라도 태형이 사라지고 나면 그의 이름을 찾아볼 게 뻔했다.

혹시라도 이 거짓말로 태형에게 문제라도 생기는 건 아닌지 걱정됐다.

정작 두 사람이 뭘 하든지 태형은 관심조차 없어 보였지만.

두 사람을 등지고 돌아선 여울이 뒤를 힐끔 돌아봤다. 기찬은 VIP 손님을 배웅하듯 태형을 향해 허리를 90도로 숙이며 인사를 날리고 있었다.

"뒤돌지 마요."

낮게 울리는 저음이 여울을 잡아끌었다.

"질투 나니까."

질투라고 했다.

그 말이 듣기 싫지 않았다. 오히려 계속 듣고 싶어진다.

다만 믿을 수가 없었다. 질투라는 것은 상대가 좋아질 때나 드는 감정이 아닌가. 저를 좋아한다는 말을 돌려 말하고 있는 건가.

아니면 단순히 저를 유혹하려는 심산일까. 제가 다른 여자들보다 쉬우니까? 일탈이라는 말에도 쉽게 현혹되는 사람이니까?

온갖 생각이 한꺼번에 차올라 여울의 머릿속을 소란스럽게 만들었다.

문제는 자신이 태형의 손아귀에서 나가고 싶어지지 않는다는 거였다. 그에게서 번져 나는 향기가 저를 옴짝달싹할 수 없게 한다.

'내가 누구하고 사귀는 거에는 관심 없거든요.'

이럴 때는 태형이 위험한 사람이라는 것을 상기하는 게 필요했다. 그래야 상처받고 버려지지 않을 거다.

태형에게 끌리는 마음을 끊어 내야 하는 것을 알면서도 자꾸 마음이 갔다.

그의 마음이 궁금하고 그가 하는 말 한마디 한마디에 온갖 의미를 부여하게 된다. 심지어 태형이 자신의 이름을 불러 주기를 간절히 바랐다.

정말이지 하룻밤 일탈이 남긴 어마어마한 부작용이었다.

제6장
눈에 거슬리는 여자

태형의 차가 짙게 깔린 어둠을 뚫고 여울의 집 앞에 멈춰 섰다.

이렇게나 늦게 집에 도착할 줄은 몰랐다. 기껏해야 행사장만 보고 돌아갈 줄 알았으니까.

그런데 같이 수족관에 가자는 태형의 부탁을 거절할 수 없었다. 그가 수족관에 가고 싶은 이유는 의외로 간단했다.

'한번 오고 싶던 곳이라서.'

어릴 때부터 가고 싶었는데 한 번도 와 보지 못했단다. 태형 정도면 가 보지 않은 곳을 찾는 것이 더 빠를 줄 알았는데 의외였다.

생각지도 못한 도움에 수족관까지 구경시켜 줬는데 가만히 있을 수가 없었다.

여울은 저녁을 사겠다고 나섰고 태형은 거절하지 않았다.

같이 있는 시간이 길어질수록 쓸데없는 말을 조잘거리게 됐다. 회사 사람들이 보이지 않으니 더욱 마음을 놓게 되는 것 같다.

다만 태형은 저를 집에 데려다줄 때까지도 기찬에 관해서는 아무것도 묻지 않았다.

기찬에 대해서는 아예 모르지 않을 거다. 제가 대만에서 전 남친의 만행을 모조리 다 털어놓았으니까.

그럼에도 불구하고 아는 척을 한다거나 어쭙잖은 위로를 하지 않아 줘서 고마웠다.

"집까지 바래다주시고, 감사해요."

"어차피 가는 길이라."

"그래도, 감사합니다."

여울의 인사에 그는 어깨만 으쓱였다.

안전벨트를 풀고 조수석에서 내린 여울의 걸음이 쉽게 떨어지지 않았다. 정작 고맙다는 말을 제대로 꺼내지 못했기 때문이다.

"조심히 가세요."

이대로 집에 돌아가면 찜찜한 채로 잠들지 못할 거다.

"저… 본부장님!"

조수석 문고리를 붙든 채로 태형을 불렀다.

"오늘 낮에 도와주셔서 감사드려요. 거기서 그렇게 만날 줄은 몰랐거든요. 본부장님 아니었으면 밤새 속앓이했을 거예요. 그래도 덕분에 두 발 뻗고 잘 수 있을 것 같아서……. 감사합니다."

"맨입으로요?"

"잠깐만 계세요. 커피라도 한 잔 사 올게요."

"커피는 됐고, 나한테 빚 하나 진 걸로 합시다."

빚 하나를 차감했더니 또 하나가 생겨 버렸다.

"그게 싫으면 지금 주 대리 집에 올라가서 커피 한잔 마시는 걸로 퉁쳐도 되고."

어느 쪽이든 제게 유리한 선택지는 아니었다.

태형이 다음에 뭘 제시할지는 몰라도 야밤에 혼자 사는 집에 그를 들이는 건 위험했다. 특히 지금처럼 마음이 약해져 있는 경우에는 더더욱.

"그럼 커피는 다음에 대접할게요."

"들어가서 쉬어요."

태형은 조금도 아쉬운 기색이 없었다. 도리어 조수석의 문고리에서 손을 떼는 저에게서나 아쉬운 마음이 짙게 묻어났다.

탁-

제가 차에서 떨어지자 태형은 미련 없이 떠났다. 눈앞에서 멀어져 가는 차를 바라보면서 제자리에 서 있었다.

집에 가고 싶다는 사람에게 거절을 날린 건 자신이면서 왜 이렇게 아쉬운 걸까.

제 어깨를 붙잡고 다정하게 '여울아-'하고 이름을 부르던 게 생각나서 미칠 것 같았다. 덫에 걸리기라도 한 듯 잊으려 몸부림을 칠수록 더욱 그 기억이 머리를 죄어 온다.

여울은 그가 거짓말할 때조차 남자 친구라든가 애인이라는 말을 단 한 번도 꺼내지 않았다는 걸 알았다.

그런 사람에게 나는 도대체 뭘 바라고 있는 걸까.

*

[잘 들어가셨어요?]
[오늘 정말 감사드렸어요. 피곤하실 텐데 얼른 주무세요.]

굿 나잇을 외치는 이모티콘까지 태형에게 날렸다.
문자는 모두 읽음 상태.
그렇게 문자 메시지를 보낸 날로부터 나흘이 지났다.
이따금씩 대화창을 보며 오늘은 태형에게 답이 오지는 않을까 기대했지만, 그런 일은 일어나지 않았다.
그는 참 신기한 사람이었다.
가까워졌다고 생각하면 어김없이 멀어진다. 원래부터가 그런 사람이라 생각하면 편할 텐데 왜 이리도 섭섭한지 모르겠다.

애초부터 태형과 자신이 속한 세계가 완전히 다르다는 것도, 그는 깊은 관계를 바라지 않는다는 것도 잘 알고 있으면서.

"뭘 그렇게 보고 있어? 기다리는 전화라도 있나 봐?"

등 뒤에서 불쑥 고개를 내민 차 과장의 돌발 행동에 여울이 화들짝 놀랐다.

의자까지 뒤로 밀고 자리에서 일어날 만큼 놀란 와중에도 핸드폰은 책상에 뒤집어 놨다. 스스로도 감탄할 만한 반사 신경이었다.

얼마 굴러가지 못하고 멈춰 선 의자에 관심을 둘 여유도 없었다.

제가 태형에게 보낸 문자 메시지를 혹시라도 차 과장이 본 건 아닌지 심장이 벌렁거렸다.

"왜 이렇게 놀라?"

"인기척도 없이 오시는데 당연히 놀라죠."

"놀랄 것도 많네. 누구하고 몰래 문자 하다가 제 발 저려서 그런 거 아냐? 주 대리, 썸 타는 중이야?"

귀신같은 추리에 뜨끔했다. 설마 태형에게 문자 메시지를 보낸 걸 봤나?

"썸은요. 그런 거 없어요."

"성인 남녀가 만날 수도 있는 거지. 뭘 부끄러워해?"

"부끄러워하는 게 아니라,"

"나 다 알아."

순간 등줄기가 서늘해졌다. 차 과장의 입가에 떠오른 음흉한 미소가 심상치 않았다.

뭔가를 확실히 알고 있다는 듯한 미소.

중요한 건 차 과장의 머리를 열어 보고 싶을 만큼 그가 무슨 생각을 하는지 도통 모르겠다는 거였다.

차 과장을 보는 것만으로도 불안한 마음이 스멀스멀 피어올랐다.

"내가 팍팍 밀어줄게."

"지금 무슨 말씀하시는지 모르겠어요."

"대신 주 대리는 백화점 가서 강 본부장 선물 좀 찾아와."

차 과장이 난데없이 지갑에서 예약증을 꺼내 건넸다.

그저 심부름을 시키려는 속셈일까. 아니면 태형과 관련된 일이라서? 부디 후자는 아니기를 바랐다.

"나는 팀장님 모시고 내 차로 청해 갈 테니까, 주 대리는 민아 씨 데리고 가고."

그가 '내 차'에 잔뜩 힘을 줬다. 최근에 새로 뽑은 차를 생각하는 것만으로도 뿌듯한 모양이다.

새 차를 얼마나 끔찍이 아끼던지 차 과장은 아무나 자신의 차에 태울 수 없다고 못을 박았다. 그것도 자신과 민아를 똑바로 쳐다보면서.

차라리 차 과장의 차를 타지 않는 게 마음 편했다. 먼지 한 톨만 떨어져도 난리를 치는 사람이 아닌가.

"지금 출발하면 딱 맞겠네. 수고."

그는 자연스럽게 자신의 일을 떠넘기고는 자기 자리로 돌아갔다.

얄미운 모습에 한 소리라도 하고 싶었지만 참았다. 차 과장이 뭘 알고 있는지 모르는 마당에 괜히 들쑤셔 봐야 좋을 게 없었다.

"민아 씨, 지금 출발하려는데 혹시 일은 마무리됐어?"

"네네! 지금 가도 돼요."

민아의 대답에 자리에서 일어났다.

먼저 출발하는 자신들을 바라보는 차 과장의 눈썹이 들썩거렸다. 무슨 생각인지는 몰라도 어쩐지 제게 도움이 될 만한 일은 아닐 것 같았다.

*

여울의 예상은 정확히 적중했다.

"곽 비서하고 팍팍 밀어줄게."

대체 뭘 보고 확신했는지는 몰라도 차 과장은 제가 도현과 잘돼 가고 있다고 착각하고 있었다. 미팅 자리에서만 해도 그나마 조용했던 그의 오지랖이 회식 자리에서 팡- 터졌다.

"주 대리는 저기 앉아."

"아니, 제가 알아서,"

"다 주 대리 위해서라니까."

차 과장에게 등을 떠밀려 테이블 끝에 자리를 잡고 앉게 됐다.

굳이 자신을 도현의 맞은편까지 밀어 버리는 기세가 당황스럽기는 했지만 나쁘지 않았다. 적어도 태형과 가까이 붙어 있는 것보다는 나을 테니까.

"저희끼리라도 건배해요."

하지만 제 옆에 앉아 건배까지 채근해 대는 건 무척이나 부담스러웠다.

차 과장은 벌써 자신이 커플이라도 맺어 준 것처럼 뿌듯해하기까지 했다. 어색한 웃음을 터뜨리고 있는 제 입꼬리가 바르르 떨리고 있는지도 모르고.

여울은 테이블 한가운데에 앉아 있는 태형을 힐끗거렸다. 제가 뭘 하고 있는지 관심도 없다는 사람을 왜 신경 쓰고 있는 건지.

"우리 주 대리가 꽉 막힌 구석도 있는데, 여자답고 괜찮아요."

"좋은 분인 건 알 것 같습니다."

"비서님이 사람 볼 줄 아시네. 그런 의미로 건배?"

"주 대리님은 이미 많이 드신 것 같아서 저랑 오붓하게 하시죠."

"에이! 주 대리, 건배만이라도 하자."

도대체 몇 번이나 건배를 하고 있는 건지. 건배 살인마가 따로 없었다.

화기애애한 분위기를 깰 수 없어 건배는 하고 있었지만 도현에게 미안했다. 자신도 모르게 차 과장의 커플 매칭에 휘말렸으니까.

여울은 타들어 가는 속을 달래려 쉴 새 없이 잔을 비워 냈다. 벌써 몇 잔째인지 모르겠다.

"이번만 물로 건배할까요? 제가 물이 마시고 싶어서요."

도현의 말에 차 과장도 좋다며 물잔을 들어 보였다. 덕분에 끝없이 이어지던 와인 건배가 멈췄다.

더 이상 와인을 마시지 말라는 듯 도현이 가볍게 고개를 저었다. 혹시라도 제가 취할까 봐 걱정이 됐나 보다.

다행히도 물 한 잔에 온몸에 퍼져 나가던 알코올 기운이 조금 눌리는 것도 같다.

여울은 입을 벙긋거리며 도현의 배려에 고맙다는 말을 남겼다. 그에 화답하듯 도현이 빙긋이 미소를 지었다.

"과일이라도 가져올게요."

"제가 갈게요. 앉아 있어요."

도현이 자리에서 일어나는 저를 말렸다.

"저 괜찮은데."

"계속 앉아만 있었더니 걷고 싶어서요."

"저도 걸어야겠어요. 앉아서 먹기만 해서 그런지 조금 갑갑해서요."

"그럼 같이 갈까요?"

도현의 말에 여울이 고개를 끄덕거렸다.

천천히 다녀오라는 차 과장의 눈빛 속에서 달아나고 싶은 마음뿐이었다.

도현과 나란히 테이블을 떠나던 여울은 알지 못했다. 김 팀장의 수다스러운 목소리에도 태형의 시선이 자신에게 꽂혀 있었다는 걸.

태형은 의자에 등을 기대고는 와인잔을 부드럽게 굴렸다. 와인의 맛이나 향에는 관심도 없었다. 태형의 신경은 온통 여울에게 향해 있었으니까.

식당에 들어서자마자 여울이 제게서 가장 먼 자리를 골라 앉는 것부터가 거슬렸다.

당장 여울을 자신의 앞에 앉히고 싶었지만, 차 과장이라는 인간이 어찌나 요란스럽던지 말할 틈조차 찾아내지 못했다.

"음식이 아주 맛있습니다."

"마음에 드신다니 다행이군요."

"본부장님 덕분에 이렇게 좋은 곳도 와 보고, 하하!"

"대단한 곳도 아니니 마음 쓰실 필요 없습니다. 편히 드세요."

맞은편에 앉아 있는 김 팀장의 목소리는 소음이나 다름없었다. 이곳에서 일어나고 싶은 마음이 굴뚝같다.

반면에 여울이 있는 곳은 화기애애해 보였다. 뭐가 그리도 좋은지 저 여자는 싱글벙글이다.

와인잔을 비워 내는 여울의 속도가 꽤 빨랐다. 거침없이 잔을 비워 낼 만큼 신이라도 났나 보다.

짜증스러운 건 그들의 대화에 낄 수도 없고, 그렇다고 무슨 얘기를 하고 있는지 조금도 들리지 않는다는 거였다.

뭔가를 조잘거리고 있는 여울의 모습이 마치 제 눈앞을 얼쩡거리는 참새 같았다.

쫓아내고 싶은데, 그대로 날려 버릴 수가 없었다.

가능하다면 거지 같은 기분을 도려내고 싶었다.

그래서 여울에게는 시선도 주지 않고 와인을 들이켰다. 더럽게 재미없는 김 팀장의 말에도 귀를 기울여 봤다.

그런데 역시나 재미가 없다.

"제가 한 잔 따라 드리겠습니다."

김 팀장이 자리에서 일어나서는 칠링된 와인병을 끄집어 냈다.

씨발, 닥치고 앉아나 있지.

여울의 모습이 가려지는 것만으로도 짜증이 솟구쳤다.

"마음만 받겠습니다. 다른 와인을 마시고 싶어져서."

"따악! 한 잔만."

적당히 빠져 주면 좋겠는데 눈치 없는 김 팀장이 고집을 부렸다. 한 잔을 받아 주지 않으면 종일 여울을 가리고 서 있을 기세였다.

피곤하게.

여울이 거절하지 못하게 자리를 만들었는데 제 꾀에 넘어간 기분이다. 김 팀장의 고집이나 받고 있을 줄 누가 알았겠나.

"한 잔만입니다."

"예, 본부장님. 영광입니다!!"

김 팀장의 큰 목소리에 여울의 고개가 제 쪽으로 살짝 움직였다. 잔을 든 태형의 시선이 여울에게 닿았다. 아마 제가 바라보고 있다는 걸 그녀도 느꼈을 거다.

그런데 여울은 웃음기조차 없는 얼굴로 잠시 저를 보다가 이내 앞으로 고개를 돌렸다.

열받는 건 그러고 나서 도현의 말에 싱긋 웃고 있다는 거였다.

무슨 얘기가 그렇게 재미있는 거야? 제 손끝만 닿아도 어쩔 줄 몰라 하던 주제에.

"건……."

김 팀장이 건배를 외치기도 전에 태형은 잔을 단박에 비웠다. 미칠 만큼 목이 탔다. 와인을 원샷해도 갈증이 해결되지 않았다.

여울의 입가에 번진 웃음을 지워 내고 싶었다. 다른 새끼들 앞에서 절대 웃지 못하게.

뻐근한 몸이라도 풀듯 목덜미를 매만졌다.

냅킨으로 입을 닦은 여울이 자리에서 일어났다. 와중에 더 엿 같은 건 여울의 곁에 내내 붙어 있던 차 과장이 그녀의 뒤를 따랐다는 거다.

 태형이 지켜본 바로는 그녀가 차 과장과 따로 대화를 나눌 만큼 친밀한 사이는 아니었다. 자신을 치켜올리기 위해 부하 직원을 깎아내리는 상사를 누가 좋아할까.

 그런데 둘이 왜 같이 움직이는 건데?

 치미는 짜증에 결국 태형은 자리를 박차고 일어났다.

 "어디 가세요?"

 "내가 그것까지 김 팀장님께 보고하고 가야 됩니까."

 날이 선 목소리에 김 팀장이 쭈그러들었다. 자신을 더 건드렸다가는 큰일 나겠다는 눈치 정도는 다행히 남아 있는 듯했다.

 여울의 뒤를 따르는 태형의 머릿속은 시끄러웠다. 오늘 제게 단 한 번도 보인 적 없던 그녀의 웃음이 눈앞에서 사라지지 않았다.

*

 "제가 지금 누굴 만날 마음이 없어서요. 죄송합니다."

 "됐다 그래. 내가 괜히 지랄했다 이거지?"

 로비 한쪽에 서 있던 차 과장이 툴툴거리며 먼저 자리를 떴다.

 주머니에 손을 찔러 넣은 채 두 사람의 대화를 듣고 있던 태형의 미간이 구겨졌다.

 설마 차 과장이 고백이라도 한 거야?

차 과장이 여울과 도현을 이어 주려다가 거절당했다는 걸 태형은 알 리 없었다. 그가 엿들은 말이라고는 차 과장의 불만뿐이었으니까.

태형은 홀로 남은 여울의 앞에 섰다. 그러자 여울이 고개를 들어 저를 봤는데 드디어 나를 보는구나 싶었다.

"여기서 뭐 하고 있어요?"

여울은 아무 말이 없었다. 핑곗거리라도 찾고 있는 걸까. 고백받았다는 말은 하지도 않네?

술기운이 올랐는지 여울의 두 뺨이 발그스름했다. 금방이라도 눈물을 쏟아 낼 듯 눈망울은 촉촉하다. 얼룩 한 번 생기지 않은 것 같이 맑은 눈동자였다.

자신은 그 흰 눈길에 검은 얼룩을 남기는 불청객이 아닐까.

문득 그런 생각이 들었다.

만약 그렇다면 물러나는 것이 맞았다. 최소한 제가 누구를 더럽히는 데서 희열을 느끼는 인간은 아니니까.

그런데 어째서 이대로 여울을 보내기 싫은 걸까. 왜 옆에 두고 싶을까.

"차 과장하고 있던데."

"회사 일 때문에요. 따로 할 얘기가 있어서요."

거짓말.

"해결은 됐고요?"

"그런 것 같아요."

태형의 시선이 그녀의 붉은 입술에 꽂힌다. 동그랗게 오므라졌다가 부드럽게 붙는 입술이 몹시도 탐스러웠다.

촉촉하게 젖은 저 예쁜 입술로 제게 거짓말이나 하고 있다니.

'제 얘기 다른 사람한테 하기 힘들었는데, 들어 주셔서 감사해요. 속도 시원하고 너무 좋아요.'

눈가가 붉어진 줄도 모르고 제게 환하게 웃어 보였던 때와는 확연히 다른 모습이었다.

이제 와서 거리를 두는 여울의 태도가 불쾌했다. 여울에게 계속 시선이 가는 것도 그 때문일 거다.

'사람이 달라지면 되겠어?'

삐뚤어진 마음이 빠르게 자라났다.

"나도 주 대리님한테 할 얘기가 있는데."

"무슨 말이요?"

"조용한 곳으로 가죠."

"여기서 얘기하기는 곤란할까요?"

"나는 상관없는데 주 대리님이 괜찮을까 걱정돼서."

태형의 입가에 짓궂은 미소가 피어올랐다.

"우리가 비밀이 좀 많아야지."

작은 속삭임에 여울의 눈이 커졌다. 대만에서의 일을 떠올린 것이 분명했다.

놀라지 않았다는 듯 굴려는 노력은 높이 사겠지만 여울에게는 '뭘 하는 척하는' 재능이 없었다. 그런 건 속이 까맣게 변해 버린 자신 같은 인간들에게나 주어진 능력이었다.

얼굴이 더욱 붉어진 것도 가리지 못하면서 무슨 거짓말을 하겠다고.

태형은 실소를 터뜨리고는 비상구로 걸음을 옮겼다. 우물거리던 여울이 곧 뒤를 따랐다.

제가 무슨 말을 할까 궁금하기는 했나 보다.

비상구 앞에 멈춰 선 태형이 묵직한 문을 열었다. 고요하고도 습한 공기가 문틈을 비집고 나왔다.

조명이 반짝거리는 로비가 여울과 닮았다면, 지금 이 공간은 자신과 닮아 있다.

공기마저 무겁고 퀴퀴한 생기 없는 곳.

"들어와요."

짐짓 걸음을 멈추고는 여울을 향해 고갯짓했다.

자신의 세계는 들어오고 싶지 않다는 듯 여울이 아랫입술을 살짝 깨문다. 하지만 얄궂게도 태형은 그녀를 서늘한 공기 속으로 끌어들였다.

"얘기만 듣고 나갈게요."

여울이 단단히 못을 박으며 비상구에 발을 들였다.

끼이익-

날카로운 소리와 함께 비상구 문이 느릿하게 닫혔다. 자리에

선 여울은 조금도 움직이지 않고 두 손만 매만졌다.

"지난번에 나한테 빚졌던 거 기억해요?"

"아, 네."

"그것 좀 돌려받아야겠는데."

"어떻게……?"

"일단 들어 보고 결정하겠다?"

"제가 들어드릴 수 있는 건지 확실히 해 두는 게 좋을 것 같아서요."

호기로운 말과 달리 여울의 목소리 끝이 미세하게 떨렸다.

절대 선을 넘지 않을 거라는 여울의 다짐이 그리 오래가지는 못할 거다. 제가 그리 되도록 가만히 두지 않을 거니까.

여울이 세운 벽이야 세게 흔들고 두드리면 무너질 게 분명했다.

"충분히 할 수 있을 거예요."

여울에게 한 걸음 가까이 다가갔다.

"네?"

"못 할 것도 없지."

뒤로 물러나던 여울의 뒤꿈치가 벽에 닿았다. 이제는 빠져나갈 구멍이 없다.

"나하고 키스한 게 처음도 아니잖아요."

"그, 그건 그때도 말씀드렸지만 실수였어요."

"나도 말했는데. 실수 아니었다고."

자신을 올려다보고 있는 여울의 눈동자가 흔들렸다. 그녀가 세운 벽은 이미 맥없이 허물어지고 있었다.

제 입술에서 시선을 떼지 못하는 것만 봐도 그랬다. 부끄러운 듯 얼굴을 붉히면서도 가슴팍은 기대감에 부풀어 오르고 있지 않나.

발소리조차 들리지 않는 곳.

거기서 달게 뻗어 나오는 여울의 달달한 숨에 애가 닳는 건 태형 역시 마찬가지였다.

여울의 입술을 삼키고 싶었다.

끈적하게 엉키는 혀를 타고 번져 드는 타액을 모조리 빨아내는 것도 나쁘지 않을 것 같다. 매끄러운 살에 이를 박는 것도, 붉어진 귓불을 깨무는 것도 좋겠다.

"나 당신하고 키스하고 싶어 죽겠는데."

태형이 허리를 구부리자 두 사람의 얼굴이 가까워졌다. 닿을 듯 말 듯 아슬아슬한 거리 사이로 뜨거운 숨이 끝없이 피어올랐다.

"그러니까 결정해 봐요. 이대로 나가 버릴 건지. 아니면……."

잠시 말을 멈추자, 여울의 입술이 움질거렸다.

"나한테 진 빚, 갚아 버릴지."

더운 여름도 아닌데 손에 땀이 찼다. 목을 타고 기어 올라온 갈증에 입술까지 바짝 말랐다.

가뭄에 말라비틀어져 가는 식물이 된 것만 같았다.

여울은 겉으로는 얼어붙어 있었지만 속은 뜨겁게 들끓고 있었다. 쿵쾅거리는 심장 소리가 당장 바깥에까지 흘러나올 정도였다.

이성이 얼마나 견뎌 줄지 가늠할 수 없었다. 기껏해야 몇 분? 아니, 어쩌면 몇 초 안에 무너져 버릴지도.

달게 흘러내리는 태형의 숨이 저를 집요하게 끌어당기고 있었기 때문이다. 저 입술 한 번만 베어 물면 단내가 훅- 끼쳐올 것 같다.

잘 익은 과일에서 나는 풋풋하고도 달콤한 냄새 말이다.

그걸 상상하는 것만으로도 여울의 가슴팍이 기대로 부풀었다.

"고민할 거 있어요?"

"……"

"마음 가는 대로 움직이면 될걸."

조용한 공기 사이사이로 번져 드는 저음이 그날 밤의 감각들을 깨워 냈다.

손끝에 느껴지던 탄탄한 근육의 움직임과 축축하게 엉겨 붙던 숨소리, 온몸을 적시는 끈적끈적한 타액.

그 모든 것들이 낯설고 자극적이다. 다시 한번 그날의 느낌을 바라게 될 만큼.

제 몸이 움찔거린다는 걸 태형도 분명히 알고 있을 거다. 그러니까 주저 없이 커다란 손으로 제 얼굴을 감싸는 거겠지.

입술 선을 따라 느릿하게 움직이는 손길에 숨이 멎었다.

'읍······.'

손가락이 지나간 자리가 전기에 오른 듯 찌릿거렸다.

보드라운 감촉이 살 속 깊숙이 파고드는 것 같았다. 자극적인 손길에도 꿈쩍하지 않아 보려 했지만 쉽지 않았다. 가까스로 붙잡고 있던 이성이 순식간에 와르르- 무너지고 말았으니까.

여기서 실수해도 '술에 취해서'라는 이유를 대면 그만이었다. 키스 한 번에 하늘이 무너지지도 않을 거다.

"하아."

깊게 누르고 있던 숨을 쏟아 내고 나자, 태형에게 더욱 목이 말랐다.

원래 아는 맛이 가장 무섭다고들 하지 않나.

"아······."

악마의 꼬임에 넘어간 거래도 상관없었다.

태형에게 입을 맞추고 싶다. 지금 당장 제가 바라는 건 그뿐이었다.

결국 자신의 입술을 더듬거리던 태형의 검지를 깨물었다. 묵직한 향이 잇새로 은은하게 번져 나갔다.

"잘 생각했어요."

곱게 접히는 태형의 눈이 사람을 홀린다. 그래서 여울은 자신의 입술을 삼키는 태형의 몸짓을 피하지 않았다.

맞붙은 입술 사이로 젖은 숨이 쏟아졌다.

태형의 숨은 생각했던 것보다 훨씬 달았다. 제 깊숙한 곳에 태형의 숨을 박아 두고 싶을 정도다. 그가 그리워질 때마다 꺼내 삼킬 수 있도록.

그는 제 윗입술을 깨물다가 뜨거운 숨을 쏟아 냈다.

원숙한 키스만 봐도 어떻게 해야 상대를 꼼짝 못 하게 할 수 있는지 잘 알고 있는 듯했다.

가볍게 제 혀를 훑었다가 뒤로 빠지며 결국, 제가 혀를 움직일 수밖에 없게 만드는 것만 봐도 그랬다.

"하아, 읍, 아……."

뜨겁게 몰아치는 태형의 몸짓에 애가 달았다.

목구멍을 타고 내려가는 타액이 뜨거워 견딜 수 없을 정도다.

태형의 세상에 완전히 잠겼으면 했다. 설령 그게 지옥이라 할지라도.

그의 키스는 저돌적이었고, 부드러웠다. 두 개의 감각이 공존할 수 있다는 게 신기할 정도였다.

속에서 치솟는 열감에 블라우스 단추가 하나씩 풀어지고 있다는 것도 눈치채지 못했다.

톡- 톡-

단추가 맥없이 열렸다.

벌어진 옷 사이로 미끄러지는 태형의 손이 부드러웠다. 목에서부터 쇄골까지. 거침없이 제 살결을 훑는다. 어느 순간부터 여울도 자신의 몸을 흐르는 손길을 느꼈지만 말리지 않았다.

도리어 태형의 손에 가둬지기를 바랐다.

서로에게 섞여 들어가는 숨소리가 거칠어지던 순간.

끼이익-

위쪽에서 문이 열리는 소리가 났다. 태형의 옷자락을 붙잡고 있던 여울이 놀라서는 그대로 얼어붙었다.

"개힘들어 죽겠다."

"조금 있으면 교대지?"

"어. 집 가면 쓰러질 것 같아."

호텔 직원들의 대화가 또렷이 들렸다. 거리가 그리 멀지 않은 듯했다.

여울은 고개를 들고 위에서 들리는 소리에 귀를 기울였다. 아무래도 태형과의 불장난은 여기서 멈춰야 할 것 같았다. 직원들이 아래로 내려오기라도 하면 큰일이니까.

붉어진 태형의 입술만 봐도, 아니 반쯤 벌어져 있는 제 블라우스만 봐도 여기서 무슨 짓을 하고 있었는지 누구든 쉽게 알아챌 거다.

"저희 나가요."

여울이 단추를 채우며 목소리를 낮췄다.

"싫은데."

"본부장님."

"말했잖아요. 나 돌기 직전이었다고."

"……"

"그래서 아직 만족이 안 돼."

"위에 사람들 있어요."

"듣고 있어요."

태형이 제 허리에 팔을 둘렀다. 무슨 생각을 하는지 알 수가 없었다. 그의 강한 힘만 옷 위로 또렷이 느껴질 뿐.

"누가 내려올 수도 있어요."

"주여울 씨는 지켜 줄게요."

누가 오든 말든 상관없다는 투다.

태형에게서는 한껏 여유가 느껴졌지만 여울은 달랐다. 그들이 내려오지 않기를 무작정 바라고 있을 수 없었다.

이성이 잠시 돌아왔으니 정신을 차리는 게 맞았다.

"다음에 지켜 주세요."

여울은 빙긋이 웃고는 허리를 감고 있던 태형을 떼어 냈다. 고집을 부릴 줄 알았는데 그는 순순히 저를 놓아주었다.

목 끝까지 단추를 잠그고는 서둘러 비상구 문을 열었다.

쉽게 들락날락할 장소가 아니라는 듯 문이 무거웠다. 낑낑거리는 모습이 안쓰러웠는지 태형이 문을 여는 데 힘을 보탰다.

그에게 고맙다며 고개를 꾸벅이고는 비상구를 나섰다.

서늘한 공기가 사라지고 순식간에 훈기가 그 자리를 채웠다. 비상구에 있을 때는 몰랐는데 훗훗한 열기가 갑갑하게 느껴졌다.

얼굴에 번진 열감부터 눌러야 했다. 두 뺨이 붉어진 채로 자리에 돌아갈 수 없으니까.

태형에게 가볍게 목 인사를 하고는 화장실로 걸음을 돌렸다.

여울은 그와 멀찍이 떨어지는 데 급급해 로비에 보는 눈이 많다는 것을 알아채지 못했다.

*

회식을 끝내고 집에 돌아온 여울은 바로 샤워를 했다. 비상구에서 느꼈던 손길을 모두 떨쳐 내려는 것처럼.

그렇게 씻고 나와 그대로 거실에 널브러졌다. 머리카락이 젖어 있었으나 말릴 힘도 나지 않았다.

손가락 하나 까딱거리기도 힘들었다. 눈을 감으면 그대로 잠이 들 것도 같았다.

하지만 그 피곤한 와중에도 몸을 일으켜 거실 테이블에 있던 핸드폰을 집었다. 태형에게 연락이 왔을까 하는 기대였다.

'연락할게요.'

분명히 마지막에 헤어질 때 제게만 들릴 정도로 작은 소리로 속삭이지 않았나.

그런데 태형에게서는 아무런 연락이 없었다. 기다리는 게 바보 같다는 걸 알면서도 자꾸 핸드폰을 만지작거리게 된다.

게다가 어느 순간부터는 다른 일이 있겠지 하고 태형을 두둔하기 시작했다.

정신 승리라고 해도 어쩔 수 없었다.

마음이 그렇게 흘러가는 걸.

공과 사가 구분되기를 바랐던 건 자신이었는데 오히려 그 경계를 제가 무너뜨리고 있는 기분이었다.

"누가 먼저 문자하는 게 뭐가 중요하다고. 그냥 보내면 되는 거지."

스스로에게 주문을 걸고는 빠르게 타자를 두드렸다.

"아냐. 스토커처럼 보일 것 같아. 관두자. 아예 보지를 마."

태형에게 귀찮은 존재가 되고 싶지 않았다.

이미 아버지에게, 또 기찬에게도 귀찮게 여겨지다가 버려졌으니까.

여울은 핸드폰을 뒤집어 놓고는 천장을 바라봤다.

'마음 가는 대로 움직이면 될걸.'

태형의 목소리가 여운처럼 살아남아 귓가에 울렸.

확실히 홀렸다.

키스에 빠져 버린 순간부터 제 마음이 일렁이고 있다는 것도 분명 들켰다.

하지만 만약 그 순간으로 돌아간대도 똑같은 선택을 하고 말

앉을 거다.

하고 싶다.

입을 맞추고 싶어서 미칠 것 같다는 생각뿐이었으니까.

'하아.'

지금 이 순간에도 태형의 묵직한 숨소리를 듣고 싶었다. 입술 위로 흐무러지던 입김마저 그립다.

입술에 살아남아 있는 순간의 감각을 떠올리며, 가만히 입술을 매만졌다.

향기가 죽지 않고 살아남아 있는 듯했다. 그게 사라지게 놔두고 싶지 않은데 방법을 모르겠다. 지금처럼 계속 태형을 떠올리는 것밖에 다른 수가 없다.

바로 그때,

Rrrr- rr-

진동이 테이블을 울렸다.

'태형인가?'

그 생각이 제일 먼저 들었다.

여울이 재빠르게 몸을 일으켰다. 회사에 일이 터졌을 때도 이만큼 빠르지는 않았을 거다.

잔뜩 기대에 찬 채로 핸드폰을 확인했다.

아쉽게도 태형에게서 온 메시지가 아니라 이모의 전화였다.

큼큼거리며 목을 가다듬고는 곧장 전화를 받았다.

"네, 이모."

-자고 있었어?

"아뇨. 막 회식 끝내고 왔어요. 근데 무슨 일 있으세요?"

-그건 아니고. 무아가 몸조리를 해야 할 것 같아서 이번 언니 기일에는 내가 못 내려갈 것 같네.

"제가 준비하면 되니까 너무 걱정 마세요. 무아 건강이 우선이죠."

-혹시 내려갈 수 있으면 전화 줄게.

"너무 무리하지 마세요."

괜찮다는 말에도 수화기 너머로 한숨이 흘렀다. 제삿날의 풍경이 눈앞에 그려져 걱정되시나 보다.

사실 여울의 입장에서도 분위기를 띄워 주는 이모의 가족이 있는 편이 훨씬 좋았다. 아버지와 단둘이 엄마의 기일을 보낸 적이 없기도 했고.

그러나 제가 불편하다고 일이 있는 사람을 붙잡고 늘어질 수는 없었다.

하룻밤만 견디면 끝날 일이다.

-그래그래. 혹시 필요한 거 있음 꼭 말하고.

"네. 감사합니다."

-어여 쉬어.

이모의 따뜻한 말을 끝으로 전화가 끊겼다.

본가에 내려갈 생각만으로도 마음이 무거웠다. 이럴 때 누군가에게 마음을 털어놓을 수만 있어도 속이 참 시원할 텐데.

하지만 친한 지혜에게도 어두운 마음을 쏟아 내는 건 어려웠다.

이 순간 웃기게도 태형이 떠올랐다.

'대만에서 대화를 나눌 때는 너무 좋았는데……'

좋았던 기분이 사라지지 않고 그날로 돌아가고 싶게 만든다. 그때그때 본능에나 충실한 사람한테 뭘 바라는 건지.

애써 고개를 내젓는 여울의 손에는 여전히 핸드폰이 들려 있었다.

*

아침부터 눈이 내렸다.

집에 있거나 여행에 가서 바라보는 눈은 아름답겠지만 출근하는 이들에게 눈은 골칫덩이나 다름없었다.

꽉꽉 막힌 도로에 말문이 막혔다.

평소보다 늦게 일어난 데다가 버스까지 움직이지 않는 바람에 여울은 지각하고 말았다.

다만 불행히도 아침부터 김 팀장의 컨디션이 좋지 않았다. 김 팀장은 5분이나 지각한 것만 봐도 정신이 빠졌다면서 화를 냈다.

과한 반응이라고 생각했지만, 죄송하다고 사과만 했다. 어쨌든 지각한 건 사실이니까.

"주 대리! 우리 정신 좀 차리고 살자."

"죄송합니다."

마지막 쓴소리를 끝으로 여울은 자리로 돌아갔다.

노트북을 켜자마자 민아에게 메시지가 날아왔다.

[팀장님 따님이 학교에서 사고 쳤대요ㅠㅠ 그래서 완전 저기압.]

[그랬구나. 알려 줘서 고마워.]

[힝ㅠㅠ 힘내세요, 대리님.]

민아의 말대로 힘을 내야 하는 날임은 확실했다.

지각도 모자라 일까지 한꺼번에 몰려들었기 때문이다. 게다가 오후에 왜 그렇게 회의가 많이 잡혀 있는지.

점심까지 대충 건너뛰고 일을 쳐 내느라 바빴다.

"대리님, 이거라도 좀 드세요."

컴퓨터 화면에 빨려 들어갈 듯한 제가 불쌍했는지 민아가 쿠키슈를 내밀었다.

거기까지는 좋았다. 달콤한 디저트로 한껏 떨어진 기력을 올릴 수 있을 테니까.

문제는 아무 생각 없이 크게 입을 벌리고 쿠키슈를 베어 물 때 생겨났다. 커스터드 크림이 물총을 쏘듯 반대쪽으로 쭉 터져 나왔다.

순식간에 노란 크림으로 책상이 난리 났다.

"헐."

그 광경을 목격한 민아가 두 손으로 입을 막으며 소리쳤다.

오늘은 몸을 조심해야 하는 날일지도 몰랐다. 그야말로 뒤로 넘어져도 코가 깨지는 날. 이런 날에는 얼른 집에 돌아가 쉬는 게 좋았다.

"여자들은 자리에서 뭘 그렇게 먹는 거야? 앉아서 먹으니까 저 지랄이 나지."

제 뒤를 지나가던 차 과장까지 속을 긁어 댄다.

제발 이번 한 번만 입을 다물어 줄 수 없겠냐고 따져 묻고 싶을 정도였다.

"여기 물티슈요."

"민아 씨, 고마워."

"제가 괜히 정신없으신데 크림 막 나오는 걸 드려 가지구……."

"괜찮아. 내가 힘 조절을 못 했어."

시무룩해 하는 민아를 다독거리고는 서둘러 크림을 닦았다. 그런데 미끌미끌거리는 것이 제대로 닦이지 않았다.

거기에 기력을 쏟느라 여울은 더욱 일에 열을 올렸다.

퇴근하기 위해서는 온 신경을 집중하는 것밖에 방법이 없으니까.

그렇게 6시.

드디어 마지막 메일을 보냈다.

이제 불운을 물리치고 집에 돌아갈 수 있을 터다.

여울은 서둘러 자리를 정리하고는 마지막 인사를 날렸다. 늦게 출근했다가 가장 일찍 간다는 김 팀장의 목소리도 무시했다.

회사를 나오자 수북이 쌓여 있는 눈이 보였다. 퇴근길이 험난할 게 불 보듯 뻔했다.

퇴근 전쟁에 참여하려 부지런히 움직이려던 순간이었다.

"이런 데서 아는 사람 보니까 너무 반갑다."

단아가 회사 편의점에서 나타나 저를 반겼다. 멀리서 보면 절친한 친구라도 만난 줄 알겠다.

"안녕하세요."

"여기 근처에서 일해요?"

"네, 이 빌딩에서요."

"그랬구나. 나는 일하다가 근처에서 볼일이 좀 있었거든요. 근데 어떻게 여기서 주 대리님 딱! 만나는지."

단아는 몇 번이고 자신들의 만남이 우연이라 강조했다. 그럴수록 이 만남이 필연일 수 있겠다는 생각이 강해졌다.

비록 단아가 왜 자신을 찾아왔는지는 모르겠지만.

"퇴근하는 길?"

"네."

"버스 타구?"

"근처에 정류장 있어서요."

"잘됐다. 내 차 타요. 집까지 데려다줄게요."

"안 그러셔도 돼요. 버스 타면 금방 가요."

"사실 내가 지금 대화 상대가 필요해서 그래요. 선 자리가 완전 꽝이었거든요. 불쌍하죠? 그러니까 말동무 좀 해 줘요."

단아는 넉살 좋게 제 팔짱까지 끼었다.

끼리끼리 논다는 말이 어째선지 이해가 됐다.

태형만큼이나 그녀도 사람을 거절할 수 없게 만든다. 그것도 재주일 거다.

상대를 구워삶을 수 있는 재주.

여울은 결국 그녀의 눈빛을 이기지 못하고 백기를 들었다. 손수 뒷자리 문까지 열어 주면서 차에 올라타라 고갯짓을 하는 단아의 입가에 환한 미소가 번졌다.

*

단아에게 완전히 말렸다.

대강 대화 상대를 해 주다가 집에 돌아가기는커녕 그녀가 자주 온다는 선술집까지 같이 와 버렸다.

"오늘은 여기서 파는 거 내가 다 쏠 테니까 마음껏 먹어요."

제가 말리지 않았더라면 단아는 벌써 메뉴를 처음부터 끝까지 다 시켰을지도 몰랐다. 누가 보면 맞선에 실패한 사람이 아니라 성공한 사람처럼 보였다.

어딘가 모르게 신나 보였기 때문이다.

곧 테이블 위로 맛깔스러운 육전과 크림 수제비가 올라왔다.

뒤이어 하이볼도 나란히 놓였다.

단아가 끝없이 술을 권했으나 최대한 자제할 생각이었다.

물론 숙취가 남아 있는 것보다 더 큰 이유가 있었다. 단아의 앞에서 흐트러진 모습을 보이기 싫었다.

마치 적에게 틈을 보이기 싫다는 마음이랄까.

"건배부터 해요, 우리."

"저는 괜찮,"

"건배!"

제 마음을 알 리 없는 단아가 잔을 부딪혔다.

"독 없어요. 마셔요."

단아는 대답을 듣기도 전에 벌컥벌컥 술을 들이켰다. 그러면서 어서 한 입이라도 같이 마셔 달라는 눈빛을 보냈다.

어쩔 수 없이 가볍게 입만 적시고는 잔을 내려놨다.

"한 잔 마시니까 속이 쑥 내려가지 않아요?"

잔을 내려놓는 그녀의 손길이 경쾌했다.

"내가 어쩔 수 없이 오늘 선을 봤거든요. 근데 상대가 누군지 알아요? 마마보이. 무슨 말끝마다 엄마, 엄마 하는데 가만히 있을 수가 있어야죠."

"어떻게 하셨어요?"

"저는 아빠 타령해 줬죠. 그랬더니 아빠 타령을 왜 그렇게 하냐면서 난리 치더라고요? 어이가 없어서."

단아는 별 뜻 없이 던진 말이었을 텐데 문득 기찬이 제게 했던 말이 생각났다.

'네 문제는 인생의 기준이 아버지라는 거야. 너 지금 그냥 파파걸이라니까?'

아버지에게 칭찬받고 싶어서 안달 난 애.

기찬이 붙여 놓은 꼬리표를 떼어 내겠다면서 대만까지 날아갔건만, 제자리로 돌아온 기분이다.

"수 대리님은 어때요? 집에서 결혼 압박 주고 그러지는 않아요?"

"아직은요."

"와아! 부럽다."

"그런가요?"

"완전이요. 저는 집에서 얼마나 결혼 타령을 하는지. 귀에 딱지라도 생길 것 같다니까. 주 대리님은 혹시 남친 있어요?"

단아의 말에 고개를 저었다.

헤어진 지 오래됐다느니 하는 말들은 꺼내지도 않았다. 꼬치꼬치 캐물을 거리를 던져 주는 것보다는 침묵이 나았다.

"내가 괜찮은 사람 소개해 드려야겠다."

"아뇨. 저 괜찮아요."

"거절 마요. 나 좋은 사람 많이 알거든요."

"제가 아직 누구를 만날 마음이 없어서요."

"좋아하는 사람 있는 거 아니고요?"

단아의 물음이 날카롭게 느껴졌다. 꼭 태형에게 관심 있는 거 아니냐고 묻는 것 같달까.

"있구나?"

먹잇감이라도 문 듯 단아의 안광이 빛났다.

"누구예요?"

"그런 사람 없어요."

"나한테 말하기 싫은 건 아니고요?"

"…네."

목소리에 자신이 없었다. 태형의 얼굴이 끝없이 머리에 떠올랐기 때문이다. 그것 때문에 대답이 계속 한 템포씩 늦어졌다.

금방이라도 단아가 제 마음을 알게 될까. 여울은 어떻게든 화제를 돌려야겠다는 생각이었다.

"여기는 어떻게 알고 오신 거예요? 음식이 다 맛있어요."

"태형이가 알려 줬어요."

"본부장님이 맛있는 곳을 많이 아시나 봐요."

하지만 강태형이라는 이름에서 벗어나기가 쉽지 않았다.

"여자들하고 만나면서 밥이든 술이든 먹긴 해야 하니까."

물을 마시던 여울이 멈칫했다.

"지금, 저 말실수한 거죠?"

"아니, 뭐······."

"나는 주 대리님이 태형이하고 친한 것 같아 보이길래 다 아는 줄 알고."

"사적인 일까지 얘기할 만큼 가까운 사이는 아니어서요."

아무렇지 않은 척 웃는 여울의 입꼬리가 떨렸다.

막연히 태형의 주변에 여자가 많다는 걸 알았을 때와는 또 다른 느낌이었다. 그에게 하룻밤이란 얼마나 의미 없는 일인지 확인받는 느낌이라고 해야 할까.

자신도 태형이 스쳐 지나간 사람 중 하나일 게 분명했다.

"거기까지가 좋아요."

"······."

"태형이하고 사적으로 엮여 봐야 힘들거든요. 내가 가까이서 봐서 알아요. 걔 때문에 우는 여자들이 한둘이 아니었으니까."

단아의 경고가 날카롭게 꽂혔다.

"내 친구한테 이런 말은 좀 그렇지만, 태형이, 걔. 피도 눈물도 없는 애예요. 자기가 꽂힐 때야 관심 보여도 금방 꺼질걸요?"

흥미가 떨어지고 나면 저를 거들떠보지도 않을까. 그렇게 태형이 갑자기 돌아서고 나면 견딜 수 있을까.

답장이 돌아오지 않는 핸드폰을 붙잡고 있듯 오매불망 그를 기다리지는 않을까.

"그런 얘기를 왜 저한테 해 주세요?"

"주 대리님이 마음에 들어서요."

"제가… 왜요?"

"태형이가 그동안 만났던 여자들하고 좀 달라서 그런가. 나는 좋더라구요."

칭찬으로 받아들여야 하는 건가.

"아! 주 대리님 얼굴에 마음 다 드러나는 것도 마음에 들어요."

"네?"

단아는 조금의 악의도 없다는 듯 싱긋 웃어 보였다.

"나는 그냥 대리님이 상처 안 받으면 좋겠어요."

무조건 자신을 위해서라는 투였다.

그런데도 여울은 그녀의 조언이 반갑지 않았다. 꼭 태형과 자신 사이에 무슨 일이 있었는지 다 알고 있는 것 같았기 때문이다.

태형이 말한 걸까. 우리가 같이 밤을 보냈다고? 아니면 비상계단에서 입을 맞춘 것까지 얘기한 거야?

빠르게 차오르는 생각에 여울의 속이 새카맣게 타들어 갔다.

"우리 이런 얘기는 여기까지만 하고 건배할까요? 여자들끼리 짠!"

제 마음을 아는지 모르는지 단아는 잔뜩 신이 난 듯했다. 어서 잔을 들라는 눈빛에 떠밀려 여울도 잔을 들었다.
두 사람의 잔이 허공에서 묵직하게 부딪혔다.

화장실에서 돌아온 여울이 자리에 앉았다.
저는 나름대로 정신 줄을 붙잡고 있었는데, 단아는 그러지 않나 보다. 턱을 괴고 자신을 올려다보며 힘없이 웃음을 터뜨리는 게 몹시 취해 있었다.
"단아 씨, 저희 일어날까요?"
"나 주 대리님하고 술 한잔 더 하고 싶은데."
"다음에요. 지금 너무 많이 취하셨어요."
"나 완전 제정신인데."
"집에 가서 쉬시는 게 좋겠어요. 대리 기사 불러 드릴게요."
여울은 핸드폰을 꺼내 대리운전을 검색하려고 했다.
"됐어요, 됐어."
그런데 단아가 제 핸드폰을 잽싸게 뺏어 갔다.
"내가 운전 잘하는 사람 하나 알거든요."
짓궂은 웃음을 흘리던 그녀가 곧장 남의 핸드폰으로 누군가에게 전화를 걸었다. 어찌나 거침없던지 말릴 새도 없었다.
밤도 늦었는데 도대체 누구를 부른다는 건지.
"어! 바로 받네?"
전화를 받은 상대가 궁금해 저도 모르게 귀를 쫑긋 세웠다.
"태형아, 나 데리러 와라."

상대의 정체를 알자 힘이 빠졌다.

설마……. 질투하는 거야? 왜?

두 사람은 친한 친구라고 하지 않았나. 그러니 충분히 도움을 청할 수 있었다.

그런데 제아무리 이해하려 애써도 가라앉은 마음이 올라오지 않았다.

"그게 왜 궁금해? 주 대리님하고 한잔했다, 왜!"

뭔가 마음에 들지 않는지 단아가 입술을 삐죽거렸다.

"올 거지?"

거절이라도 했나?

여울은 저도 모르게 그가 거절을 날렸기를 바랐다.

오지 못하겠다고 해요.

바쁘다고 해도 돼요.

입을 꾹 다물고 있는 단아를 보면서 속으로 오지 말라는 말을 중얼거렸다.

"역시 태형이 너밖에 없다니까. 주소 보낼게."

하지만 바람은 이루어지지 않았다.

"태형이 온대요! 여기 가게 이름 보내야겠다."

제게 핸드폰을 돌려주는 단아의 입가에 환한 미소가 걸렸다. 싱글벙글대는 모습이 꼴 보기 싫었다.

얼마나 친하면 전화 한 통에 바로 달려오겠다고 하는 걸까. 문자 메시지도 보내지 못할 만큼 바쁜 거 아니었어?

단아의 얼굴빛이 밝아질수록 여울은 시무룩해졌다.

이제는 가짜 웃음조차 나오지 않았다.

이곳까지 오는 동안 태형의 마음이 바뀌기를 바랐다. 그가 오지 않아도 단아가 집에 갈 방법이야 차고 넘치니까.

*

애석하게도 태형이 선술집에 나타났다.

"태형!"

단아는 버선발로 달려 나가 그를 반겼다. 두 팔을 벌려 그의 품에 안기는 모습이 평범한 친구 사이처럼 보이지는 않았다.

태형을 지나쳐 간 여자 중에 단아도 있던 게 아니었을까.

"차는?"

"주차장에."

단아가 가게 뒤쪽을 가리키며 대답했다.

"키."

그녀는 고분고분하게 핸드백에서 키를 꺼내 건넸다. 몸을 태형에게 편하게 기댄 채였다.

두 사람의 몸이 붙어 있는 게 눈에 거슬렸다.

'친구라면서.'

불만 가득한 말이 속에서부터 치솟는다.

하지만 불만을 터뜨릴 상황이 아니었다. 지금 분위기로는 조용히 제가 빠지는 게 맞았다. 그걸 빤히 알면서도 여울은 이만 가 보겠다는 말을 하지 않았다.

두 사람을 두고 사라지고 싶지 않았다.

계속 그들의 뒤에 서서 뭘 하겠다고.

"주 대리님도 와요."

"네?"

"집까지 바래다줄 테니까."

"저는 괜찮아요."

"나 편하자고 말하는 거니까 부담 갖지 마요."

단아의 시선이 제게 꽂히는 게 느껴졌다. 같이 가자는 말을 하지 않는 걸 봐서는 동행하고 싶지 않다는 것이 확실했다.

"그러면 부탁드리겠습니다."

다 알면서도 여울은 태형의 제안을 받아들였다.

잘했다고 속삭이듯 그가 저를 보고는 빙긋이 웃었다. 그 미소에 반응해서는 제 입가에도 덩달아 웃음이 번졌다.

웃지 않고 있는 사람은 단아뿐이었다.

단아는 차로 가는 내내, 태형의 품에서 조금도 벗어나지 않았다. 그를 붙들고 저를 어떻게 만났는지, 또 음식은 얼마나 맛있었는지 쉴 새 없이 떠드느라 바빴다.

반면 태형은 별다른 대꾸도 없었다. 그 어떤 맞장구도 없다.

두 사람의 뒤에서 걷고 있는 기분이 묘했다. 그다지 중요하지 않은 엑스트라라도 된 느낌이었다.

"타."

태형이 뒷자리 문을 열어 주며 말했다.

"주 대리님이 뒤에 타세요. 특별히 넓은 자리 양보할게요."

"아니에요. 제가 조수석에 탈게요."

"나는 맨날 거기 타니까 괜찮아요."

단아는 이게 모두 저를 위한 거라는 눈짓을 보냈다.

"얼른요."

고집스러운 채근에 뒷자리에 올라탈 수밖에 없었다. 단아의 배려대로 널찍한 자리에 앉았지만 마음이 편하지 않았다.

두 사람을 두고 상석에 앉은 것도 그랬고, 나란히 앉은 그들을 뒤에서 바라보고 있는 것도 썩 기분이 좋지 않았다.

남의 데이트에 낀 것만 같다.

"집에 있다가 온 거야?"

"어."

"설마 너 일하고 있었어?"

"처리할 게 많아서."

"내가 잘 불렀네. 콧바람도 쐬고 그래야 한다니까. 집에만 있으면 너무 재미없잖아. 그죠, 대리님?"

태형과 다정하게 대화를 나누던 단아가 뒤로 고개를 돌려 물었다.

여울은 대답 대신 미소만 날렸다. 어차피 제가 어떤 말을 하든 단아의 관심 밖이었을 거다.

"얘는 어릴 때부터 이랬어요. 하나에 꽂히면 놓지를 않아. 전교 1등만 했다는 것도 혹시 들었어요? 근데 질투 나지도 않더라고요. 맨날 공부하는 애를 어떻게 이기겠어요."
"네가 공부를 덜 했다는 생각은 없고?"
"어쭈. 애 봐라. 주 대리님 앞이라고 막 신나서 정곡을 찌르네."
"다른 사람 있는 거 알면 조용히 가. 네 얘기 듣느라 주 대리님도 피곤하겠다."
태형이 모는 차가 정지 신호에 멈춰 섰다. 그의 시선이 룸 미러로 움직였다.
좁은 거울 속에서 저와 태형의 시선이 마주쳤다.
정신 나간 소리겠지만 고작 룸 미러로 눈이 마주쳤을 뿐인데 태형이 저를 신경 쓰는 것 같아 기분이 좋았다.
아직은 자신이 그의 관심 밖에 있다는 소리는 아니니까.
"뭐래. 주 대리님하고 깊은 대화도 나누고 얼마나 좋았는데. 너 괜히 질투 나서 그러지?"
"질투는 무슨."
"맞네, 뭐!"
단아가 태형의 팔을 붙잡고는 깔깔 웃어 댔다. 어떻게든 태형이 그녀의 손을 떼어 내면 좋겠는데 그럴 생각이 없어 보였다.
모두가 행복한 이 공간에서 자신만 불만에 몸부림치고 있는 것 같다.

"무슨 얘기를 그렇게 했는데?"
"그거야 당연히 비밀이지. 그쵸, 대리님?"
뒤를 돌아보는 단아의 입꼬리가 짓궂게 올라갔다.

제7장
당신에게 마음을 주면

여울이 차에서 내렸다.

"태워다 주셔서 감사합니다. 조심히 들어가세요."

단정하게 인사를 하는 그녀를 향해 단아는 힘껏 손을 흔들었다. 여울이 집으로 들어가는데도 태형은 자리에서 움직일 생각이 없어 보였다.

"안 가?"

"주 대리 들어가면."

출발하자는 얘기에도 미동조차 없는 태형의 태도에 기가 찼다.

만약 제가 차에서 내렸다면 바로 집으로 돌아갔을 애다. 게다가 자신이 데리러 오라고 했을 때는 한 번도 달려 나온 적이 없지 않나.

'나 호텔에서 강태형 봤잖아. 웬 여자하고 비상구로 가던데? 분위기 묘하더라. 걔 또 여자 바꿨어?'

태형을 봤다는 소식이 들렸던 것이 여전히 귀에 맴돌았다.

그 여자는 주여울이 분명했다.

그날 호텔에서 태형이 여울의 회사 사람들과 그곳에서 회식을 하지 않았나. 그것만으로도 상대의 정체를 충분히 짐작할 수 있었다.

더군다나 지금 여울의 뒷모습에서 태형의 시선이 떨어지지도 않는다.

짜증이 훅- 올라와 단아가 미간을 구겼다.

"나 피곤해. 얼른 집에 가고 싶어."

태형을 채근했다. 그런데도 꿈쩍하지 않았다.

그가 움직인 건 출입구 쪽의 불이 켜졌다가 꺼졌을 때였다.

언제부터 매너를 지키면서 살았다고.

어울리지도 않게.

단아가 그를 보며 고개를 내저었다. 크게 마음 쓰지 않기로 했다. 어차피 금방 관심이 꺼질 거다.

원래부터 강태형은 그러지 않나.

누군가에게 절대 마음을 줄 애가 아니다. 그것도 모르고 희망을 품은 채 태형에게 끌려다니는 주여울만 불쌍하지.

"주여울은 어디서 만났어?"

"갑자기 그건 왜?"

"둘이 만날 일이 없을 것 같아서."

"지나가다가 우연히 만났어. 대한민국 완전 좁잖아."

"참 기막힌 우연이네."

태형이 비꼬듯 말했다.

"내가 무슨 말이라도 했을까 봐 걱정돼?"

"말했구나?"

"주 대리도 네가 어떤 애인지는 알고 있어야 상처 덜 받지 않겠어?"

"네가 무슨 상관인데?"

"불쌍하잖아."

단아가 팔짱을 끼고는 앞만 쳐다봤다.

태형에게 하염없이 빠져드는 여울에게서 제 모습이 보였다. 몸과 마음을 전부 줘 봐야 아무것도 남지 않을 텐데.

사랑이라는 개념도 모르는 남자에게 달려들어 불에 타 죽기나 할 거다.

자신이 걷는 길을 여울 또한 걷지 않기를 바랐다. 질투일지도 몰랐다. 태형이 자신과 여울을 대할 때가 조금 달랐으니까.

그러나 일단은 여울을 가엾게 여기는 마음이라 생각하기로 했다.

너도 언젠가 나처럼 될 테니까.

그러니까 불쌍하잖아.

"너나 불쌍하게 여겨."

"내가 뭘?"

"너희 아버지가 맞선 명단 꾸리느라 정신없으신 것 같던데."

"또 어떤 미친놈을 소개시켜 주려고."

단아의 얼굴이 찌그러졌다.

보나 마나 결혼 시장에서 인기 없는 남자들을 보낼 거다. 덜 떨어진 사윗감을 봐야 사랑스럽고도 무능한 아들의 방해꾼을 처치할 수 있다고 생각하시니까.

"그러니까 남의 일에 관심 그만 가지고 네 일에나 신경 써."

단아를 보는 그의 눈빛이 삽시간에 서늘하게 변했다.

*

애석하게도 여울은 주말 내내 제대로 잠들지 못했다. 단아와 함께 사라지던 태형의 모습이 자꾸 꿈에 나왔기 때문이다.

강태형은 그림자 같았다.

영원히 떼어 낼 수 없는 것.

그걸 억지로 없애려고 하니 마음대로 될 리가 없었다.

온몸을 삼킨 피로에 여울은 연거푸 하품을 해 댔다. 커피를 들이켜도 피곤이 가시지 않았다.

"대리님, 이따 스튜디오 갔다가 들어오세요?"

가볍게 몸통을 돌리면서 찌뿌듯한 몸을 푸는데 민아가 제게 물었다.

"매장 나가서 못 들어올 텐데. 왜?"

"신제품 이벤트 페이지 퇴근 전에나 나온다고 해서요."

"톡으로 전달 줘. 확인할게."

"네엡!"

활기찬 민아와는 비교될 정도로 컨디션이 좋지 않았다.

온몸이 쑤시는 것부터 느낌이 좋지 않았다. 몸살이라도 오려는 걸까.

일을 끝내고 집으로 돌아가면 감기약이라도 미리 먹어 두는 게 좋을 것 같았다. 얼마 전 감기약을 쟁여 둔 게 다행이다.

몽롱한 정신을 깨기 위해 커피를 들이켰다. 신제품 촬영을 끝내고 외부 행사 스토어까지 가야 하는데 까무룩 잠이 들기라도 하면 큰일이니까.

커피를 석 잔째 비우고는 짐을 챙겨 자리에서 일어났다.

"팀장님, 스튜디오 다녀오겠습니다."

"어어, 그래."

김 팀장에게 인사를 하고 사무실을 나섰다. 엘리베이터가 내려오기를 기다리는데 차 과장이 껄렁껄렁한 걸음으로 제게 다가왔다.

"외근?"

"네."

"밖에서 노가리 까지 말고 열심히 하고 와."

"수다 떨 기운도 없어서요."

차 과장의 말을 받아치기 무섭게 엘리베이터 도착했다.

나이스한 타이밍이었다.

"다녀오겠습니다."

여울이 엘리베이터에 올라타고는 닫힘 버튼을 눌렀다. 차 과장의 얼굴을 되도록 그만 보고 싶다는 의지가 담긴 손길이었다.

문이 닫히자, 더 이상 그의 얼굴이 보이지 않았.

운 좋게 엘리베이터는 멈추지 않고 로비까지 쭉- 내려갔다. 여울은 빌딩 앞에 미리 불러 둔 택시를 탔다.

회사 차를 신청해 놓지도 못했기 때문이다.

평소라면 바로 지하철역으로 갔을 테지만 오늘은 기운이 나지 않았다. 어떻게든 체력을 아껴야 나머지 일을 해결할 수 있을 것 같았다.

여울은 역삼에 도착할 때까지 의자에 등을 기대고는 눈을 감았다.

Rrrrr- rr-

핸드폰이 울리지 않았더라면 그대로 잠이 들었을 거다.

'누구야?'

핸드폰 화면에 태형의 이름이 떴다. 대번에 차올랐던 짜증이 놀랍게도 흔적도 없이 사라졌다.

"주여울입니다."

전화를 받은 여울의 목소리가 약간 들떠 보였다.

-바빠요?

"제품 촬영 때문에 스튜디오 가고 있어요. 무슨 일 있으세요?"

-그냥. 저번에 잘 들어갔나 궁금해서.

'너무 늦게 궁금해하는 거 아니에요?'

퉁명스러운 마음이 솟았으나 그것도 잠시뿐이었다. 태형이 자신을 궁금해했다는 것만으로도 기뻤으니까.

"덕분에 잘 들어갔어요."

-촬영 끝나고는 뭐 해요?

"홍대 쪽에 저희 회사 스토어가 하나 있는데, 그쪽 잠시 들를 것 같아요."

태형의 물음에 어느새 스케줄 브리핑을 하고 있었다. 이렇게 순순히 다 말해도 되는 건가.

-나도 그쪽 갈 일 생길 것 같은데, 만날래요?

바로 좋다는 말이 나오려는 걸 참았다.

-전시회 티켓이 생겼는데 혼자 가기 싫어서.

저번에도 혼자가 싫다더니 이번에도 혼자가 싫단다. 누구보다 혼자 잘 살 것 같은 사람이.

태형이 이토록 저를 찾는 것은 지금 관심이 있는 사람이 자신이기 때문일까. 단아의 말처럼 흥미가 떨어지고 나면 전화조차 하지 않을까.

그 흥미라는 건 언제 사라지는데?

계속 태형의 관심을 끌 수 있지 않을까. 항상 예외가 있는 법이니까.

제가 그 예외가 될 수 있지 않을까.

단아의 경고를 거부하는 희망이 여울의 머릿속에서 몸집을 키웠다.

"그때 그 친구분하고 안 보러 가세요?"

저도 모르게 태형을 떠보는 말이 나왔다.

-친구하고 무슨 재미로.

꼭 저에게 데이트라도 신청하는 것 같다.

-못 갈 것 같으면 편히 말해요. 나도 갑자기 초대받은 거라 안 가도 상관없으니까.

한 발짝 물러나는 태형의 태도에 오히려 마음이 조급해졌다.

이번에 거절하면 다음 기회는 없을 것 같다는 느낌이랄까. 특가의 기회를 놓쳐서는 안 된다며 밀당을 하는 쇼 호스트의 마수에 걸린 것만 같았다.

"갈게요."

그러지 않고서야 마음이 이토록 가볍게 움직일 수는 없었다.

"초대받은 건데 버리면 아까울 것 같아서요."

-그렇겠죠?

"저도 간만에 전시회가 보고 싶기도 하고……."

여울이 말끝을 흐렸다. 역시 거짓말은 제 전문이 아니다.

"그런데 제가 8시나 돼야 끝날 것 같은데 괜찮을까요?"
-시간 맞춰서 데리러 갈게요.
"기다리고 있겠습니다."

태형과 전화를 끊고 나자 마지막 말을 한 걸 후회했다. 그가 보고 싶어서 안달 난 것 같은 인상을 줄 것 같았기 때문이다.

차창에 머리를 댄 여울의 눈이 핸드폰에서 떨어지지 않았다. 무표정하게 앉아 있고 싶은데 자꾸만 입꼬리가 씰룩거렸다. 데이트라도 앞둔 것처럼 설레기 시작한 마음은 이미 통제 불능이었다.

*

여울이 시계를 봤다.

정신없이 일을 하다 보니 벌써 8시가 가까워져 오고 있었다.

근처에서 꽃다발이나 케이크라도 사야 하나 고민이 됐다. 초대를 받아서 가는 자리라는 말이 마음에 걸린 탓이다.

급하게 포털 사이트를 열어 검색을 했다.

다행히도 근처에 예쁜 케이크를 파는 가게를 하나 찾을 수 있었다. 꽃다발이야 사 가는 사람이 많을 테니까 맛있는 것을 준비하는 게 낫겠다 싶었다.

곧장 베이커리에 전화를 걸어 남아 있는 케이크를 예약했다.

"혹시 저 찾는 분 계시면 금방 올 거라고 전해 주세요."

태형이 제가 없는 줄 알고 가 버릴까, 스토어 직원에게 단단히 부탁까지 했다.

베이커리로 가는 길이 수고롭게 느껴지지 않았다. 귀찮지도 않다. 도리어 아팠던 것도 잊고 힘차게 걷게 된다.

추위를 뚫고 베이커리에 들어서자 따뜻한 훈기가 돌았다.

"저 전화로 예약했는데. 주여울이요."

카페 사장이 준비해 둔 케이크를 제게 건넸다. 투명한 상자로 보이는 케이크가 사진에서처럼 맛깔스러웠다.

데커레이션 하나에도 정성이 얼마나 들어갔는지 훤히 보일 정도였다.

부디 이 케이크가 태형의 지인 마음에 들기를 바랐다.

지인에게 잘 보여야겠다는 생각보다는 태형의 얼굴에 먹칠을 하고 싶지 않은 마음이 컸다.

"맛있게 드세요."

"수고하세요."

스토어로 돌아가는 발걸음이 가벼웠다. 과장을 보태면 하늘로 날아갈 것도 같았다.

정확하게 8시.

약속 장소에 도착했다.

스토어 앞에 새카만 차가 멈췄다. 제가 알고 있던 태형의 차와는 달랐다.

그런데도 어째선지 태형일 것 같았다.

반가운 마음에 운전석에 다가가는데 차창이 열렸다. 들뜬 마음을 누르고 최대한 침착하게 인사를 하자 싶었다.

"본부장님!"

뜻대로 되지는 않았지만.

평소보다 한 톤 올라간 목소리로 태형을 부르다가 멈칫했다.

"곽 비서님?"

눈앞에 보이는 사람은 도현이었다.

잘못 봤나 싶어 예의가 아니라는 걸 알면서도 조수석 쪽을 보게 됐다. 자리에는 아무도 없었다.

케이크 상자를 든 여울이 고개를 갸웃거렸다. 무슨 상황인지 단번에 이해가 가지 않았다.

비상등을 켠 도현이 차에서 내렸다.

"본부장님이 갑자기 급한 일이 생기셔서 대신 왔습니다."

"아……."

"죄송합니다."

"아니에요. 비서님이 죄송할 일도 아닌데요. 일이 있으면 어쩔 수 없죠."

도현은 미안한 기색이 역력했다. 정작 갑자기 약속을 취소해 버린 건 태형인데.

짤막한 침묵이 두 사람을 에워쌌다.

솔직히 말하자면 태형에게 실망했다. 그가 약속을 취소했기 때문은 아니었다. 그쯤이야 얼마든지 이해할 수 있었다. 살다

보면 생각지도 못한 일이 있을 때가 많으니까.

다만 일이 터졌을 때 해결하는 방식이 서운했다.

제게 직접 연락을 할 수는 없었던 걸까. 다른 사람을 보낼 수도 있는 사람이?

"늦은 시간에 여기까지 오게 해서 저야말로 죄송해요."

"죄송하긴요. 저야 덕분에 미신수 스토어도 보고 좋은데요. 제가 보기하고는 다르게 문구 덕후라서."

"문구 좋아하세요?"

"엄청요."

"혹시 시간 되시면 들어가서 구경하실래요?"

"야근 수당 다 쓰고 가 버릴까 봐요."

도현이 곱게 눈을 접어 보이며 농담을 날렸다.

빈손으로 도현을 돌려보내면 미안할 것 같았는데 그나마 다행이었다.

두 사람이 나란히 스토어로 들어섰다. 사방에 깔려 있는 문구의 향연에 도현의 고개가 분주하게 돌아갔다.

눈빛이 반짝이는 걸 봐서는 문구류를 정말 좋아하기는 하나 보다.

"저 직원 할인 되거든요. 마음껏 골라 보세요."

도현의 뒤를 졸졸 따르며 속삭였다.

"주 대리님 말 들으니까 다 사고 싶어 미치겠는데요."

"저희 회사 제품이 다 좋긴 한데, 어… 저거 어떠세요? 이번에 한정판으로 나온 건데."

어느새 영업 모드가 발동됐다.

"배럴 부분이 메탈이라 무게감이 있긴 한데, 그만큼 묵직한 맛이 있거든요. 버건디색이 비서님하고 잘 어울리기도 하고요."

설명과 칭찬이 쉼 없이 흘러나왔다.

"버건디하고 황동하고 잘 어울리네요."

"사실 예뻐서 저도 집에 하나 모셔 뒀어요."

"그럼 얼른 사야죠."

도현이 제 손에 있던 볼펜을 가져갔다.

매장을 한 바퀴 도는 동안 도현의 장바구니가 두둑해졌다. 하루 일당을 여기서 다 탕진하고 갈 기세다.

이러려고 들어오자고 한 건 아니었는데.

괜스레 도현의 소비를 부추긴 것만 같아 눈치가 보였다. 정작 계산대에 선 당사자는 세상 뿌듯한 얼굴이었지만.

그녀의 만류에도 도현은 기어코 거침없이 카드를 긁었다.

고집 하나는 질긴 게 태형과 닮았다.

"제가 사 드리려고 했는데……. 혹시 저녁 드셨어요?"

"아직요. 대리님은요?"

"저도 저녁을 못 먹어서. 근처에 맛있는 쌀국숫집 있는데 어떠세요?"

"메뉴 기가 막히네요. 제가 또 쌀국수 마니아인데."

어떤 메뉴를 말했어도 도현은 무조건 좋다고 외쳤을 것 같지만 기분이 나쁘지는 않았다.

상대를 편하게 만드는 대화의 기술에 빠진 듯 여울의 입가에도 웃음이 걸렸다.

*

"와아. 배 터질 것 같아요."

여울이 부른 배를 쓸어내리며 말했다.

평소보다 늦게 저녁을 먹는 바람에 과식해 버렸다. 약속 취소로 받았던 스트레스를 먹는 것으로 푼 건지도.

"비서님 모자르시면 뭐 더 시켜 드릴까요?"

쌀쌀하게 쌀국수를 한 그릇 비운 도현에게 물었다.

"저도 배 터질 것 같아요."

도현이 물로 목을 축이고는 대답했다.

"근데 전시회는 안 가도 돼요? 초대받은 거라고 들어서요."

"원래 누가 초대해도 잘 안 가는 성격이라서요. 다들 잘 알고 있어서 신경 쓰지도 않고요. 화환 보냈으니까 그쪽에서도 좋아하고 있을 거예요."

"이번에는 왜 전시회 간다고 하신 거래요?"

도현에게 질문을 던지고 곧바로 후회했다.

듣고 싶은 답이 정해져 있는 질문이었기 때문이다. 태형에게 특별한 존재가 됐다고 내심 믿고 싶었던 것 같다.

그 마음이 너무도 여실히 드러나서 문제지.

너무 노골적이었던 것 같아 민망한 마음이 일었다. 여울은 얼른 냉수를 마시며 열감을 누르려 노력했다.

"초대장을 많이 받으시나 봐요."

물잔을 내려놓고는 얼른 화제를 돌렸다.

"많이 들어와요. 일주일에 몇 개씩 들어올 때도 있고요."

"연주회도 있어요?"

"다양하게 와요. 기부 행사도 있고 네트워킹 파티도 있고."

"그거 다 참석하려면 힘들기는 하겠어요."

"그래서,"

도현의 핸드폰이 울리는 바람에 대화가 끊겼다.

"본부장님 전화라. 잠깐만 실례할게요."

제가 고개를 끄덕이자 도현이 빠르게 자리에서 일어났다. 순식간에 저만치 멀어진 도현을 바라봤다.

무슨 얘기를 하고 있는지 궁금했으나 소리가 들릴 리 만무했다.

여울은 테이블에 팔을 대고는 애꿎은 핸드폰만 만지작거렸다. 어차피 모든 신경은 도현의 쪽을 향하고 있었지만.

식당 밖까지 나가서 전화를 받은 도현이 이내 자리로 돌아왔다.

"죄송한데 지금 제가 가 봐야 할 것 같아서요."

말끝을 흐리는 도현은 이번에도 미안하다는 얼굴이었다.

"무슨 일 있는 건 아니죠?"

"별일 아니에요."

도현은 미소를 지으며 말을 아꼈다.

아무래도 태형과 관련된 일인 것 같아 빨리 그를 보내야겠다는 생각이 들었다. 어차피 슬슬 각자의 집으로 돌아갈 때이기도 했고.

여울은 계산을 끝내고는 그와 나란히 가게 밖으로 나왔다. 밤이 깊어선지 바람이 유난히 찼다.

"집까지 바래다 드릴게요."

"근처에서 버스 타면 돼요."

"그래도 걱정돼서."

"버스 정류장 여기 앞이라 괜찮아요. 본부장님 기다리실 텐데 얼른 가 보세요."

어서 차에 타라면서 도현의 등을 떠밀었다. 마침내 그가 고집을 꺾었다.

"곽 비서님 이거 케이크인데 받으세요."

"대리님 드시지 않고요?"

"전시회에 빈손으로 갈 수가 없어서 샀거든요. 맛 괜찮다니까 본부장님하고 같이 드시면 좋을 것 같아서요."

"죄송해서."

"괜찮아요. 어차피 제가 뭘 잘 찾아 먹는 성격이 아니라 집에 두면 버리기만 할 것 같아서요."

"그럼 잘 먹을게요."

케이크 상자를 두고 실랑이라도 벌이지 않을까 싶었는데 다행히 조용히 마무리됐다.

서로에게 간단히 끝인사를 하고 도현을 보냈다.

차는 뜨거운 연기를 쏟아 내면서 골목을 빠져나갔다. 뼈까지 스며드는 찬기에 여울이 바짝 외투를 여몄다.

문득 제가 여기서 뭘 하고 있는 건가 싶었다.

태형의 한마디에 울고 웃는 스스로의 모습에 헛웃음이 멈추지 않았다.

*

도현의 차가 병원 앞에 도착했다. 낮과는 달리 밤의 병원은 차분하고도 고요하다.

붉은 비상등을 켜고 차에서 내리기 무섭게 병원에서 나오는 태형이 보였다.

자신의 위치를 알리려 도현이 손을 들었다. 저를 발견하고 나서야 딱딱하게 굳어 있던 태형의 표정이 풀렸다.

"앞에 탈게."

태형이 조수석 문을 열고 차에 탔다.

"너 얼굴이 왜 그래?"

태형의 눈 아래에 습윤 밴드가 붙어 있었다. 병원에서 급하게 처치한 듯했다.

흉은 둘째치더라도 눈에 보이는 부분에 상처가 난 것이 문제였다. 태형을 주시하고 있는 사람들이 저마다 한마디씩 주절거릴 게 뻔하다.

"상처 조금 난 거야."
"아버님이 그러신 거야?"
"그 양반 성격이 어디 가겠냐."
"뭐가 문제시라는데?"
"이번에 건설 현장에서 사고 난 거, 수습 도와 달라고."

도현의 입에서 절로 탄식이 흘렀다.

하기야 태형의 아버지가 웬일로 조용한가 싶었다.

태형의 아버지 건설 회사에서 사고가 났는데도 말이다.

이번 건은 공사 현장에서 인부가 떨어져 사망한 일이었다. 애초에 안전 관리도 소홀했던 데다가 처음 터지는 사고도 아니라 책임을 피하기는 힘들 거다.

그러니 아들에게까지 연락을 했겠지.

아프다는 핑계로 입원까지 했는데 해결책이 나올 리 없었을 테니까.

연줄을 이용해서라도 관심을 다른 곳으로 돌리거나 은폐하려는 것 같은데……. 그런 게 태형에게 통할 리가 없었다. 자신이 아는 강태형이라면 도리어 인정하라고 쓴소리를 날릴 사람이니까.

"잘못한 건 잘못하셨다고 인정도 할 줄 아셔야지."

역시나.

"주먹이라도 날리셨어?"

"아니, 화병. 이제는 하다 하다 꽃으로도 사람 때리시더라고."

헤드 레스트에 머리를 기댄 태형의 한쪽 입꼬리가 말려 올라갔다. 남일 얘기하듯 아무렇지 않게 말하고 있었으나 어딘가 모르게 씁쓸한 기운이 번져 나는 듯했다.

"일단 호텔로 갈게. 너희 집 앞 기자들 장난 아냐."

"내 얼굴 여기저기 나오겠네."

"호텔 싫으면 우리 집에 가도 되고."

"그래."

태형은 순순히 그의 제안을 받아들였다.

집이든 호텔이든 혼자 있고 싶지 않았다.

병원을 빠져 나온 차가 도로로 들어섰다. 퇴근길 행렬이 끝난 밤의 도로는 나름 한산했다. 신호에 한두 번 걸릴 때 빼고는 거의 멈추지 않고 달렸다.

집에 거의 도착했을 때 정지 신호에 걸리고 말았는데 도현은 고개를 돌려 그를 봤다.

얼굴에 난 상처도 걱정됐지만, 여울에 관해 묻지 않는 것도 마음에 걸렸다.

'대민당 김 의원님 따님 전시회에는 화환,'
'전시회 괜찮네. 나 그거 갈게.'
'갑자기?'
'주여울하고 같이 가 볼까 해서.'

그때까지만 해도 여울을 진지하게 생각하는 건 아닐까 싶었다.
제아무리 태형이 여러 여자를 만났어도 기껏 밥이나 먹고 호텔이나 갔지 않나. 그런데 이번에는 뭔가 다르다고 생각했다.
그런데 막상 여울에 대해 아무것도 묻지 않는 걸 보니 자신의 착각이었던 것도 같다.
애초에 상대의 마음에는 관심도 없는 애니까.
항상 그래 왔었으니까.

'이번에는 왜 전시회 간다고 하신 거래요?'

전시회에 초대 받은 것만으로도 여울의 눈이 반짝거리던 걸 태형은 알까.
알더라도 관심이나 있을까.
"뭘 그렇게 봐? 할 말 있어?"
"상처 흉 지면 어쩌나 해서."
도현은 굳이 여울에 관한 이야기를 꺼내지 않았다. 어차피 관심도 없다는 반응이나 나올 게 뻔하니까.

"바로 처치를 받아서 괜찮을걸."

태형이 선바이저를 내리고는 거울을 봤다.

"흥. 지면 다시는 안 건드리려나."

"아버님이 그러신 거 알면 어머님이 한바탕하실걸."

"당분간 뵐 일도 없는데, 뭐."

"너 보는 눈이 워낙 많아야 말이지."

"누가 리스크 관리를 워낙 잘해서. 내가 걱정이 없다."

얼굴이 창백할 때는 산송장 같더니. 이제 좀 혈색이 돌아 사람 같다.

한참을 달리던 도현의 차가 집 앞에 멈춰 섰다.

태형이 조수석에 내리고 뒤이어 시동이 꺼졌다. 뒤이어 차에서 내린 도현이 뒷자리 문을 열었다. 가지런히 놓여 있는 필기구와 케이크를 들다가 멈칫했다.

필기구가 담겨 있는 비닐 쇼핑백에 미신수 로고가 박혀 있는 게 마음에 걸렸다.

제가 약속 장소에 대신 나갔다는 걸 태형은 몰랐다. 만약 알면 여울에게 쓸데없이 마음을 썼다며 한 소리를 할 거다.

아버지 일로 예민할 태형과 별일 아닌 일로 입씨름을 벌이고 싶지는 않았다.

"뭐 하고 있어?"

"케이크 먹자고."

비닐 쇼핑백은 그대로 두고 케이크 상자만 들었다.

"웬 케이크?"

"누가 줬어."

"누가?"

"아는 사람이."

도현은 케이크를 들고 뒷문을 세게 닫았다.

누가 케이크를 줬는지는 궁금하지도 않을 거다. 약속이 파기된 이후에 여울이 어땠는지 궁금해하지 않는 것처럼.

"얼른 올라가자. 피곤하다."

먼저 아파트로 들어가는 태형의 뒷모습을 바라봤다. 커다란 비밀이라도 움켜쥐고 있는 기분이었다.

어서 오라는 태형의 고갯짓에 멈춰 있던 걸음이 움직였다. 도현의 손에는 여전히 선물받은 케이크 상자가 들린 채였다.

*

단잠을 깨우는 알람 소리에 여울이 눈을 떴다.

평소라면 뭉그적거리지 않고 일어났을 텐데 눈을 뜨는 것조차 힘들었다. 온몸이 누군가에게 맞은 것처럼 쑤시기까지 한다.

어젯밤에 버스가 오지 않아 정류장에서 오들거린 게 문제였나 보다. 몸살 기운이 있는데 바깥에까지 서 있었으니 그럴 만도 했다.

 게다가 물먹은 솜처럼 몸이 무거워 그대로 침대에 뻗어 버렸지 않나.

 귀찮아도 약은 먹고 잤어야 하는데.

 "하아……."

 후회가 되면서도 이불 밖으로는 조금도 움직이고 싶지 않았다. 손가락 하나 까딱거릴 힘도 없다.

 하루쯤은 병가를 내도 상관없지 않을까 싶었다. 어제까지도 야근을 했으니까.

 제가 하루 쉰다고 망할 회사도 아니고.

 속으로 끝없이 중얼거리고는 협탁을 더듬거렸다. 눈도 다 뜨지 못한 채였다.

 시끄럽게 울어 대는 알람을 끄고는 곧바로 김 팀장에게 전화를 걸었다. 어서 병가를 내고 편히 쉬고 싶은 마음이었다.

 -어어. 이 시간에 무슨 일이야?

 "출근 중이세요?"

 -아직. 우리 딸 데려다주는 길이지. 그런데 왜 전화했어?

 "제가 감기에 걸려서요. 오늘 병가 좀 내도 될까요?"

 김 팀장의 대답 대신 옆에서 웅얼대는 목소리가 들렸다.

 뭔가 투덜거리는 것 같았는데 아마도 딸인 듯했다.

 그녀의 투정이 왠지 모르게 부러웠다. 아버지가 손수 학교까지 바래다주는 건 어떤 느낌일까. 경험해 보지 않아 막연히 좋겠다는 생각만 들었다.

-그래그래. 아플 때는 쉬어야지.

"감사합니다."

-푹 쉬고 내일 보자고.

통화가 끝나자마자 핸드폰을 뒤집어 두고는 이불을 푹 뒤집어썼다.

일단은 푹 자고 싶은 마음이었다. 그러고 나서 병원에 가도 늦지 않을 거다.

한없이 무거웠던 여울의 눈이 스르륵- 감겼다.

*

멀찍이서 초인종 소리가 들렸다. 여울은 당연히 꿈이려니 싶었다.

하지만 띵동- 초인종 소리가 점점 거칠어지더니 잠든 저를 뒤흔들었다. 누군가 어서 일어나라고 소리라도 치는 것 같다.

잠에서 깨어난 여울이 고개를 돌려 문을 봤다.

'집에 올 사람이 없는데······.'

고집스러운 초인종 소리는 멈출 줄 몰랐다.

나중에는 아예 문까지 두드렸는데 시끄럽다는 항의를 받아도 할 말이 없을 정도였다. 금방이라도 현관문이 부서질 것 같아 결국 여울이 자리를 박차고 일어났다.

현관문까지 가는 길이 천근만근이었다. 보일러를 세게 틀었는데도 여전히 몸이 떨렸다.

"누구세요?"

현관문 앞에 서서 물었다.

"납니다, 강태형."

반대편에서 태형의 목소리가 또렷이 들렸다. 어딘가 모르게 가쁜 숨이 섞여 있었다.

고작 그 이름 석 자가 뭐라고. 경계도 풀어 버리고 냅다 문을 열어 버렸다. 그리고 거기에는 정말로 태형이 서 있었다.

"본부장님이 여기는 어떻게 오셨어요?"

"핸드폰은 왜 꺼져 있어요? 아프다면서. 병원은? 약은? 얼굴이……. 지금까지 밥은 먹었어요?"

한꺼번에 수없이 많은 질문이 쏟아져 들어왔다. 머리가 어떻게 됐는지 뭐부터 대답해야 할지 모르겠다.

"내가…, 하아."

태형의 입술 사이로 긴 한숨이 흘렀다.

"얘기는 차차 하기로 하고. 병원은 갔어요?"

"이제 가려구요."

"지금 몇 신 줄 알아요? 진료 보는 곳도 거의 없을 텐데 어디로 가려고."

여울의 시선이 자연스럽게 그의 손목으로 향했다. 잠깐 잠이 들었다고 생각했는데 시간이 가는 줄도 모르고 자고 있던 모양이다.

"금방 가려고 했는데 깜빡 잠이 들어서요."

왜 변명을 하고 있는지 모르겠다.

"이리 와 봐요."

어안이 벙벙한 얼굴로 선 여울의 걸음이 조금도 움직이지 않았다.

그러자 태형이 제게 다가왔다. 괜찮다고 말하려는데 그가 먼저 제 이마에 손을 얹었다. 따뜻한 체온이 손바닥을 타고 순식간에 번져 나간다.

그 바람에 얼굴이 타올라 그대로 터져 버릴 것 같았다.

입술은 한없이 말라가는데 온몸에는 기운이 도는 듯했다.

그저 태형이 나타났을 뿐인데. 집 안의 공기마저 달라진 기분이 들었다.

"열이 심하네."

"집에 해열제 있으니까 그거 먹으면 괜찮아질 거예요."

"의사 부를 테니까 쉬고 있어요."

"의사를 어디서,"

"병원에서 데려와야죠."

태형의 말을 이해하지 못하겠다는 듯 고개를 갸웃거렸다.

"아무리 젊어도 아플 때는 참는 거 아니에요."

태형에게 두 어깨를 붙잡힌 채로 침실까지 떠밀려 갔다.

도대체 의사를 어디서 부르겠다는 건지 모르겠다.

그는 자신만 믿으라면서 저를 침대에 눕혔다. 얼결에 이불을 목까지 덮고는 눈만 깜빡거렸다.

자신의 집에 태형이 나타났다는 게 너무도 좋았다.

몸이 아프면 마음까지 물러진다는 말이 사실이기는 한가 보다. 고작 남자 하나에 아픈 것도 잊고 마음이 들뜨다니……. 제 마음이 미쳐 가고 있는 것 같다.

상대의 마음이 심하게 흔들리고 있다는 걸 알지도 못한 채, 태형은 어디론가 전화를 걸었다.

"바로 주소 보내겠습니다."

그 말을 끝으로 전화를 끊었는데, 얼마 가지 않아 진짜로 의사가 나타났다.

벽돌색 왕진 가방을 든 여자 의사였다.

그녀는 방문 진료를 낯설어하지 않았다. 왕진이 처음은 아닌 모양이다.

사십 대 정도 되어 보이는 의사가 가방에서 체온계를 꺼냈다. 이마에 가까이 댄 체온계에서 삐빅- 소리가 났다.

"열부터 떨어뜨려야겠어요."

침착한 의사의 몸짓에도 태형의 얼굴에서는 걱정이 사라지지 않았다.

"왜 그런 겁니까."

"감기요. 요새 잘 못 자는 일이라도 있었어요? 피로도 많이 누적된 것 같은데. 약 먹고 잘 쉬고 나면 금방 좋아질 거예요."

"다른 처방은요?"

"수액 맞으면 한 한 시간 걸릴 텐데 괜찮아요?"

"그렇게 해 주시죠."

태형은 마치 제 보호자라도 된 듯 굴었다.

평소라면 괜찮다고 할 여울이었지만 이번만큼은 묵묵히 그들의 말을 듣고만 있었다. 솔직히 말하자면 대답할 힘도 없었다.

그의 동의에 의사는 제 팔에 주삿바늘을 꽂았다. 해열제를 섞었다는 투명한 수액이 기다란 줄을 타고 흘러들었다.

약 기운이 조금씩 돌아서 그런지 잠이 왔다. 하루 종일 자고도 또 졸음이 온다는 것이 신기할 따름이었다.

낯선 남자를 집에 들이고서는 뭐가 편하다는 건지.

"생강차나 따뜻한 물 자주 마셔 주는 것도 좋아요. 기침이나 가래 심하면 배숙 만들어서 먹는 것도 도움 되니까 말해 줘요. 강 본부장님이 직접 해 주셔도 되고."

의사의 목소리가 서서히 멀어지는 기분이다.

"그런데 어떻게 아는 분이에요? 친구?"

"친구는 아니고."

태형의 시선이 어느새 까무룩 잠이 든 여울에게 꽂혔다.

여울과의 관계를 정의 내리기가 쉽지 않았다. 처음에는 흥미를 끄는 여자였는데, 이제는 그것보다는 저를 거슬리게 하는 여자라는 게 더 정확한 표현 같았다.

문제는 거슬린다는 것이 그간 만났던 여자들과는 다르다는 데 있었다.

자신을 붙잡고 늘어져서 신경 쓰이는 게 아니라 너무 조용해서 마음 쓰인다.

제가 부르면 당장에 달려 나올 듯 굴다가도 전화가 되지 않아 사람을 미치게 만드는 것도 재주라고 봐야 하나.

팔짱을 낀 채 여울을 내려다보는 그의 미간이 구겨졌다. 여울과의 관계를 어떻게 설명해야 할지 마음에 드는 말을 찾지 못했기 때문이다.

음…….

잠시 고민에 잠겼던 태형의 입술이 떨어졌다.

"비밀 좀 나눈 사이."

*

깊은 잠에서 깬 여울의 눈에 태형이 보였다.

"깼어요?"

흐리멍덩한 눈빛으로 이 남자가 왜 여기 있나 생각했다.

처음에는 꿈이라 생각했는데 문득 태형이 집에 나타났을 때가 떠올랐다. 기억이란 신기해서 하나가 떠오르고 나자 나머지 기억들이 또렷해졌다.

여울이 제 팔을 살짝 들어 보았다. 팔이 접히는 부분에 원형

밴드가 붙어 있었다.

링거를 맞은 것도 꿈이 아니었구나.

"일어날 수 있겠어요?"

"……."

"약 먹으려면 밥을 먹어야 되니까."

"나중에 먹을게요."

"지금 가져다줄 테니까 먹어요."

"괜찮은데……."

대답을 끝내기도 전에 태형의 걸음이 움직였다. 괜히 그를 번거롭게 할 수 없어 여울도 서둘러 그의 뒤를 따랐다.

링거 덕에 열이 내려선지 몸이 가뿐했다.

가벼워진 걸음으로 주방에 들어선 여울의 입이 벌어졌다. 맛깔스러운 집밥 한 상이 가득 차려져 있었기 때문이다.

태형이 직접 요리를 했을 것 같지는 않고, 어디서 사 오기라도 한 걸까.

"우리 집에서 일하시는 분한테 부탁했어요. 내가 음식 만드는 데는 영 재주가 없어서."

"죄송해요. 괜히 번거롭게."

"이럴 때는 고맙다고 하고 맛있게 먹으면 됩니다."

제가 앉기 편하게 태형이 의자를 빼 주었다. 웬 호강인가 싶었다.

자리에 앉자마자 수저까지 내미는 태형의 얼굴을 보는데, 그의 눈 아래에 붙은 밴드가 눈에 들어왔다.

어쩌다가 다친 걸까.

궁금증이 목 끝까지 차올랐으나 참았다. 우습게도 사무실 사람들이 '형제의 난'이라고 떠들어 대던 게 생각났기 때문이다.

만약 그것 때문이라면 묻지 않는 게 좋을 것 같았다.

"저희 집에는 어떻게 오셨어요?"

"핸드폰이 계속 꺼져 있어서요. 회사로 전화하니까 병가 냈다고 하고."

"배터리가 나갔나 봐요."

"그러지 말라고 핸드폰까지 선물한 건데 소용이 없네."

그게 나 때문이었다고?

"핸드폰을 하나 더 줄까요?"

"아뇨. 괜찮습니다."

"나하고만 연락할 용도로 하나 있는 것도 괜찮을 것 같은데."

"제가 부담스러워서요. 본부장님하고 비밀 연애하는 것도 아니고."

"나하고 연애하고 싶어요?"

여울은 말허리가 잘린 채 그대로 얼어붙었다.

"어……."

대번에 아니라는 말이 나오지 않았다.

밤새 앓더니 정신이 나가 버렸나? 아픈 자신의 곁에 있어 준 사람이 처음이라 마음이라도 동한 거야?

"…하고 싶어요."

가까스로 파묻어 둔 진심이 쏟아졌다.

"나 좋아하는구나."

돌직구로 날아든 말에 여울의 눈동자가 흔들렸다. 태형만큼이나 자신도 아무렇지 않다는 듯 태연해지고 싶었으나 머리가 굴러가지 않았다.

모든 생각이 일시 정지됐다.

그 속에서 오직 궁금한 것은 태형의 마음뿐이었다. 그에게 있어서 자신은 어떤 의미일까, 하는 부질없는 질문이 솟구쳐 올랐다.

"본부장님은요?"

"주여울 씨 좋아하냐고?"

"네."

"그게 의미가 있어요?"

"적어도 저한테는 있습니다."

여울의 시선이 그의 입에 꽂혔다. 어떤 말이 나올지 몰라 마음을 졸였다. 그걸 알면서도 태형은 바로 대답하지 않았다.

뭘 생각하고 있다기보다는 제가 긴장한 걸 즐기고 있는 것 같았다.

아니면 폭주 중인 저를 멈출 수 있는 기회를 주는 걸까.

하지만 진심까지 털어놓은 마당에 그런 게 가능할 리가 없었다.

"당신이 바라는 걸 내가 들어주지 못할 텐데. 그래도 연애할 수 있겠어요?"

"그래서 좋아하지 않으려고 노력하고 있습니다."

"실패한 것 같은데."

반박을 할 수 없었다.

"그럼 가볍게 만나 보는 건 어때요? 결혼 같은 건 잊고 가끔씩 데이트하고 하고 문자도 하고. 뭐, 마음 동하면 잘 수도 있는 거고."

이걸 사귀자고 말할 수 있는 건가.

여울의 입장에서는 잠자리 파트너나 하자는 소리로 들렸다. 그러니 당연히 화가 나야 정상이었다.

하지만 어째서 태형의 말을 붙잡고 싶어지는 걸까.

"잠자리 파트너라도 하자는 말씀이세요?"

"그러기도 하고, 아니기도 하고."

"그건 너무 말장난 같은데……."

"나는 그냥 잠자리 상대하고는 속 얘기 안 해요. 이 정도면 대답으로 충분하죠?"

태형의 말이 꼭 너는 특별하다 속삭이는 것처럼 들렸다.

"그런데 저하고는 왜 속 얘기까지 하겠다는 건데요?"

"그냥."

"그냥요?"

"당신하고 있으면 그러고 싶어서요. 마음 쓰이고 아무 말이

나 하고 싶어지고."

어떻게 하면 사람의 마음을 쥐락펴락할 수 있는지 아는 건지도 몰랐다. 지금도 뜻대로 사람의 마음을 주무르기 위한 사탕발림일지도.

저를 홀리려고 하는 소리라는 걸 아는데도 이성이 말을 듣지 않았다.

어서 태형의 마음을 받아 주라고 누군가 소리치는 것 같았다.

"알잖아요. 나 마음 가는 대로 하는 놈인 거."

나직한 저음이 숨을 멎게 만든다.

천장에 매달린 식탁 조명에서 쏟아지는 노란 빛마저 태형만을 비추는 듯 느껴졌다.

사람 일이란 어떻게 될지 모르는 거니까.

태형도 이 관계가 더 발전할 수 있다는 여지를 준 게 아닌가. 설령 희망 고문이라 할지라도 한 번은 희망을 품어 보는 것도 괜찮지 않을까.

"저는······."

태형의 말대로 하고 싶다 말하려던 순간.

'네 아버지 생각해서라도 잘 살아야 돼.'
'암암, 그래야지. 그래야 죽은 네 엄마도 마음 편히 눈 감지.'
'착하게만 살아.'

동네 사람들이 저마다 한마디씩 던졌던 말들이 살아나 여울을 죄었다. 귀에 딱지가 앉도록 들었던 말에 무뎌졌다고 생각했는데, 그것도 아니었나 보다.

"저는, 그런 거 못 할 것 같아요."

결국 포기를 외치고 말았다.

던진 말을 번복하고 싶은 마음이야 굴뚝같았지만 그러지 못했다. 결심을 했으니 밀고 나가는 게 맞았다.

여울은 뜨뜻한 침과 함께 자신의 마음을 숨겼다.

그러면서도 아이러니하게 태형이 저를 붙잡아 주기를 바랐다. 그러면 못 이기는 척 그의 제안을 받아들일 수 있을지도 모른다.

"아쉽네."

아쉽다.

"당신하고 잘 맞을 것 같았는데."

그의 말에 도리어 아쉬운 것은 제 쪽이었다.

정작 거절을 당한 태형은 아무런 미련도 없이 후련해 보였다.

제 마음을 알 리 없는 태형은 더 이상 아무것도 묻지 않았다. 잠깐이나마 달라질 수 있었던 관계는 제자리로 돌아갔다.

여울은 아무 일도 없었던 것처럼 밥을 먹었고, 약을 먹었다. 그리고 나자 자신의 소임을 다했다는 듯 그는 뒤도 돌아보지 않고 집을 떠났다.

혼자 있기 싫다며 태형을 붙잡고 싶은 걸 겨우 참았다.

고작 태형 한 사람만 사라졌을 뿐인데 커다란 뭔가가 훅 빠져나간 듯 집이 휑하게 느껴졌다.

'나하고 연애하고 싶어요?'

그가 사라진 자리에 달콤한 유혹이 여운처럼 남아 자라났다.

여울은 황량한 식탁에 앉아 그가 타 주고 간 귤차를 마셨다.

귤차가 은은한 향기를 남기며 따뜻하게 목을 넘어갔다.

*

그 밤의 고백이 여울의 일상을 완전히 뒤엎지는 못했다.

무슨 일이 있었냐는 듯 출근을 했고, 일을 하고 퇴근을 했다.

이따금 골치 아픈 일이 터지긴 했지만 어떻게든 수습되는 게 회사였다.

그렇게 모든 게 정상인 듯 보였다.

고백 실패의 대미지는 아예 존재하지도 않는 것 같았다.

이대로 보통 때처럼 지내면 될 거라 여겨졌다. 그날 이후로 태형에게서도 아무 연락이 없지 않나.

프로젝트를 같이 하는 사이.

자신과 그의 관계는 거기에서 멈춘 것이 분명하다.

"대리님 다음 주 연차시죠?"

"어."

"대박 부럽다."

민아의 눈동자가 부러움으로 빛났다.

"다음 주에 어디 가세요? 해외? 아니면 제주?"

"본가에 가려구."

엄마의 기일이라 집에 내려간다는 걸 알면 이토록 부러워하지는 않을 거다.

"가서 맛있는 거 많이 드세요! 친구들도 만나시겠다. 아, 저도 갑자기 집에 가고 싶어졌어요."

민아는 따뜻한 집의 풍경을 떠올리는 듯했다. 싱글벙글 번지는 미소만 봐도 그랬다.

구태여 나쁜 얘기는 하고 싶지 않아 말을 아꼈다.

사실 개인적인 사정을 일일이 얘기하기도 싫었다.

엄마가 일찍 돌아가셨다는 말을 해 봐야 동정의 눈빛이나 받을 게 뻔하니까.

여울은 어렸을 때부터 그 눈빛을 좋아하지 않았다. 왠지 사람들이 생각하는 대로 '엄마를 잃은 불쌍한 애'처럼 굴어야 할 것 같았기 때문이다.

웃음조차 마음껏 터뜨리지 못하는 그런 애.

그 눈빛 속에서 도망치기 위해 선택한 서울행이었다. 그리고 여울은 자신의 결정에 만족했다. 적어도 사람들 속에서는 사고로 엄마를 잃은 불쌍한 아이라는 꼬리표 같은 건 붙을 일이 없었으니까.

"연차 때는 제가 절대, 절대 연락 안 할게요!"

"급한 거면 해도 돼."

"이왕 가신 거 맘껏 즐기셔야죠!!"

"그래도 꼭 해. 혼자 끙끙 앓지 말고."

"대리님이 역시 최고예요."

민아가 손가락 하트까지 내던지며 눈을 찡긋거렸다.

사실 감격할 것도 없는 일이었다. 집에 우두커니 앉아 있느니 일이라도 있다며 자리를 벗어나는 게 훨씬 마음 편했다.

그때 여울의 핸드폰이 울렸다.

[네 이모 못 온다는 소식 들었다. 아무리 상황이 그래도 자기 언니 제 삿밥은 챙겨야지.]

[우리 식구들 갈 테니까 그렇게 알고 있어.]

고모의 문자 메시지에 일순간 얼굴이 굳었다.

고모는 항상 엄마가 돌아가신 게 모두 제 탓이라 말했다. 아버지의 불행도 저로부터 시작됐다는 것도 얼마나 강조했는지 모른다.

그래서 여울은 되도록 그녀를 피하고 싶었다.

하지만 가족이라는 끈은 꽤나 단단하고 질겨서 피하려고 해도 그럴 수가 없었다.

[네, 고모.]

 고모에게서는 아무런 답장도 돌아오지 않았다. 제 답장을 보면서 정이 안 가는 애라며 혀를 끌끌 차고 있을 게 눈에 훤했다.

*

 집에 내려오자마자 고모의 질문 폭격이 이어졌다.
 "만나는 사람은 있고?"
 "아직요."
 "아직도 없어? 네 나이를 생각해야지. 결혼도 하고, 애도 낳고 그러면 오빠가 얼마나 좋아하겠어."
 제사상에 올라갈 음식을 만들기도 바빠 죽겠는데 고모는 끝없이 잔소리를 늘어놓았다.
 일을 도울 생각은 없는지 옆에서 제가 만든 음식만 쉼 없이 먹고 있다. 고소한 전이 고모의 입에서 끝없이 사라져 갔다.
 "우리 지연이 봐 봐. 좋은 남편 만나서 토끼 같은 애도 낳고."
 고모가 거실에 있는 사촌 언니를 가리키며 말했다.
 제가 깎아 놓은 과일을 먹으며 도란도란 얘기를 나누는 그들의 모습은 마치 드라마 속 다정한 가족처럼 보였다. 다들 뭐가 그리도 좋은지 몰라도 웃음소리가 끝없이 부엌을 넘어왔다.

 부엌을 등지고 돌아서 앉아 있는 아버지의 어깨가 들썩거렸다.

아마도 웃고 있는 모양이다.

엄마가 돌아가신 이후로 제게 단 한 번도 보이지 않았던 웃음을.

"네가 잘 살아야지. 네 엄마 목숨하고 바꾼 인생인데."

고모의 말에 피가 차갑게 식었다. 당장 고모의 말에 반박하고 싶었다. 그건 불행한 사고였다고. 먼저 하늘로 간 엄마는 고모가 말하는 것처럼 결코 제게 뭘 바라지 않을 거라고.

긴 시간 동안 참아 온 말을 뱉어 내지 못한 건 뒷일을 감당할 수 없을 거라는 두려움 때문이었다.

"내가 아는 사람이 있는데 소개라도 시켜 줄게."

"괜찮아요, 고모."

"괜찮기는."

"저 잘돼 가는 사람은 있어요."

있지도 않은 사실을 내뱉는 순간, 웃기지 않게도 태형의 모습이 생각났다. 왜 태형의 모습이 생각났을까.

호기로운 제 말에도 고모는 눈 하나 꿈쩍하지 않았다. 도리어 웃기지도 않은 말이라며 실소를 터뜨리기까지 했다.

"누군데?"

"거래처 사람이에요."

"회사원?"

고모의 물음에 여울은 잠시 멈칫했다. 회사원이라는 말이 어쩐지 태형과 어울리지 않았다.

하지만 따지고 보면 태형은 회사원이 맞았다. 재벌이 직업은 아니니까.

"네."

제 대답에도 고모의 눈은 가늘어졌다. 거짓말을 꿰뚫어 보려는 눈빛이었다.

아무도 없다는 걸 고모에게 들킬까. 심장이 벌렁거렸다. 다른 때라면 몰라도 오늘은 고모에게 지고 싶지 않았기 때문이다.

"북어포를 깜빡했어요. 금방 사 올게요."

여울이 마지막 전을 채반 위에 올려놓고는 말했다. 고모가 꼬치꼬치 캐묻기 전에 도망가는 게 나았다. 잘못하다가는 상대의 사진이라도 보여 달라고 할지 몰랐다.

혹시라도 자신의 앞에서 전화라도 걸어 보라고 하면 낭패였다.

뭘 거기까지 시킬까 싶지만 고모라면 충분히 그러고도 남을 분이었다.

거실 소파에 있던 가방에서 지갑을 빼고 집을 나가려는데 사촌 언니가 따라 나왔다.

"나하고 같이 가."

"나 혼자 가도 돼."

"애 좀 맡기고 탈출하고 싶어서 그래."

사촌 언니가 자신의 마음을 알아 달라는 것처럼 코를 찡긋거렸다.

"근데 어디 가는 거야?"

"북어포 사러."

"올 때 사 오라고 하지."

"귀찮게 하는 것 같아서."

"우리 엄마 때문에 그러지?"

평소라면 '아니'라고 바로 말했을 거다. 그런데 오늘은 이상하게도 멈칫거리게 됐다.

자신이 아닌 것 같은 기분이 든다.

꼭 다른 사람이 된 것처럼 제 마음에 솔직해지게 된다. 태형을 만나고 어디가 고장 나기라도 한 걸까. 그래서 어디서든 조용히 지내자고 다짐했던 게 무너져 버린 건가.

"인정?"

낯선 제 반응이 재미있는지 사촌 언니의 눈썹이 들썩거렸다.

"아냐, 그런 거."

"바로 답 안 하던데."

"잠깐 다른 생각해서 그래."

"그냥 인정한 걸로 해. 이제야 사람다워 보이고 좋더라."

사촌 언니가 팔꿈치로 가볍게 저를 톡 쳤다.

"근데 너 누구하고 썸이라도 타는 중이야?"

"아……. 아까 들었어?"

"외삼촌도 다 들으셨을걸. 우리 엄마 목소리가 좀 커야지."

자신의 이야기를 듣고 아버지는 어떤 표정을 지었을까. 가늠조차 되지 않았다.

제가 떠올렸던 남자가 결혼에는 관심도 없는 사람이라면 혀를 찼을까. 남자 보는 눈도 없다면서 실망했을까.

아니다.

어쩌면 애정도 없는 자식이니 그러든지 말든지 상관없다고 생각했을지도 모른다.

여울의 머리를 채운 대답은 전부 부정적인 것들이었다. 좋게 생각하고 싶었으나 자신이 뭘 해도 예쁨을 받을 수 없다는 걸 그녀는 잘 알고 있었다.

다 알면서도 왜 예쁜 자식이 되고 싶어 몸부림을 치는 건지. 스스로가 한심스러울 지경이다.

"잘되면 나 꼭 소개해 주기다? 내 사촌 동생 눈에서 피눈물 나게 하면 뼈도 못 추릴 거라고 미리 경고해야지."

사촌 언니가 작게 말아 쥔 주먹을 내밀었다.

제가 기찬과 어떻게 헤어졌는지 알기라도 하면 그의 회사까지 찾아갔을 사람이다.

언니의 기세에 눌려 쭈글거리는 기찬을 떠올리는 것만으로도 속이 시원했다.

'여기 있었어, 여울아?'

하지만 이미 복수는 시원하게 끝났다.

잔뜩 당황한 기찬의 얼굴이 머릿속에서 순식간에 사라졌다. 그 빈자리를 채운 건 자신의 어깨를 감싸던 태형이었다.

"누굴 생각하길래 주여울이 이렇게 실실 웃음을 터뜨릴까."

"내, 내가 누굴 생각한다구."

"어쭈?! 얼굴까지 빨개졌네. 썸남 생각했구나?"

"아니야."

"아니기는. 얼굴만 생각해도 설레 죽네, 죽어."

"그런 거 아니라니까."

여울은 두 손을 내저으면서 격하게 부정했다. 그럴수록 더욱 격렬하게 설레 죽는 중이라고 인정하는 느낌이다.

집을 나와 부지런히 걷는 두 여자의 눈에 슈퍼가 보였.

여울은 차가운 손을 비벼 대면서 얼른 슈퍼로 들어갔다. 사촌 언니가 북어포를 찾고 있는 사이. 여울의 핸드폰이 울렸다.

호랑이도 제 말 하면 온다더니.

옛말이 전혀 틀리지 않나 보다.

갑작스럽게 날아든 태형의 문자 메시지에 도둑질이라도 한 것처럼 바삐 주변을 두리번거렸다.

[뭐 하고 있어요? 약은 다 먹었는지 궁금해서.]

감기가 다 나은 지가 언젠데.

[다 먹었어요.]
[회사?]
[집에 잠깐 내려왔어요. 엄마 기일이라서요.]

아무 생각 없이 메시지를 날리고는 후회했다.
엄마 기일이라는 말을 괜히 했다 싶었다. 꼭 위로라도 해 달라는 것 같잖아.

[갑자기 아버지가 부르셔서 가 봐야겠네요. 이따 봅시다.]

태형의 아버지가 운영하는 장보 건설에서 계속 잡음이 나는 것 같더라니. 그도 같이 고생하는 모양이다. 그때 얼굴에 났던 상처도 그 일하고 관련 있는 건가.
따지고 보면 자신과 아무 상관없는 일인데 공연히 신경 쓰였다.
"회사?"
어느새 북어포를 든 사촌 언니가 물었다.
"아, 어어."
"매너 없네. 연차 쓴 사람한테 연락을 다 하고. 북어포로 확 때려 줄까 보다."

"그러게."

여울은 피식 웃으면서도 손에서 핸드폰을 놓지 못했다. 이따 보자는 태형의 마지막 말에 갇혀 버린 거다.

제8장
나를 파괴할 구원자

저녁노을이 하늘을 붉게 물들였다. 겨울 해가 얼마나 짧던지 벌써 날이 어둑했다.

기분 탓일까. 겨울바람이 유난히도 스산하게 느껴졌다.

제사상 근처에 선 여울이 옷깃을 바투 여몄다. 매년 겪는 일인데도 제사를 지내는 데는 도통 적응이 되지 않았다. 엄마의 영정 사진을 보기만 해도 죄인이 된 것 같다.

"언니는 뭘 그렇게 좋다고 웃어요? 우리 오빠가 얼마나 힘든지 알기나 하고."

고모가 코를 팽- 풀고는 구시렁거렸다. 눈에 눈물이 한 방울도 맺히지 않은 채였다.

"우리 오빠가 딸 키운다고 얼마나 고생했는데."

진심으로 아버지를 위한 위로는 아니었을 거다. 홀로 딸을 키우는 아버지가 마음에 쓰인다며 할아버지가 땅을 내어 준 게 문제였지.

자신의 것이라 여겼던 걸 뺏겼으니 고모 입장에서는 퍽 기분이 상했을 것이다.

"우리 언니 배부르게 먹고 가는지 몰라. 차린 게 없어서."

딸이 차린 제사상을 보고 남이 뭐라고 하든지 아버지는 아무런 미동도 없었다. 딸을 보호해야겠다는 마음도 없는 듯했다.

하기야 누가 저를 보고 어미를 잡아먹은 자식이라 손가락질을 해도 아무 말이 없었던 아버지가 아닌가.

그러니 놀랄 것도 없는 일이었다.

하지만 서운하다는 마음이 익숙해지지가 않았다. 매번 같은 일로 여울의 마음이 축- 아래로 떨어졌다

"바쁠 텐데 다들 와 줘서 고맙네."

아버지는 저를 보지도 않고 말했다.

"고생은 여울이가,"

"어휴, 오빠, 서운하게 무슨 그런 말을 해. 우리가 남이야? 가족인데 당연히 와야지."

고모가 재빨리 사촌 언니의 말을 가로챘다.

"주여울, 연애도 좋은데 자주 내려와서 아버지 보고 그래라. 얘가 이런 날 아니면 내려오는 날이 없어."

"그럴게요."

"네 엄마가 하늘에서 울겠어."

상을 차리느라 자리에 앉지도 못한 여울이 멈칫했다.

어떤 말을 들어도 대적하지 않는 게 최선이라는 걸 알고 있었다. 어린 시절에 더한 말도 참지 않았나.

엄마의 앞에서 싸워 봐야 좋을 것이 없었다. 자신이 '네-'하고 반박하지 않으면 끝날 일이다. 아무 감정도 존재하지 않는 사람처럼 굴면 됐다.

딱 하루다.

하루가 지나고 집으로 돌아가면 전부 끝날 일이다.

이를 악물고 터지려는 감정을 세게 눌렀다.

"언니가 이런 꼴 보려고 너 살리고 갔겠니?"

그런데 높이 쌓았던 감정의 둑에 균열이라도 간 듯했다.

"고모가 자주 오시면 되겠네요."

차가운 말이 저도 모르게 입 밖으로 기어 나왔다.

"뭐라고?"

"저보다는 고모가 아버지를 더 많이 사랑하시는 것 같아서요. 서울보다는 고모 댁이 여기서 훨씬 가깝기도 하고요."

한번 터지기 시작한 말을 멈출 수가 없었다. 폭주하는 기관차에 들어선 기분이었다.

기가 막힌 건 벌겋게 달아오른 고모의 얼굴을 보자 속이 시원해진다는 거였다. 고모를 더욱 당황시키고 싶을 정도였다.

자신의 앞에 있던 악마가 고개를 쳐든 건지도 모르겠다.

"어머머! 얘 봐라. 어디서 말대꾸야?"

"제가 가만히 입 다물고 있는 거 보면 엄마가 하늘에서 우실 것 같아서요."
"네가 네 엄마를 들먹여?"
"……."
"네 엄마가 누구 때문에 죽었는데! 이렇게 된 게 누구 때문인데."
자리에서 일어난 고모가 목에 핏대까지 세우며 소리쳤다.
목소리가 어찌나 큰지 집이 떠나갈 듯했다.
사촌 언니가 고모를 말리려 했지만 속수무책이었다. 놀란 조카까지 자지러지게 울면서 거실은 순식간에 아비규환이 됐다.
거기서 아버지는 묵묵히 밥알만 씹고 있었다. 밥이 넘어가는 게 신기할 지경이었다.
"사고였어요."
"사고라고 믿고 싶겠지. 네가 그날 물에 들어가지만 않았어도 네 엄마 그렇게 안 죽었어!"
"원망하고 비난할 사람이 필요했던 거겠죠. 다들 고통받기 싫으니까! 어린애한테 다 니 잘못이다, 떠넘기고 편해지고 싶으니까!"
짝-!
아버지가 제 뺨을 세게 후려쳤다. 그 힘에 떠밀려 고개가 맥없이 한쪽으로 돌아갔다.
예상치 못한 상황에 찬물이라도 끼얹은 것처럼 거실이 조용해졌다.

여울의 뺨이 시뻘겋게 부풀었다.

아버지에게 맞은 뺨을 감싼 여울의 눈동자가 심하게 흔들렸다. 얼마나 당황했는지 아무 말도 나오지 않았다.

그냥 사고였다는 말을 듣고 싶었을 뿐이다.

네 잘못이 아니라고 말해 주기가 그렇게 어려운 걸까. 몇십 년이 지났는데도 용서가 안 되는 거야?

'대체! 도대체 왜 물에 들어가서……. 니 엄마 어쩔 거야. 어? 어쩔 거냐고!'

'잘못했어요, 아빠.'

저를 구하다가 물에 빠진 엄마가 사라진 자리를 바라보며 아버지는 악을 썼다. 경멸 섞여 있는 눈빛은 시간이 지났는데도 기억에서 사라지지 않았다.

"삼촌, 일단 진정하시구."

"고모한테 사과해."

어떻게든 분위기를 진정시키려는 사촌 언니의 노력은 수포로 돌아갔다.

"그렇게 못 할 것 같아요."

제가 아버지의 말을 단박에 거절해 버렸으니까.

어디서 나온 용기인지 알 수 없었다. 뺨을 맞고 정신이 번쩍 든 것도 같다. 적어도 아버지가 제 편이 아니라는 사실만은 확실히 알았다.

"저는 이만 올라가 볼게요. 제가 빠지는 쪽이 훨씬 나을 것 같아서요."

여울은 자신이 무슨 말을 하고 있는지조차 몰랐다.

"그럼 식사하세요."

우선은 이 집에서 나가야겠다는 생각뿐이었다.

채 풀지도 않은 짐을 들고 그대로 집을 나섰다. 다시는 이곳에 얼씬하고 싶지도 않았다.

"여울아!"

사촌 언니가 대문까지 나와 저를 말렸다.

"미안해, 언니."

자신의 엄마가 잘못했다거나 들어가서 천천히 얘기해 보자는 말은 귀에 들리지 않았다.

시간이 지날수록 뺨이 화끈거려 정신이 없었다. 금방이라도 쓰러져 버릴 것처럼 다리가 후들거리고 속도 불편했다.

모든 걸 게워 내고 싶었다.

하지만 대차게 집을 박차고 나왔는데 비실거리는 모습은 보이고 싶지 않았다.

여울은 자신의 팔을 붙잡은 사촌 언니의 손을 떼어 내고는 집을 나섰다. 완벽한 외로움이 온몸을 집어삼키는 것만 같았다.

*

　버스 정류장에 앉은 여울의 눈에는 생기가 없었다. 반쯤 넋이 나간 채였다.
　혼자라는 게 어쩐지 서글펐다.
　누구든 제 곁에 있어 주면 좋겠다. 설령 자신이 멀리하고 싶은 사람이라고 하더라도. 왠지 그러면 자신을 짓누르는 추위에서 달아날 수 있을 것 같았다.
　도무지 올 생각을 하지 않는 버스를 기다리며 울리지 않는 핸드폰만 만지작거렸다.
　버스 정류장 전광판에서 쏟아지는 불빛이 여울을 외롭게 적셨다.
　그때, 빵-
　클랙슨 소리가 울려 퍼졌다.
　반사적으로 고개를 든 여울의 앞에 커다란 SUV가 서 있었다. 환한 헤드라이트 빛이 어둠을 몰아내고 사위를 밝게 물들인다.
　이 차는 어디서 나타난 걸까.
　뉴스에서나 봤던 나쁜 사건들이 빠르게 뇌리를 스쳐 지나갔다. 택시를 부르지 않은 걸 후회했다.
　아무래도 자리를 피하는 것이 좋겠다 싶어 슬그머니 자리에서 일어났다.
　어디로든 움직이려던 순간.

"주여울 씨."

조수석 차창이 열리며 익숙한 목소리가 들렸다.

"본부장님?"

운전대를 잡고 있는 태형을 보자 믿을 수 없었다.

"정말 본부장님이세요?"

우연이라기에는 지나치게 비현실적이었다. 서울과 가깝지도 않은데 저희 집 근처에서 어쩌다가 만날 수 있을 리가 없다. 태형이 부러 저를 찾은 것이 아니라면 있을 수 없는 일이다.

왜 하필 지금일까.

제가 가장 약해졌을 때.

조금만 건드려도 형체를 잃어버릴 만큼 마음이 뭉크러졌을 때.

태형의 얼굴만 봤는데도 눈물이 왈칵 쏟아질 것 같았다. 혼자가 아니라는 안도감이 온몸을 핥고 지나간다.

"여기는 어떻게 오셨어요?"

"차 타고요."

"제 말은 그게 아니라,"

"주여울 씨 보러 왔다고 하면 싫어할까 봐."

웃음이 묻은 말이 싫지가 않다.

"왜 오신 거예요?"

"오고 싶어서요."

대답은 단순명료했다.

마음이 움직이는 대로 행동하는 사람이라는 걸 잠깐 잊고 있었다.

"여기가 본가는 아닐 것 같고. 어디 가고 있었어요?"

태형의 시선이 제가 품고 있는 가방에 닿았다. 무슨 일이 있었는지 상세하게 묻는 것도 아닌데 꼭 집에서 무슨 일이 있었는지 전부 들킨 것 같아 민망했다.

"서울?"

"…네."

"잘됐네. 나도 서울 가는 길이었는데."

태형이 차에서 내리더니 곧장 제게 다가왔다. 그의 몸집이 평소보다 유난히 더 크게 느껴졌다.

"가방 줘요. 뒷자리에 두게."

그가 가방을 가져가려 손을 내뻗었다.

"제, 제가 들고 있을게요!"

여울은 가방을 더 바짝 끌어안고는 말했다. 그러자 태형이 천천히 손을 거두었다.

오지 않는 버스를 기다리는 건 관두고 일단 태형의 호의를 받아들이기로 했다. 온몸이 얼어붙기 일보 직전이었기 때문이다.

그가 조수석 문을 열고는 제 손을 잡았다. 순식간에 일어난 일이라 손을 뺄 생각도 하지 못했다.

"여기 오래 앉아 있었어요?"

"……."

"손이 얼음장이네."

당신 손은 따뜻하네요.

태형에게서 퍼져 나오는 온기가 한기를 덜어 냈다. 마치 따뜻한 난로에 손을 대고 있는 기분이었다.

손을 타고 번지는 훈기에 차갑게 얼어붙었던 마음마저 녹아내렸다.

영원히 이 손을 놓고 싶지 않다.

욕심이라는 걸 알면서도 욕심내고 싶다.

"밥은?"

"배 안 고파서 괜찮아요."

"나는 배고픈데."

"근처에 식당 열린 데가 많이 없을 텐데."

"어떻게든 찾아볼 테니까, 배부터 채웁시다."

태형의 손이 제게서 떨어졌다. 아쉬운 마음에 하마터면 그의 손을 덥석 붙잡을 뻔했다.

가까스로 본능을 누르며 여울은 조수석에 올라탔다.

겨울이라고 느껴지지 않을 만큼 차 안은 따뜻했다. 그가 쏟아 내는 온기가 얼마나 좋은지 가까이서 한 발짝도 움직이고 싶지 않아진다.

어느새 운전석에 올라탄 태형이 저를 보고 옅게 웃었다. 그 미소 하나에 모든 것이 녹아내리는 것 같았다.

'쟤 때문에 우는 여자들이 한둘이 아니었으니까.'

단아의 경고마저 맥없이 무너졌다.

자신은 그를 지나쳐 간 수많은 여자들과 다르지 않을까 했던 기대가 이제는 확신으로 굳이겼다.

아니, 다르지 않더라도 괜찮지 않을까 싶었다.

이 사람의 계절에 제가 있을 수 있다면 그걸로 될 것 같았다.

*

"후라이드 한 마리 나왔습니다."

맛있게 튀겨진 닭이 테이블에 올라왔다.

태형에게 맛있는 밥이라도 대접하고 싶었는데 남아 있는 식당이라고는 낡은 치킨집이 전부였다.

그나마도 열려 있는 가게가 있다는 게 다행이었다. 치킨집마저 열지 않았더라면 꼼짝없이 굶었어야 했을 테니까.

"먹어요."

태형이 실한 닭다리를 제 앞접시에 놓아주었다.

"본부장님도 드세요."

그에 질세라 여울도 나머지 닭다리를 그의 앞에 놓았다.

집에서 나온 이후로 배가 고픈 줄 몰랐는데 허기가 지는 걸 보니 그를 만나고 긴장이 풀리기는 했나 보다.

결국 배고픔을 참지 못하고 갓 튀겨 낸 치킨을 한 입 베어 물었다. 바삭한 소리가 귀까지 즐겁게 만들었다.

케첩과 마요네즈가 섞인 양배추까지 부지런히 먹으며 배를 채웠다. 배가 조금씩 불러 갈수록 마음도 든든하게 차올랐다. 잠시 잃었던 정신이 돌아온 기분이다.

"저희 집은 어떻게 알고 오셨어요?"

"내가 정보통이 많거든요."

"심부름센터 같은 거요?"

"그 사람들도 내 비서만 못할 걸요."

태형이 눈 하나 꿈쩍하지 않고 대답했다.

"곽 비서님 능력이 무섭게 좋으시네요."

그는 이번에 미소로 대답을 대신했다. 어떻게 집을 알아냈는지는 말해 주지 않으려는 모양이다.

이러다가 제가 뭘 먹고 언제 자는지까지 태형의 귀에 들어가겠다.

"다음에는 곽 비서님한테 알아봐 달라고 하지 마시고 저한테 직접 물어봐 주세요."

"그러면 대답해 줄 거예요?"

"해 드릴게요."

누군가 자신을 지켜보고 있는 것보다는 그쪽이 백번 나았다.

"말 안 해 준다고 할 줄 알았는데."

"어……. 비밀 정보는 아니니까요."

"공과 사는 구분하자고 말할 줄 알았거든요. 나 보고도 못 본 척하는 거 아닐까 걱정도 했고."

"근데도 오신 거예요?"

"보고 싶으니까."

나른한 목소리가 사람의 마음을 뒤흔든다.

"그래서 왔는데."

왔는데?

"보니까 좋네."

빙긋이 올라가는 입꼬리마저 사람을 꼼짝 못 하게 했다.

'나도 보고 싶었어요.'

자신의 목소리가 끝없이 머릿속에 울려 퍼졌다.

태형이 보고 싶었다.

버스 정류장에서도 그가 오기를 간절히 기다렸던 걸지도 몰랐다. 아버지에게 대들었다는 말에도 다 괜찮다고 말해 줄 테니까.

잠깐의 침묵이 테이블에 돌았다.

그 순간 형체 없는 손이 나타나 저를 태형의 쪽으로 끌어당기는 것 같았다.

"저도 보고 싶었거든요."

혀끝을 맴돌던 말이 밖으로 와르르 쏟아졌다.

"나를?"

"네, 강태형 씨가 보고 싶었어요."

그런데 태형은 아무 말이 없었다.

이제 제 마음이 부담스러워진 걸까. 어쩌면 가볍게 만나 보자는 제안을 무르고 싶어진 걸지도 몰랐다.

어장으로 들어온 물고기는 더 이상 매력적이지 않은 법이니까.

"그때, 만나 보자고 하셨던 거……. 아직도 유효한가요?"

조급한 마음을 견디지 못하고 여울이 물었다.

"기회가 있으면 나하고 만나 보기라도 하려고요?"

"그러고 싶어요."

마음이 결정된 이상 주저할 필요도 없었다.

"잘 생각했어요."

칭찬 한 번에 절로 기분이 좋아졌다. 어린애처럼.

"물 더 줄까요?"

"아뇨. 괜찮습니다, 본부장님."

"강태형이라고 불러요."

"아까는 제가,"

"당신이 내 이름 부를 때가 좋더라고."

어서 자신의 이름을 불러 보라는 것처럼 태형이 한쪽 눈썹을 들썩였다.

"그럴게요……. 태형 씨."

고작 이름 한 번 불렀을 뿐인데 우리의 사이가 특별해지는 기분이었다.

*

태형과 바로 서울로 올라가지 않았다. 밤이 늦은 데다가 그를 보내기 싫은 마음도 있었다.

'밤도 늦었는데 자고… 가실래요?'

태형을 붙잡을 용기가 어디서 나왔는지 아직까지도 모르겠다.
본가에서 약간 멀리 떨어져 있는 호텔로 향했다.
바닷가에 붙어 있는 호텔이었는데 비싼 객실밖에 남지 않은 게 문제였다. 태형은 얼마를 지불해도 상관없다며 다른 호텔을 알아보려던 저를 붙잡았다. 적당한 가격의 객실을 찾아다니는 게 더 피곤할 것 같다고 했다.
결국 태형의 말대로 움직였다.
카드 키를 받고 태형과 나란히 걷는데 기분이 이상했다.
기쁘면서도 무서웠다.
단아의 경고처럼 태형에게 깊이 빠져들 것 같았기 때문이다.
"무슨 생각을 그렇게 골똘히 해요?"
태형을 따라 엘리베이터에 올라타는데 그가 물었다. 다른 생각을 한다고 제가 얼이라도 빠져 있었나 보다.
"아무 생각도요!"
"여기 온 거 후회해요?"
"아뇨."

"편하게 자지는 못할 텐데. 그래도?"

태형의 말에 담긴 의미를 모르지 않았다.

짓궂게 말려 올라간 태형의 입꼬리에 시선이 꽂혔다. 아무것도 한 게 없는데 입술이 바짝 말랐다.

여울은 저도 모르게 혀를 내밀어 입술을 핥았다. 메마른 입술을 보이기는 싫었다.

게다가 긴장하는 게 웃기기도 했다. 처음 태형을 붙잡았을 때 이미 불순한 의도가 담겨 있지 않았나.

띵-

제가 고개를 끄덕이자 곧 엘리베이터 문이 열렸다. 복도에서부터 밀려드는 조용한 공기에 심장이 빠르게 뛰었다.

"내리쇼."

태형의 고갯짓에 엘리베이터에서 내렸다.

복도에 깔린 카펫이 발소리를 집어삼킨다. 그 덕에 객실로 걸어가는 길에는 아무 소리도 들리지 않았다.

이윽고 객실 문에 태형이 카드 키를 댔다.

도로록-

문이 열리고 환한 빛이 쏟아졌다. 여울이 조심스럽게 그를 따라 객실 안으로 들어섰다.

신발을 벗기도 전에 태형이 제 얼굴을 감쌌다. 입술 선을 따라 느릿하게 움직이는 기다란 손가락에 숨이 멎었다.

손길이 지나간 자리마다 아찔한 감각이 피어올랐다. 전기에라도 오른 것처럼 살덩이가 끝없이 찌릿거린다. 이렇게 계속 심장이 뛰다가 폭발해 버리는 건 아닌지 모르겠다.

"머리 그만 굴리고 나한테 집중해요."

"……."

"다른 거 생각하고 있으면 거슬려."

뜨겁게 피어오르는 열기에 말문이 막혔다.

태형의 입술이든 손가락이든 어서 입에 가득 머금고 싶은 마음뿐이었다.

얼마나 달콤할까.

기대감에 가슴팍이 눈치 없이 부푼다.

들뜬 마음을 누르려고 했으나 가능할 리 없었다. 입술에 묻은 체취가 여울을 흥분시켰기 때문이다. 뜨거운 침이 목구멍을 타고 내려가며 여울의 정신을 혼미하게 만들었다.

"태형 씨도 그랬으면 좋겠어요."

머리로 생각하기도 전에 말이 나온다.

"저하고 있을 때는 다른 사람은 생각 안 했으면 좋겠어요."

쿨하지 못하다는 건 안다.

그래도 확인받고 싶었다. 제가 당신을 지나쳐 간 여러 여자 중에 하나가 아니라는 걸.

제 결정이 결코 잘못되지 않았다는 걸.

"약속할게요."

여울은 기쁜 마음을 숨기지 못했다. 어찌나 마음이 놓이던지

웃음이 절로 터져 나왔다. 아랫입술을 이로 지그시 눌러 봐도 결과는 마찬가지였다.

곧 뜨거운 키스라도 쏟아질 줄 알았는데 태형의 손이 얼굴에서 떨어졌다.

뺨을 적신 열이 사라지는 것 같아 아쉬웠다.

"먼저 씻어요."

"아, 아… 네."

여울은 침실까지 걸어 들어갔다.

편하게 씻으라며 그가 자리를 비켜 줬는데도 잠시간 멍하니 서 있었다. 이런 상황은 처음이었기 때문이다.

일단은 갈아입을 옷을 꺼내야 할 것 같았다. 씻은 다음에 어떻게 할지는 천천히 생각하자 싶었다.

가방을 열고 옷을 뒤적이는데 마음에 드는 옷이 없었다.

이왕이면 예쁘게 보이고 싶은데…….

목이 늘어졌거나 무릎이 튀어나왔거나. 예쁘다는 말과는 거리가 멀었다.

그렇다고 벌거벗고 나갈 수도 없는 일이었고 밖에서 갑자기 옷을 사 들고 올 수도 없었다. 여울은 한참 고민한 끝에 입을 만한 옷을 챙겨 들고 욕실로 들어갔다.

*

샤워를 마치고 나오자 사위가 고요했다.

아무도 없는 것 같다는 생각에 덜컥 마음이 내려앉았다.

태형이 잠깐 자리를 비운 것일 거라는 생각은 들지도 않았다. 혼자 남겨졌구나. 그 생각이 가장 먼저 여울을 괴롭혔다.

"본부장님."

대답 없는 태형을 부르며 이곳저곳을 돌아다녔다.

그러다 마침내 굳게 닫혀 있는 방문 앞에 섰는데 두려움이 불어닥쳤다.

샤워라도 하다가 쓰러졌거나 무슨 일이라도 생긴 건 아니겠지?

나쁜 생각이 여울의 머리를 휘저었다.

가볍게 손을 말아 쥐고 노크를 했다.

"저 들어갈게요."

아무 대답도 없었지만 말했다.

그리고 문을 여는데 방에 붙어 있는 욕실에서 빛이 새어 나왔다.

'설마' 하던 마음이 확신으로 바뀌는 순간이었다.

"저기, 태형 씨."

무슨 말이라도 해 봐요.

"무슨 일 있는 거 아니죠?"

갑자기 엄마가 돌아가신 것이 모두 자신의 탓이라고 혀를 차던 사람들의 목소리가 한꺼번에 몰아쳤다.

태형에게까지 무슨 일이 생긴다면 그것은 자신 때문임이 분명했다.

심장 소리가 귀에까지 들릴 정도로 크게 들렸다.

쿵쿵쿵쿵쿵-

욕실 문고리를 잡은 손에 힘이 들어갔다. 차마 열어 볼 엄두는 나지 않았다. 저를 살리고 바다로 깊이 빨려 들어가던 엄마의 모습이 떠올랐다.

괜찮아.

마지막 순간까지도 엄마는 저를 다독거렸다. 차가운 바닷속에 완전히 잠기던 순간까지도.

하지만 아버지는 달랐다.

엄마의 시신을 찾는 내내 괜찮다는 말은 하지 않았다. 저를 보지도 않았고 손을 잡아 주지도 않았다. 도리어 저를 원망하는 눈빛을 보냈다.

자신이 사랑하는 사람을 잃은 건 모두 너 때문이라고 소리 지르는 듯했다.

그렇게 엄마의 시신이 퉁퉁 불어 발견됐을 때 아버지는 완벽히 무너졌다.

꺽꺽거리며 우는 아버지의 옆에서 어린 제가 할 수 있는 일이라고는 아버지의 옆을 지키는 것뿐이었다. 제게는 눈물이 허락되지 않았으니까.

'추운 것도 싫어하는 사람이……. 왜, 왜 거길 들어가. 왜!'

사실 그날, 울고 싶었다.

엄마가 떠나 버린 게 슬퍼서. 혼자 살아 버린 게 미안해서.

"계속 대답 없으면 저 들어갈 거예요."

여울은 불안한 마음을 잡으며 대답을 기다렸다. 하지만 원하는 목소리는 들리지 않았다.

이대로 기다릴 수는 없었다. 만약 정말 문제라도 생긴 거라면 큰일이니까.

깊게 숨을 내쉬고는 미닫이문을 세게 열었다.

그리고 거기에는 아무도 없었다.

순간적으로 다리에서 힘이 풀렸다. 여울은 문을 붙든 채로 주저앉았다. 동시에 온몸에서 긴장이 풀어졌다.

"여기서 뭐 하고 있어요?"

뒤에서 들리는 태형의 목소리에 울컥했다.

"흡, 하……."

태형을 보자마자 기어코 눈물이 터졌다.

왜 우는 거냐고 물을 수도 있었으나 그는 그러지 않았다. 저를 안고 등을 다독여 주기만 했다.

그 손길이 뭐라고 어린아이처럼 울음이 터졌다.

사실은 아주 오래전부터 울고 싶었는지도 몰랐다. 엄마가 보고 싶다고. 엄마를 잃어서 힘들다고.

*

 욕실 앞에 쭈그려 앉아 얼마나 울었는지 모르겠다. 눈가는 달 듯이 뜨거웠고 잔울음은 조금씩 자취를 감췄다. 사시나무처럼 떨던 몸도 안정을 찾았다.
 마음에 고여 있던 눈물을 전부 쏟아 내는 사이. 태형은 자리에서 한 걸음도 움직이지 않았다.
 가만히 저를 기다려 주는 태형에게 너무도 고마웠다. 그게 결코 쉬운 일은 아니니까.
 "더 울래요?"
 그의 물음에 고개를 저었다.
 "나 없어서 그렇게 서러웠어요?"
 태형이 갑 티슈를 내밀며 농담을 던졌다. 제가 뭣 때문에 울었는지 그가 모를 리 없었다. 눈치라면 누구보다 빠른 사람이 아닌가.
 "먹을 것 좀 사러 내려간 건데."
 그가 바닥에 놓여 있던 편의점 봉투를 들어 보였다.
 "욕실에 계신 줄 알았어요."
 "그런데 문 열었네?"
 "무슨 일이라도 있는 줄 알고······."
 여울은 큼큼거리면서 목을 가다듬으며 티슈를 만지작거렸다. 여전히 코를 훌쩍거리는 채였다.

"걱정 말고 쉬고 있어요. 씻고 올 테니까."

자리에서 일어난 태형이 욕실로 들어갔다. 욕실 문이 열려 있는데도 당황한 기색이 없었다. 도리어 거침없이 벗어젖히는 셔츠에 여울이 놀랐다.

"저는 나가 있을게요."

눈앞에 보이는 태형의 등 근육에 시선이 아래로 떨어졌다.

"계속 보고 있어도 되는데."

"아뇨, 아뇨. 바로 나갈게요."

"봉투에 든 거 먹고 있어요."

태형의 말에 얼른 바닥에 있던 편의점 봉투를 들고 침실을 나갔다.

곧 안쪽에서 물이 떨어지는 소리가 들렸다. 타일 바닥을 때리는 물소리가 제 마음을 벌렁거리게 했다.

거기에는 신경도 쓰지 말자 다짐하며 거실 테이블에 봉투를 내려놨다. 안에는 간식거리가 이것저것 들어 있었다.

초콜릿부터 젤리까지 없는 게 없었다. 꼭 편의점이라도 털어 온 듯했다.

부지런히 봉지 속을 헤집던 여울의 손이 멈칫했다.

"……!"

콘돔 박스가 손에 잡혔기 때문이다.

나머지 간식은 콘돔을 사기 위해 닥치는 대로 집어 담은 게 분명했다. 피임 도구쯤은 아무렇지 않게 살 줄 알았는데 의외다 싶었다.

　작은 박스에서 뿜어져 나오는 아우라에 여울의 두 뺨이 붉어졌다.

*

　태형이 샤워를 마치고 나왔다. 욕실 문을 열자, 허연 김이 침실로 유유히 흘러갔다.

　샤워 가운을 입은 그의 머리칼에서 물방울이 툭- 떨어졌다. 하지만 아랑곳하지 않고 거실 쪽으로 고개를 돌렸다.

　아무 소리도 들리지 않는 걸 봐서는 여울의 울음이 완전히 멈춘 듯했다.

　자신을 보자마자 왈칵 눈물을 쏟아 내던 여울의 얼굴이 여전히 눈앞에 선했다.

　'여기에 태형 씨가 있는 줄 알았는데, 흡, 없어서, 무슨 일이라도 생긴 줄 알고…….'

　그 모습이 머릿속에 강렬하게 자리 잡은 건 누군가 그토록 서럽게 울어 대는 걸 보지 못했기 때문일 거다.

　아니면 제 걱정이 담겨 있어서?

　정확한 이유는 몰라도 편의점을 서성거리느라 늦게 돌아온

게 후회됐다. 기분을 풀어 주겠다고 나름 이것저것 달달한 간식거리를 골라 대느라 늦었는데 이런 사달이 날 줄이야.

[대리님 기분은 좀 풀렸어?]

세면대 위에 올려 둔 핸드폰이 울렸다.
도현의 문자 메시지였다.
기분이 꿀꿀할 때는 단 것을 먹는 게 최고라더니……. 개뿔.

[어.]

태형은 자질구레한 설명은 생략했다.
이 안에서 벌어진 일을 다른 사람이 아는 걸 원치 않았다.
특히 도현에게는 비밀로 남기고 싶었다. 회식 자리에서 여울과 다정하게 대화를 나누던 모습이 어른거렸으니까.

[내일 아침에 서울 올라갈 거니까 갈아입을 옷 미리 준비해 둬.]

필요한 지시 사항만을 남긴 채 핸드폰을 뒤집어 놨다.
오늘 밤은 어떤 연락도 받지 않겠다는 마음이었다.
아버지의 일로도 골치 아팠던 하루하루가 아닌가.

'두 분이 같이 장례식장 방문하신 건 내일쯤 기사로 올라갈 겁니다.'
'나는 할 만큼 했으니 나머지는 아버지가 직접 해결하시라고 하세요.'

태형은 자신이 가진 모든 인맥을 동원해 아버지를 도왔다. 마음이 동해서 한 일이 아니었다. 자신의 회사에까지 영향이 끼치는 걸 막으려면 어쩔 도리가 없었다.

그래서 죽어도 장례식장은 가지 않겠다는 아버지를 데리고 피해자에게 사과했다.

보상과 사과. 그리고 앞으로 이런 일이 다시 없을 거라는 확실한 대책.

아버지가 당연히 해야 했지만 하지 않았던 것들을 대신 챙겼다.

그렇게 어느 정도 숨을 돌리고 나자, 제일 먼저 여울이 떠올랐다.

'좋아하지 않으려고 노력하고 있습니다.'

키스하고 싶어 미칠 것 같으면서.
조금만 건드려도 바람에 나부끼는 깃발처럼 흔들거리면서.
좋아하는 마음을 누를 수 있다고 다짐하는 여울을 단숨에 무너뜨리고 싶었다.

노력 같은 건 통하지 않았다는 말을 원했다.

다른 여자들은 다 그랬으니까.

그러니까, 당신도 그래야지.

짓궂은 마음이 이곳까지 저를 데리고 왔다. 그러니 지금은 오직 여울을 생각하며 시간을 보내고 싶었다.

거실에 앉아 있는 여울이 보였다. 전에 봤을 때보다 몸이 더 작아진 것 같다. 제 안에 쏙 들어오겠다.

발소리를 들었는지 여울이 고개를 들어 저를 봤다.

"아, 저 기다리다가 초콜릿 먹었는데……. 먹어도 되는 거죠?"

이미 찢겨 있는 초콜릿 상자를 들고는 묻는다.

"나하고 있을 때는 하고 싶은 대로 해요."

"그래도,"

"눈치 보면 내가 불편해서."

"죄송합니다."

누가 보면 초콜릿 가게라도 통째로 턴 줄 알겠네.

여울의 모습에 실없이 웃음이 터졌다. 애써 부여잡고 있던 욕망도 살살 풀어지는 기분이다.

숨이 차서 헐떡거릴 만큼 그녀의 입술을 머금고 싶다. 잔머리가 말라붙어 있는 목덜미를 붙잡고 혀를 밀어 넣는 것도 좋겠다. 뜨거운 수증기라도 차오른 듯 서로에게 젖어 들 입김마저 기대됐다.

"하나 드릴까요?"

이성의 고삐를 붙들 필요도 없었다.

자신을 탐해 달라고 달려든 여자가 아닌가. 그리고 자신은 지금 여울의 몸이 필요하고.

태형이 그녀의 목을 휘감았다. 혀에서 번져 드는 단 기운이 금세 태형까지 사로잡았다. 드문드문 들리던 파도 소리는 금세 숨소리에 파묻혔다.

"벌려요."

헉헉거리는 여울의 불규칙한 숨이 듣기 좋았다. 제게 녹아들고 있다는 게 고스란히 느껴지니까.

손에 힘을 주고, 그녀를 제 쪽으로 더욱 가깝게 당겼다.

무느럽세 혀를 굴려 대다가 세게 여울의 혀를 탐했다. 끈적끈적하게 미끄러져 들어오는 타액이 몹시도 맛있었다.

그래.

자신이 바란 게 이런 거다.

아무 생각도 들지 않게 만드는 쾌락.

개만도 못한 새끼한테 잡아먹히고 있는 주여울.

비이상적인 상황에서 태형은 비로소 살아 있음을 느끼고 있었다.

"하, 아… 읍."

여울에게 숨을 돌릴 틈조차 주지 않았다. 타는 갈증을 누를 방법이 그녀밖에 없었다.

며칠간 자신을 괴롭히던 일들이 아스라이 멀어지며, 머리를 맑게 했다.

볼우물이 팰 만큼 강하게 여울의 입술을 삼켰다.

여린 살덩이를 깨물자 그녀가 움찔거렸다. 풋사과를 베어 문 듯 청량한 향기가 번져 들어 저를 잡아끌었다.

가뿐히 그녀를 안아 올려 제 허벅지에 앉혔다. 그러면서도 입맞춤을 멈추지 않았다.

매끄러운 목을 따라 내려가는 그의 입술이 끝없이 살덩이를 삼켜 댄다.

"여기서, 아흐응······."

싫다는 말은 듣고 싶지 않았다. 당신에게서 듣고 싶은 건 신음뿐이다.

감미로운 감촉을 느끼듯 태형의 손가락이 그녀의 셔츠 밑단을 들었다. 손이 스칠 때마다 보드라운 살결이 바르르 떨렸다.

사분히 여울의 가슴에 얼굴을 파묻자, 힘차게 뛰는 심장 소리가 코앞에서 들렸다.

"태형, 앗, 흥······."

자신을 부르는 소리가 미치도록 달다. 계속 괴롭히고 싶을 만큼.

"그, 그만······. 웃!"

"그만하고 싶어요?"

계속 하고 싶잖아.

"정말 그래, 여울아?"

태형은 약간 뒤로 젖힌 그녀의 턱 끝을 잡았다. 그러고는 어서 진심을 말하라는 눈빛을 날렸다.

저를 바라보는 여울의 가슴팍이 들썩거렸다.

이렇게 야한 얼굴을 하고서 멈춘다고 하는 건 반칙이지.

"…아뇨."

제가 원하던 대답이 터졌다.

자제력을 잃은 태형이 그녀의 티셔츠를 순식간에 벗겨 냈다. 브래지어에 소담하게 담긴 가슴이 그를 자극했다.

속옷을 아래로 끌어 내리자 가슴이 탐스럽게 흘러내렸다.

가슴 한쪽을 움켜쥐고는 입에 머금었다. 부드러운 살덩이가 저를 흥분시켰다. 여울의 향기를 모두 가져갈 것처럼 가슴을 빨았다.

츕츕거리는 소리가 외설스러웠으나 멈추지 않았다. 여울의 몸이 쾌락에 움지럭거리는 게 느껴졌기 때문이다.

빳빳하게 변한 젖꼭지에 혀를 붙이고 돌돌 굴렸다.

"아하아앙……."

여울이 허리를 들썩거리며 저를 안았다.

고작 이런 걸로도 흥분하면 앞으로는 어떻게 하려고.

얄궂은 생각을 현실로 만들 마음이었다. 단숨에 몸을 돌려 여울을 소파에 눕혔다.

여기서 끝날 거라면 애초에 시작조차 하지 않을 거라는 듯 집요하게 그녀의 살덩이를 삼켰다. 말랑한 가슴과 우묵하게 들어간 배꼽.

그리고 그 아래로 보이는 열감 넘치는 은밀한 곳.

태형은 그녀의 두 무릎을 세웠다.

"잠, 깐만요."

뭔가를 직감한 여울이 마음의 준비라도 하겠다는 것처럼 외쳤다.

하지만 잠깐 같은 게 있을 리 만무했다.

저러다가 모든 걸 끝내고 싶다는 말이라도 나올까 사실 걱정됐던 것도 같다. 태형은 원하는 대로 해 주지 못하겠다는 듯 씩- 웃었다.

거침없이 여울의 허벅지를 붙잡고는 두 다리로 얼굴을 묻었다.

팬티 위로 번지는 뜨거운 입김에 여울이 신음을 토했다.

"아항, 흐응……."

이 다음은 어떻게 될지 보고 싶어 죽겠잖아.

"태형……. 아앗!"

태형은 속옷을 살짝 올리고는 얼굴을 들이밀었다. 혀를 밀어 넣으며 제 존재를 알렸다. 입김과 미끌거리는 액체가 끝없이 뒤섞였다.

여울의 다리가 바르르 떨리는 게 고스란히 전해졌다.

그럴수록 태형은 더욱 깊이 안을 파고들었다. 뜨겁게 달아오른 몸이 금방이라도 저를 받아들일 준비가 되어 있다고 속삭이는 듯했다.

"하으아앙……."

고개를 들자 전희에 휩싸여 있는 여울이 보였다.

붉어진 얼굴이 미치게 아름다웠다. 예쁘다는 말로는 담아낼 수 없는 느낌이었다.

얇은 여울의 속옷을 단박에 벗겨 내고는 콘돔을 집어 들었다. 그녀의 모든 걸 집어삼키고 싶은 마음이었다.

콘돔에 곧게 선 페니스를 밀어 넣었다.

"아프면 말해요. 말 안 하면 절대 못 뺄 것 같으니까."

"아, 읏!"

대답을 듣기도 전에 좁다란 구멍에 자신의 것을 쑤셔 넣었다.

"하……."

낮은 신음이 동시에 울려 퍼졌다.

긴장한 건지 흥분한 건지 여울이 아랫도리를 꽉 조였다.

움찔거리는 느낌이 좋다. 계속 괴롭히고 싶게.

"태형, 씨……."

자신의 이름을 부르는 것조차 사람을 미치게 한다.

강태형. 강태형…….

귓가에 속삭이는 목소리를 입 안 가득 담았다. 뜨겁게 붙었던 입술이 떨어지며 두 사람을 달아오르게 했다.

살이 부딪히면서 지걱거리는 소리가 야하게 울려 퍼졌다. 퍼런 핏대가 팔에 돋아날 만큼 여울을 탐했다.

제 허리를 붙든 그녀의 손에도 덩달아 힘이 들어갔다.

희열이 터져 나와 두 사람을 단숨에 집어삼켰다.

허리를 흔들어 대면서 여울의 세상을 뒤흔들었다. 거칠어진 숨소리가 헉헉거리며 떨어져 내렸지만 상관없었다. 자신의 것을 깊이 박아 버리고 싶다는 생각뿐이었으니까.

정신을 차리지 못하는 여울을 내려다보는 것도 나쁘지 않았다.

여울의 온몸에 자신만 남기를 바랐다.

다른 것에는 관심도 주기 싫을 만큼 온통 자신에 대한 생각으로 가득 차길.

수백 미터를 달린 것처럼 거칠어진 호흡 끝에서 찌릿한 감각이 쏟아졌다.

절정.

자신의 아래에서 버티고 있는 여울마저 아랫입술을 잘근 깨물고 있었다. 그것이 흥분을 누를 수 있는 마지막 보루라도 되는 것처럼.

그러나 갑작스럽게 올린 벽은 금방 허물어지기 마련이다.

"읍!"

"아."

외마디 신음과 함께 그대로 희멀건 액체를 쏟아 냈다. 참아 왔던 열기를 한 번에 토해 낸 느낌이다.

여울에게 박혀 있던 남근을 빼냈다. 여전히 팽팽한 제 것에서 뜨거운 열기가 쏟아졌다.

태형은 소파에서 내려와 콘돔을 뺐다. 그러고는 미니바를 열고 여울에게 물을 건넸다. 숨을 돌리라는 나름의 배려였다.

"저는 괜찮아요."

그러나 여울은 바닥에 있던 옷가지를 들어 몸을 가리며 얼굴만 붉혔다.

"먼저 씻을래요?"

"먼저 씻으셔도 돼요."

여울의 대답에 고민도 없이 욕실로 걸음을 옮겼다.

다정한 말 한마디 같은 건 그들 사이에 존재하지도 않았다.

*

여울의 체력은 완전히 바닥났다. 손 하나 까딱할 힘도 없었다. 만약 태형에게 백기를 흔들지 않았더라면 지금도 그의 품에서 벗어나지 못했을 거다.

어찌나 힘이 빠졌는지 금방이라도 잠들 것 같았다.

그런데도 여울은 눈에 바락 힘을 주고 깨어 있으려 했다. 자신의 옆에 태형이 누워 있는 게 꿈 같았기 때문이다.

잠에서 깨어나면 사라질 그런 꿈.

"여기 왜 다쳤는지 물어봐도 돼요?"

태형의 얼굴을 훑던 여울이 조심스럽게 입을 뗐다. 눈 아래 남아 있는 상처가 전부터 궁금했다.

"꽃병에 맞았어요."

"누가 그랬어요?"

"누군지 말하면 혼내 주려고요?"

"네."

여울의 눈빛이 제법 비장했다.

"우리 아버지라도?"

"아버지가 그러셨다고요?"

"성격이 있는 분이라."

아무리 그래도 그렇지. 곱상한 얼굴에 흠집을 낼 줄이야.

"다음에 또 그러시면 저 부르세요."

"우리 아버지하고 대판 해 보려고요?"

"제가 대신 맞게요."

"별로 좋은 방법은 아니네."

"여자는 안 때리지 않으실까요?"

"때려요."

주저 없이 나오는 대답에 여울이 살짝 놀랐다.

설마 자기 아내도 때린 건가. 그래서 일찍이 이혼하고 그의 어머니가 네 번이나 재혼하신 건 아니겠지.

"갑자기 무서워졌어요?"

"아뇨. 그건 아니고,"

"걱정 마요. 내 거에 상처 내는 꼴은 못 보니까."

내 것.

사람이 물건도 아니고.

그 말이 응당 거슬렸어야 맞았다.

그런데 이상하게도 태형이 말한 '내 것'이라는 말이 듣기 좋았다. 정말 제가 이상해져 버린 건가.

"피곤한 것 같은데 자요."

괜찮다 말했지만 여울의 숨소리는 조금씩 가라앉았다.

이불 속이 너무 따뜻한 데다가 기운이 빠져나간 게 한몫했던 것 같다. 태형에게서 나는 향조차 좋아서 자꾸 눈이 감겼다.

"자요."

아니리는 말을 한 것 같기도 하고 하지 않은 것 같기도 했다.

너무도 피곤해서 모든 게 꿈인 듯 아득했다.

"내일 또 봐요."

여울은 이 시간이 끝나지 않기를 바라며 결국 눈을 감았다. 부디 내일 아침에 눈을 뜨면 태형이 있기를 바랐다.

태형이 눈앞에서 신기루처럼 사라져 버리는 건 원하지 않았으니까.

*

커튼 사이로 빛이 밀려들었다. 윗몸을 일으킨 여울이 두 손으로 얼굴을 쓸어내렸다.

'앗, 하아… 더, 더 할래요.'

 어젯밤 기억이 뇌리를 스쳤다. 태형의 어깨를 깨물고, 가슴팍에 뜨거운 숨을 몰아 내쉬던 것 모두.
 순간 몽롱했던 정신이 번쩍 들었다.
 여울은 본능적으로 고개를 내리고 이불을 들췄다. 배꼽 근처에 선명하게 붉은 흔적이 남아 있었다. 아랫배도 묵직한 걸 보니 태형과의 하룻밤이 꿈은 아니었나 보다.
 분명 생각지 못한 밤이었다.
 그런데도 이상하게 마음이 홀가분했다. 처음에는 뭔가 잘못됐다는 마음에 그렇게나 혼란스러웠는데…….
 '태형 씨는 어디 갔지?'
 여울이 비어 있는 옆자리를 봤다.
 침실을 나가기 전에 욕실로 들어갔다. 얼굴이나 머리카락이나 엉망진창이었다.
 어떻게든 지금의 모습을 수습하려고 온갖 난리를 피웠다. 완벽하지는 않아도 엉망인 상태로 태형을 마주할 수는 없지 않나.
 욕실을 나와 옷매무시를 마지막으로 다듬었다.
 마침내 쿵쾅거리는 마음을 달래면서 침실 문을 열었을 때. 제 앞에 보이는 건 태형이 아니었다.

"······?!"

상대의 얼굴을 확인한 여울의 눈이 커졌다.

"일어나셨어요?"

"도현 씨가 여기는 어떻게 오셨어요?"

저도 모르게 말을 더듬거렸다.

"본부장님은 새벽에 서울 올라가셨습니다."

도현은 차분하게 상황을 설명했다.

태형이 어째서 서울로 올라갈 수밖에 없었는지 이해 못할 바도 아니었다. 어머니의 일이라지 않나. 그런데도 다른 사람에게서 소식을 듣게 만드는 태형에게 왠지 모르게 서운한 마음이 들었다.

미리 제게 말했다면 다 이해했을 거다.

절대 붙잡지 않았을 텐데 그런데… 꼭 비밀로 해야만 했을까.

"비서님은 같이 안 올라가 보셔도 돼요?"

"가끔은 혼자 두는 게 나을 때도 있거든요."

아무 걱정 말라는 듯 도현의 눈이 곱게 휘어졌다.

"아! 아침 사 놨는데 지금 드시겠어요?"

"비서님은요?

"저는 괜찮은데 혹시 말동무 필요하면 해 드릴게요."

"그러면 저 바로 씻고 나올게요. 같이 먹어요."

여울은 민망한 마음을 지워 내려 곧장 침실로 돌아갔다.

웬만하면 다 좋게 생각하기로 했다.

어찌 됐든 혼자 남아 있는 제가 걱정돼서 도현을 이곳까지 내려보낸 것이 아닌가. 태형 나름대로는 호의를 베풀려는 마음이었을 거다.

그러니, 서운한 것도 없다.

제9장
조금도 특별하지 않은

원래 계획대로라면 식사를 하고 곧장 서울로 올라갔어야 했다.

"저 이 근방에 꼭 가 보고 싶은 데가 있었는데 가 봐도 될까요?"

다른 길로 빠진 건 도현의 한마디 때문이었다.

"회사로 안 들어가 보셔도 돼요?"

"콧바람 많이 쐬고 내일 들어가려고요."

"주말에 대체 근무하시는 거예요?"

"어쩌다 보니 그렇게 됐네요."

도현은 별일 아니라는 듯 어깨를 으쓱였다.

그에게는 놀랄 것도 없는 일이었다. 밤이든 낮이든, 공휴일이든 주말이든 일이 생기면 언제든지 달려가야 하는 것이 자신의 일이니까.

그런 저를 걱정하는 여울의 마음이 좋았다.

"곽 비서님만 괜찮으시면 저도 좋아요. 저도 마침 시간이 많거든요."

저를 배려하는 말이라는 걸 안다.

정지 신호에 멈춰 선 도현이 고개를 돌려 그녀를 봤다.

차창으로 들어오는 빛이 여울의 얼굴에 스몄다. 강 위에 반짝거리는 물비늘처럼 해말갛게 번지는 그녀의 미소가 빛났다.

상대마저 웃음 짓게 만드는 희고 곱다란 미소였다.

태형이 왜 회사 일을 제쳐 두고 이곳까지 내려왔는지 충분히 알 것 같았다.

태형의 곁에 단 한 번도 존재하지 않았던 빛 조각이 눈앞에 있는데, 녀석이 가만히 놔둘 리 만무했다. 자신에게 얼룩이 묻더라도 손아귀에 쥐어야 하는 사람이 아닌가.

"근데 어디 가고 싶은 거예요?"

"바다 보고 싶어서요."

"바다는 저쪽으로 가야 있는데."

여울이 왼쪽을 가리켰다.

"이번에는 멀리서 한 번 볼까 하고요."

제 대답을 알지 못하겠다는 듯 여울의 고개가 한쪽으로 갸울어졌다.

*

도현의 차가 넓은 주차장으로 들어섰다.

주차장으로 들어서자마자 여울은 그가 어디로 가겠다는 건지 단박에 알아챘다.

높은 곳에서 동해를 내려다볼 수 있어서 사람들이 자주 찾는 절이었다. 소원을 들어준다는 얘기도 이곳을 유명하게 하는 데 한몫했을 거다.

여울은 이곳에 이모와 처음으로 같이 왔었다.

어머니가 돌아가신 다음 해였다.

아버지의 눈치를 보는 제가 불쌍해서 어디든 데려가고 싶었던 것 같다.

높은 곳에 서서 바다를 내려다보면서 숨통이 트인다는 의미를 처음으로 깨달았다.

"제가 너무 센스 없죠? 날도 추운데 바다나 보자고 하고."

운전석에서 내린 도현이 대뜸 사과를 날렸다.

"그냥 카페나 갈까요?"

"아뇨. 여기까지 왔는데 바다는 보고 가야죠."

"그럼 이거라도 가지고 있으세요."

그가 주머니에서 핫 팩을 꺼내 제게 건넸다.

"주머니에 손 넣고 있으면 돼요."

"그래도 핫 팩 들고 있는 게 따뜻해요."

"괜찮은데,"

"속는 셈 치고 제 말 한 번만 들어주는 걸로 해요. 주머니에 손 넣고 다니면 위험하니까."

어물거리던 제 손에 기어코 핫 팩을 쥐여 주었다. 온기가 놀라울 정도로 빠르게 손바닥을 적셨다.

"주머니에 계속 가지고 계셨던 거예요?"

여울은 질문을 던지며 핫 팩을 돌려줄 타이밍을 노렸다.

"자주 가지고 다녀요. 본부장님이 추운 걸 워낙 싫어하셔서."

"전혀 몰랐어요."

"뭐든지 티 내는 사람이 아니라 그럴 거예요."

"저도 핫 팩 많이 들고 다녀야겠어요."

여울이 핫 팩을 살짝 흔들었다. 쇳가루가 부직포에 부딪히면서 삭삭- 소리가 났다.

저도 모르게 나온 본심에 입가에 웃음이 번진지도 몰랐다. 태형에 대해 새로운 사실을 알게 됐다는 게 왜 이리 즐거운지.

그에 관한 얘기를 나누며 그들은 산 위로 올라갔다.

빈 나뭇가지 사이로 들이치는 바람이 제법 강했다. 도현은 바람이 부는 쪽에 서서 제게 찬바람이 가지 않도록 배려했다.

다정한 남자라면 사족을 못 쓰는 지혜가 봤더라면 엄지까지 치켜들고 그를 칭찬했을 거다.

"굴 좋아하세요?"

"제가 굴은 못 먹어서요."

도현과의 대화가 자연스럽게 일상적인 얘기로 넘어갔다.

"맛이 없어서요? 아니면 알레르기?"

"저 알레르기요. 다른 건 다 괜찮은데 굴만 그러더라고요. 제가 어렸을 때 굴 알레르기 있는 줄 모르고 먹었다가 큰일이 날 뻔했대요. 엄마가 바로 응급실에 달려갔다구."

"어머님이 많이 놀라셨겠어요."

"그런 것 같아요. 응급실에 갔을 때, 글쎄 맨발이셨대요."

여울의 입술 사이로 쓴웃음이 흘렀다.

만약 제가 어렸을 때 일찍 철이 들었다면 엄마의 운명은 바뀌었을까.

'저게 아기 때부터 지 엄마를 그렇게 놀라게 하더니, 쯧쯧.'

맨발의 엄마는 자신을 살렸지만, 맨발의 자신은 엄마를 죽였다.

"지금은 돌아가셔서 그게 사실인지 직접 물어볼 수는 없지만요."

꼭대기에 다다른 여울이 양쪽 입꼬리를 힘껏 끌어 올렸다.

태형이 제 사정을 이미 그에게 말했을 거라 생각했다. 친한 친구이자 종일 붙어 있는 사람이 아닌가.

"제가 괜한 말을 꺼내서……. 죄송해요. 몰랐습니다."

그런데 예상외로 태형은 아무 말도 하지 않았던 것 같다. 뭘 그렇게 대단한 일이라고. 그것마저도 저를 감동하게 만든다.

"곽 비서님이 알고 얘기하신 것도 아닌데요, 뭘. 그리고 엄마 얘기는 제가 먼저 꺼냈구요."

미안할 일이 아니라는 듯 여울이 두 손을 내저었다.

그랬다고 도현의 얼굴에서 미안한 기운이 쉽게 가시지 않았지만.

"맛있는 아침도 사 주셨으니까 그걸로 퉁쳐요, 저희."

"저녁도 사 드릴게요."

"그건 다음에 얻어먹을게요. 여기까지 내려와 주셨는데 저녁은 제가 대접하고 싶어서요."

"괜찮은데."

"제가 그러고 싶어서 그래요. 저녁 메뉴는 차차 생각하고 일단 계속 올라갈까요? 저기가 정상이거든요."

두 사람의 걸음이 부지런히 움직였다.

그리고 마침내 정상에 다다랐을 때. 눈앞에 바다가 펼쳐졌다. 차가운 바닷바람은 단숨에 잊을 만큼 풍경이 장관이었다.

바다와 하늘이 한 폭의 그림 같았다.

"와아."

제아무리 감정 없는 사람이라도 여기서는 감탄을 터뜨릴 수밖에 없을 거다.

깊이 숨을 들이마시자 짠 내가 훅- 풍겨 왔다. 시원한 바람에 속이 뚫리는 기분이었다. 잠시나마 태형에게 가졌던 서운한 마음도 털어지는 듯했다.

가만히 눈을 감은 여울의 머리카락이 바람결을 따라 일렁거렸다.

도현의 시선이 그녀의 쪽으로 돌아갔다.

태형을 생각하는 여울에게는 그 눈빛이 느껴지지도 않았지만.

"비서님 따라서 올라오길 잘한 것 같아요."

도현은 그녀가 자신을 쳐다보자 멀찍이 바다를 보는 척했다.

"비서님도 마음에 드세요?"

"많이요."

"괜찮죠?"

"네. 생각했던 것보다 더 예쁜 것 같아요."

두 사람의 시선이 바다에 머물렀다.

그렇게 얼마나 서 있었을까.

멀찍이 있는 바다에서 눈을 떼자 곳곳에 돌탑이 보였다. 사람들의 소망이 가득 담겨 있는 돌들이었다.

평소라면 관심을 보이고 끝났을 테지만 오늘은 그 소원의 힘을 믿고 싶었다.

그래서 여울은 돌을 찾아 고개를 두리번거렸다.

"뭐 찾아요?"

"작은 돌요. 돌탑에 쌓아 보려구요."

"이만 하면 돼요?"

도현이 작은 돌멩이를 들어 보였다.

"곽 비서님 거는 제가 찾아 드릴게요."

호기로운 말과 달리 돌멩이를 찾는 여울의 솜씨는 좋지 않았다.

돌탑 위에 잘못 올렸다가는 전부 와르르- 무너질 것 같은 크기의 돌밖에 보이지 않았다.

"이 정도 크기면 되죠?"

이번에도 도현이 곧바로 문제를 해결했다.

결국 여울은 고맙다고 말하며 그가 준 돌을 받았다.

소중한 보물이라도 다루듯 돌멩이를 들고 돌탑 앞에 섰다. 수많은 돌탑 중에 가장 먼저 눈에 띈 것이었다.

제자리에 쭈그려 앉아 돌 쌓기에 집중했다.

숨까지 죽이고 가까스로 중심을 맞췄다. 마지막까지 조심스럽게 손을 떼자 뿌듯함이 쏟아졌다.

"됐다."

"대리님, 소원."

"아!"

도현이 아니었다면 소원을 빌었다고 착각했을지도 몰랐다.

황급히 두 손을 잡고 눈을 감았다.

주변 사람들의 건강과 안녕을 빌지 않았다. 여울은 태어나서 처음으로 자신을 위한 소원을 빌었다.

강태형 씨가 저를 좋아하게 해 주세요.

제가 관계의 끈을 놓는다고 해도 모든 게 끝나지 않게 해 주세요.

쉬운 일이 아니라는 걸 알면서도 꼭 그 소원이 이루어지기를 바랐다.

그렇게 간절한 마음을 털고는 살며시 눈을 떴다.

"뭐 비셨어요?"

"대리님은요?"

"어… 다들 건강했으면 좋겠다고 빌었어요."

거짓말이 술술 나왔다.

"그 소원 이뤄질 거예요."

"네?"

"저는 주 대리님 소원 들어 달라고 빌었거든요."

"안 그러셔도 되는데."

"힘이 합해지면 좋잖아요. 대신 다음에 소원 빌 때는 대리님이 저 도와주세요."

"무조건 빌어 드릴게요."

여울이 조막만 한 주먹까지 불끈 쥐고는 대답했다.

제 바람이 정말로 이루어지는 게 아닐까, 아주 잠깐 기대가 솟아올랐던 것도 같다.

"추운데 이제 내려갈까요?"

도현은 발간 여울의 코끝을 보며 물었다.

"얼른 내려가서 따뜻한 거라도 마셔야겠어요."

두 사람이 산 아래로 발길을 돌렸다. 올라갈 때는 시간이 꽤 걸리는 것 같았는데, 내려오는 건 순식간이었다.

도현은 차에 타자마자 히터를 켰다. 그 덕에 차 안의 공기가 조금씩 따뜻해졌다.

시린 손을 비비며 여울은 핸드폰을 꺼냈다.

태형에게서 연락이 오지 않았을까 약간 기대했는데 문자 메시지조차 없었다. 어머니 일로 아직 바쁜 모양이다.

안 그래도 바쁜 사람을 괴롭히지 말자 다짐하던 때였다.

회사 단체방에 느닷없이 강태형 석 자가 등장했다.

[차선율 과장님: 강태형 기사 나한테 보내 봐. 팀장님 보여 드리게.]
[민아 씨: 보내 드려요.]
[「장보 건설 장재구 회장, 아들과 함께 피해자 빈소 방문」, 「장보 건설…… '더 이상의 피해자 없도록 안전관리시스템 도입할 것'」]
[차선율 과장님: ㅇㅋ]

민아가 보낸 링크를 열었다.

기사를 열자마자 조문을 하는 태형의 모습이 대문짝만하게 보였다.

차 과장이야 이번 일로 콜라보에 문제라도 생기는 건 아닌가 걱정하는 것 같았지만 제게는 태형 말고는 아무것도 중요하지 않았다.

어제 이런 일이 있었다는 걸 전혀 알지 못했다.

태형이 얼마나 힘들었는지도 모르면서 눈물이나 질질 짜냈다니. 말도 없이 사라져 버렸다고 서운해하기나 하고······.

스스로가 한심스럽기 짝이 없었다.

뭔개소문 10분 전

부자가 쇼를 하네.

> ㄴ 내 말이ㅋㅋ
>
> ㄴ 그나마 쇼라도 하니 다행.
>
> ㄴ 응. 그래도 안 사~~
>
> ㄴ 배다른 형제들은 안 옴?

줄줄이 이어지는 댓글에 여울의 미간이 구겨졌다.

잘못을 한 건 태형이 아니었다. 그의 아버지지. 그런데 어째서 불똥이 엉뚱한 곳으로 튀는 걸까.

어딘가 모르게 핀트가 어긋나고 있는 기분이 들었다.

심술 맞은 마음이 올라와 여울은 저도 모르게 끝없이 신고 버튼을 눌러 댔다.

태형이 악플을 하나도 볼 수 없었으면 좋겠다.

"무슨 일 있으세요?"

"본부장님 기사 봤는데 댓글이 너무 매워서요. 심한 욕도 많고요."

입에 담지도 못할 말이 한두 개가 아니었다.

"댓글들 다 보시지는 않으시죠?"

"볼 거예요."

"다요?"

"아마도."

"차라리 보고드리는 게 낫지 않을까요? 악플을 바로 보면 왠지 마음 상하지 않을까 해서."

"뭐든 다 직접 확인하는 성격이라."

도현이 어쩔 수 없다는 듯 대답했다.

결국에는 신고밖에 답이 없겠구나 싶어 여울의 손길이 다시 분주해졌다.

제아무리 덤덤해 보이는 태형이라고 해도 속은 그렇지 않을지도 모른다. 모든 상처는 적응되지 않는 법이니까.

*

집에 돌아온 여울은 짐도 풀지 않고 핸드폰만 붙들고 있었다.

「넬 하딘 특별전: 빛의 조각」

예매 사이트에서 가장 인기 많은 전시회를 골랐다.

사실 전시회 내용이 어떤 것이든지 여울에게는 중요하지 않았다. 태형을 불러낼 이유가 필요했을 뿐이다.

어쭙잖게 위로를 하는 것보다는 즐겁게 하루를 같이 보내는 게 나을 거라 생각했다.

물론 태형의 얼굴을 보고 싶은 마음도 있었다.

문제는 예매를 끝냈는데도 선뜻 연락을 하지 못하겠다는 거였다. 공연히 거치적거릴 것 같았기 때문이다.

[강태형 본부장님]

자신의 마음이 가닿기라도 한 걸까. 태형에게서 전화가 걸려 왔다.

생각지도 못한 연락에 서둘러 전화를 받았다.

-나예요.

나른하게 번져 드는 목소리가 반가웠다.

"곽 비서님한테 들었어요. 일 때문에 일찍 올라가셨다고."

-나 없어서 서운했어요?

너무 서운했어요.

"아뇨. 일이 중요하잖아요."

진심이 쉽게 숨겨지지 않는다.

-나는 좀 서운하던데.

"네?"

-금방 나 잊어버린 것 같아서.

"곽 비서님한테 들으셨어요?"

-좋은 데 가고 맛있는 것도 먹었다고 그러던데.

"그냥 올라가기가 죄송해서요. 가는 길에 바다도 좀 보고 차도 마셔야겠다 싶었는데. 어쩌다 보니까 같이 저녁도 먹게 됐어요."

-자세하게 설명할 필요 없어요.

제가 뭘 했는지 궁금하지 않은 걸까. 이미 도현에게 다 들어서?

-주여울 씨 사생활이니까.

아니다.

이건 단호하게 우리 관계에 선을 긋는 거다.

자신의 사생활 또한 간섭하지 말라는 뜻이기도 하니까.

"저녁은 드셨어요?"

서운한 마음이 드러나기라도 할까. 여울이 서둘러 화제를 돌렸다.

-있는 거 대충 먹었어요.

"든든하게 드셔야 되는데."

-그럼 내일 같이 점심 먹을래요? 혼자 먹으려니까 영 입맛이 안 도네.

기회다.

"아! 그러면 혹시……."

여울이 곧장 말을 못 하고 머뭇거렸다. 거절이라도 당할까 봐 내심 무서웠다.

-혹시 뭐요?

"다른 건 아니고 제가, 어… 전시회 티켓이 생겼거든요."

-나하고 같이 보자고?

"혹시 시간 되시면요. 바쁘시면 괜찮아요. 저도 우연히 생긴 표라 부담 가지실 필요 전혀 없어요."

-같이 봐요.

거절할지도 모른다는 두려움이 단숨에 날아갔다.

얼마나 대단한 작가의 전시회인지 설명해야 하나 싶었는데 거기까지 가지 않아서 다행이라 생각했다. 길게 얘기하다가는 이 작가에 대해 조금도 모른다는 걸 들킬 게 분명하니까.

조만간 태형을 볼 수 있다는 생각에 너무 좋아서 하마터면 소리를 지를 뻔했다. 이미 속으로는 몇 번이고 행복의 비명을 내질렀다.

"그러면 내일 두 시에 봬요."

-그래요.

태형과 단숨에 약속을 잡고 전화를 끊었다.

첫 데이트나 다름없는 일에 웃음이 쉴 새 없이 터져 나왔다. 이래서야 오늘 밤에 잠이나 잘 수 있을지 모르겠다.

*

백림미술관.

미술관 부지가 제법 컸다. 중앙에 놓여 있는 조형물마저 거대하다.

일찍이 미술관에 도착한 여울은 조형물 주변을 배회하며 태형을 기다렸다. 태형을 기다리는 시간마저 좋았다.

그렇게 얼마나 지났을까.

검은색 터틀넥 스웨터에 코트를 걸쳐 입은 태형이 나타났다. 특별할 것이 없는 차림인데도 사람들의 시선을 끌기에는 충분했다.

그를 보면 패션의 완성은 얼굴이라는 걸 완벽히 이해할 수 있을 것 같았다.

"많이 기다렸어요?"

"아뇨, 아뇨. 저도 방금 왔어요."

또 거짓말했다.

"추운데 들어가죠."

여울은 두근거리는 마음을 누르며 태형을 따랐다. 인기 있는 전시회답게 입구부터 사람들이 북적거렸다. 오디오 가이드마저도 일찍이 대여가 끝났을 정도였다.

가이드 앱을 미리 다운 받은 게 다행스러웠다.

미리 준비하지 않았더라면 어쩔 줄 모를 뻔했다. 비록 철저한 준비성도 인파 앞에서는 속수무책이었지만.

대기 번호를 받아 들고 입장 순서가 돌아오길 기다렸다.

"죄송해요. 제가 너무 사람 많을 때를 골랐나 봐요."
"관장 욕심이죠."
태형이 제게 가까이 얼굴을 들이밀었다.
"여기 미술관 관장이 욕심이 좀 많거든요."
비밀스러운 이야기를 하려던 것뿐인데 심장이 눈치 없이 펄떡거렸다.
그가 다시 제자리로 돌아갔다.
뜨거운 입김이 밀려왔다가 순식간에 사라졌다.
"기다리는 동안 주변이나 한 바퀴 돌까요?"
"아, 네."
태형은 어딘가 모르게 미술관이 익숙한 듯했다.
자주 왔나. 어린 시절부터 여러 미술품과 친하게 지냈을지도 몰랐다.
"여기 미술관에 와 본 적 있으세요?"
"가끔요."
"전시회 좋아하시나 봐요."
"그건 아닌데 미술관에 올 일이 많았어서."
무슨 일인지 모르겠다는 듯 여울이 고개를 갸웃거렸다. 그러다가 자세한 이유를 묻는 건 실례인가 싶어 화제를 돌리려 했다.
"할머니가 그림을 좋아하셨어요."
그런데 태형은 별일이 아니라는 듯 자신의 얘기를 풀었다.

"보는 것만큼 사 놓는 것도 좋아하셨고."

그는 할머니를 따라 이곳에 자주 왔다고 했다.

어릴 때부터 거닐었다는 곳을 따라 걷자, 문득 그의 어린 시절이 궁금해졌다.

얼마나 귀여웠을까.

지금처럼 어른스러웠을지도 몰랐다. 말괄량이보다는 점잖은 쪽이 태형과 더 잘 어울렸다.

"미술품 수집이 취미셨나 봐요."

"그것 말고는 즐거움이 없으셨을 테니까요."

뒷말을 가만히 기다렸으나 태형은 더 이상 말을 잇지 않았다. 아니, 더 설명할 기회도 없었다.

"태형아!"

누군가 그를 불렀기 때문이다.

두 사람의 고개가 소리가 들리는 쪽으로 돌아갔다. 거기에는 곱게 차려입은 중년의 여자가 있었다.

태형에게 누군지 물어볼 필요도 없었다. 누가 봐도 강태형의 어머니였으니까.

"여기는 어쩐 일이세요?"

"나야 최 관장 만나러 왔지. 아들은?"

"전시회 보러 왔습니다."

"넬 하던 전시회?"

꼭 '네가?' 하고 믿을 수 없다는 투였다.

"예."

그 반응에도 태형의 표정에는 변화가 없었다. 얼마나 온화하던지 당황스러운 기색은 조금도 느껴지지 않았다.

도리어 여울만 어떻게 해야 하나 싶어 안절부절못했다. 동상이라도 된 것처럼 가만히 있어야 하나. 아니면 슬그머니 자리에서 벗어나야 할까?

눈치껏 빠져 보려고 했으나 좀처럼 기회가 나지 않았다.

"옆에 아가씨는 누구?"

"거래처 직원입니다."

태형은 고민할 필요도 없다는 듯 곧바로 대답했다.

간단한 관계 정리였다.

따지고 보면 틀린 말은 아니니 서운할 것도 없어야 했다. 자신들이 사귀고 있거나 특별한 사이는 아니지 않나.

서로 끌리는 대로 만나고 헤어지는 사이라고 하기에도 애매모호했다. 가벼운 관계를 태형의 어머니가 이해할 리도 없었다.

자신조차도 온전히 받아들이지 못한 관계가 아닌가.

그런데도 태형의 대답에 마음이 바람 빠진 풍선처럼 푹- 꺼졌다.

"우리 아들 스타일이 많이 달라졌네. 거래처 직원하고 단둘이 전시회도 보고."

"제가 실수한 게 있어서요."

태형은 두루뭉술한 말로 상황을 넘겼다.

정작 그의 어머니는 아들의 말에는 눈 하나 꿈쩍하고 있지 않았지만. 그녀는 저만 쳐다보고 있었다. 그것도 호기심 가득한 눈으로.

자신을 위아래로 훑는 눈빛에서 묘한 위압감이 느껴졌다. 자신이 입고 있는 옷부터 들고 있는 핸드백까지 모두 평가받고 있는 기분이었다.

이럴 줄 알았으면 더 좋은 옷으로 꺼내 입고 올걸.

쓸데없는 후회가 밀려와 입술을 바짝 말렸다.

그런 저를 이 자리에서 지워 버리고 싶었을까. 태형이 커다란 몸으로 어머니의 시선을 가려 버렸다.

"이만 가 보겠습니다."

"벌써?"

"입장 시간이 거의 다 돼서요. 다음에 따로 찾아뵙겠습니다."

태형은 이만 가자며 저를 챙겼다.

저를 소개할 마음이 없다는데 매달릴 수는 없는 노릇이었다. 여울은 고개를 숙여 인사를 하고는 그를 따라 자리를 벗어났다.

그런데 어쩐 일인지 등에서 따가운 눈총이 느껴졌다.

그러나 차마 뒤를 돌아보지는 못했다.

만약 정말 뜨거운 눈빛을 받고 있는 거라면 어떤 표정을 지어야 할지 모르겠으니까.

말없이 걷는 그를 따라 어느새 전시장 입구까지 도착했다. 화기애애하던 분위기는 흔적도 없이 사라진 지 오래였다.

"저기 태형 씨."

"예."

"전시회 굳이 안 봐도 돼요."

가라앉은 분위기를 어떻게든 되돌려 놓고 싶었다.

"우리 어머니 때문에 그래요?"

"아뇨. 태형 씨 때문에요."

"내가 왜?"

"어머니하고 마주쳐서 괜히 신경 쓰일 것 같아서요. 차라리 그림 보는 것보다는 맛있는 걸 먹는 게 좋지 않을까 싶기도 하고."

"그냥 보고 갑시다."

"그치만,"

"눈치 볼 필요도 없으니까."

여울은 번호표를 만지작거리면서 어서 전시장으로 들어가기만을 기다렸다. 태형의 어머니 눈빛에 녹아내리기 일보 직전이었으니까.

*

"안쪽으로 입장해 주시면 됩니다."

직원의 안내를 받으며 전시장 안으로 들어섰다. 관람 방향을 따라 사람들이 천천히 움직였다.

여울은 미리 준비한 이어폰을 꺼내 끼웠다. 오디오 가이드 앱까지 야무지게 켜서 본격적으로 미술품을 즐겨 볼 생각이었다.

그렇게 조금씩 앞으로 걷고 있는데 태형이 제 손목을 당겼다.

"사람이 와서."

잠시나마 줄어들었던 태형과의 거리가 다시 원래대로 돌아갔다.

"내 것도 있어요?"

태형이 자신의 귀를 톡톡- 두드리며 말했다.

"이어폰은 이거 하나밖에,"

"하나면 충분하죠."

그가 오른쪽 귀에 있던 이어폰을 빼 갔다.

귀를 스치는 손이 살결을 간질거렸다. 아랫입술을 깨물지 않았더라면 웃음이 터졌을 거다.

별것 아닌 행동에도 제 마음이 벌렁거리는지 알 리 없는 태형은 기다란 손으로 이어폰 줄만 만지작거렸다.

그가 손가락 줄을 당길 때마다 거리가 가까워지는 느낌이다.

웃기게도 태형이 더욱 줄을 세게 당겼으면 했다.

그의 옆에 찰싹 달라붙어 있게 되도록.

"오디오 가이드 켤게요."

여울이 첫 번째 파일을 눌렀다.

-빛의 작가, 넬 하딘의 전시회에 오신 관람객분들을 진심으로 환영합니다. 넬 하딘은 순수한 사랑의 얘기를 다양한 빛과 그림자로 표현하며…….

이어폰을 타고 단조로운 목소리가 들렸다.

솔직히 말하자면 인사말 빼고는 해설에 거의 집중하지 못했다.

귀를 적시는 해설이나 눈앞의 그림에 빠졌다기보다는 태형에게 매혹되어 버렸다.

하나의 조각품 같은 그에게서 눈을 떼지 못하는 것은 비단 자신만은 아닌 듯했다. 주변에 있던 여자들도 모델이 아니냐며 쑥덕거렸다.

더러는 그가 누군지 알아보는 사람도 있는 듯했다.

하지만 태형은 다른 사람들이 뭐라고 떠들어도 관심이 없었다.

걸음을 멈추고 서서 그림만 바라보고 있을 뿐.

뭐가 좋다고 이 남자에게 이토록 빠졌을까.

'거래처 직원입니다.'

고작 그렇게밖에 자신을 생각하지 않는 사람인데.

-〈역전〉이라는 작품은 관계의 역전을 보여 주는데요. 작가는 이 작품을 발표하면서 '모든 관계에는 절대적 약자도, 강자도 존재하지

않는다.'라고 덧붙였습니다.

태형이 팔짱을 끼고는 조명을 머금은 그림을 바라봤다.

그의 고개가 한쪽으로 기울어지는데 이상하게도 그 모습을 따라 하고 싶어졌다. 그래서 여울도 가만히 고개를 기울여 봤다.

두 남녀의 관계가 역전되는 그림을 바라보며.

그림이 썩 마음에 들지는 않았다.

어째서 관계가 위아래로 존재해야 하는 걸까. 나란히 평등하게 놓여 있을 수는 없을까.

두 사람의 시선이 그림에 박혀 떨어질 줄 몰랐다.

얼마나 집중하고 있었는지 누군가 자신들의 사진을 찍고 있다는 것도 알아채지 못했다.

∗

여울은 예약한 시간에 맞춰 한식 파인 다이닝 레스토랑으로 들어섰다.

파인 다이닝은 처음이었다.

워낙 식삿값이 비싸기도 했고, 처음 온다는 것에 어느 정도 거부감도 있었다.

그래도 태형이 좋아할 거라는 마음으로 이곳을 예약했다. 황새가 뱁새 따라 하다가 가랑이가 찢어진다고 해도 상관없었다.

태형의 기분이 조금이라도 좋아질 수만 있다면 아무렴 다 괜찮다.

"한입 요리부터 올려 드리겠습니다. 당면 없는 잡채인 월과채입니다."

얇게 썰린 애호박이 정갈하게 담겨 있는 첫 요리가 올라왔다.

"저희도 가볍게 반주 곁들일까요?"

"나야 좋은데 괜찮겠어요?"

"저도 좋아요."

태형에게 얼른 메뉴판을 내밀었다.

"여울 씨 좋아하는 걸로 해요."

"제가 술은 잘 몰라서요."

"마음 끌리는 대로 고르면 되겠네. 나는 아무거나 잘 마시니까 걱정 말고 골라요."

결국 제가 메뉴판을 쥔 꼴이 됐다. 마음이 끌리는 대로를 주문처럼 외며 주류를 정독했다. 설명이 자세하게 적혀 있기는 한데 어떤 맛일지 가늠조차 되지 않았다.

"음……."

선택하기가 쉽지 않았다. 이렇게 어물거리다가 메인 요리까지 나와 버리겠다.

"뭘 그렇게 생각해요?"

"어떤 게 맛있을지 모르겠어서요."

"그럴 때는 처음 눈에 들어온 게 최고인데."

태형의 손가락이 어느새 메뉴판을 붙든 제게 닿았다. 똬리를 트는 뱀처럼 감겨드는 손길이 뭐라고 마음이 조였다.

여울은 당황한 마음을 누르며 제일 먼저 눈에 들어온 글자를 한 손으로 짚었다.

"청명주로 할게요."

잘했다고 칭찬이라도 하듯 태형의 입가에 미소가 번졌다. 그 반응에 여울의 광대는 아래로 내려올 줄 몰랐다.

도수가 높은 술에 알딸딸하게 취해 가는 만큼 테이블에도 쉼 없이 웃음꽃이 피어올랐다.

*

월요일 아침부터 본부장실에 거슬리는 보고가 올라왔다.

누가 주말에 미술관에서 저를 봤다는 사진을 SNS에 올렸다고 했다. 제가 셀럽도 아니고 사진을 찍어서 뭘 하겠다고.

평소라면 대수롭지 않게 넘어갔겠지만 이번은 달랐다. 허락받지 않고 찍은 사진에 여울이 담겨 있었기 때문이다.

추측성 기사가 쏟아질 확률이 컸다.

기사 제목에는 '신데렐라, 결혼 임박……' 그따위 단어가 붙을 것이 뻔하다.

"사진은 내렸어?"

"다행히 빨리 발견해서 바로 내렸어. 덕분에 사진이 많이 퍼지지도 않았고."

"다행이라고 하기에는 네 표정이 별로네?"

"한주일보 김 기자가 사진 가지고 있어."

김 기자.

그 말에 태형의 표정이 굳었다.

얄미운 인간들은 어째서 항상 부지런한 건지 모르겠다.

김 기자는 저희 집이 얼마나 콩가루인지에 관심이 많은 인간이었다. 아버지를 닮아 제가 여성 편력이 심하다는 기사까지 내보낸 적이 있었다.

그래 봐야 확인되지도 않은 가십거리로 가득한 작은 인터넷 신문사의 기사를 누가 볼까 싶겠지만.

"광고 몇 개 붙여 주고 끝내."

어차피 그 인간이 저를 집요하게 파 대는 것도 돈 때문일 거다. 몇 푼 쥐여 주고 나면 군말 없이 물러날 테니 그렇게 하는 게 맞았다.

지금은 어느 곳에서든 자신의 이름이 나지 않는 게 중요했다.

아버지 일을 가까스로 마무리한 시점이 아닌가.

더군다나 여울이 자신과 붙어 기사로 나와서 좋을 것도 없었다.

'아들, 놀아도 적당히 수준 있는 애들 골라서 놀아. 원래 잃을 게 없는 애들이 더 골치 아퍼.'

돈으로 모든 기준을 세우는 어머니의 마음에 여울이 찰 리도 없었다.

미술관에서 마주쳤을 때만 봐도 그랬다. 제아무리 무감한 사람이라도 사람의 수준을 재는 불쾌한 눈빛은 똑똑히 느꼈을 거다.

"그래도 징징거리면 구미 당길 만한 기사 아무거나 던져 줘."

"아무거나 괜찮아?"

"어. 주여울 관련된 것 빼고 전부."

"주 대리님한테 마이너스 될 만한 건 전부 다 뺄게."

도현을 보는 눈이 가늘어졌다.

그의 입에서 나오는 '주 대리'라는 말이 왠지 듣기 거북했다.

서울로 올라오는 길에 뭘 했는지 조잘거리던 여울의 목소리가 들리는 것 같았기 때문이다. 변명 같은 그 말이 얼마나 짜증스러웠는지 몰랐다.

마치 바람을 피운 연인을 마주한 기분이랄까.

연인?

웃기지도 않는다.

그 여자가 뭐라고.

여울이 누구를 만나든지 어떤 호의를 받았든지 제가 상관할 바가 아니었다.

그런데 속에서부터 왜 이렇게 열불이 솟구치는지 알 수 없었다. 뻐근한 목덜미를 매만지며 도현에게서 시선을 거두었다.

당장 여울을 부르고 싶었다.

책상 위에 그녀를 눕히고 제 이름을 불러 대는 꼴을 보고 싶었다.

태형 씨.

태형 씨.

자신의 밑에 깔린 채로 이름을 불러 댈 생각만 해도 아랫도리가 뜨거워지는 것 같았다. 사람을 단박에 흥분시킬 만큼 야한 얼굴이 눈앞에서 사라지지 않는다.

그깟 이름을 부르는 게 뭐라고.

시발, 애타게.

*

"다들 내일 보자고."

김 팀장이 일찍이 일어나 퇴근했다.

덕분에 지혜와의 약속도 늦지 않게 갈 수 있을 것 같았다.

김 팀장이 나간 곳을 바라보면서 잠시 대기하던 순간.

"아차차! 주 대리."

김 팀장이 다시 돌아와 저를 불렀다.

"청해 미팅 언제였지?"

"다음 주 수요일요."

"내가 요새 자꾸 깜빡깜빡하네. 디자인팀하고 얘기해서 준비 잘하고."

"네, 팀장님."

"수고들 해."

그가 손을 가볍게 들고는 사라졌다.

"화이팅이야, 주 대리."

그러고 나서 얼마 지나지 않아 차 과장이 자리에서 일어났다. 결코 좋은 의도의 파이팅이 아니라는 걸 알면서도 여울은 웃음으로 화답했다.

차 과장까지 퇴근하고 나자 여울도 사무실을 나섰다.

퇴근하는 사람들의 행렬로 엘리베이터는 복작거렸다. 간신히 몸을 욱여넣지 못했다면 엘리베이터에 타지도 못했을 거다.

겨울이라는 걸 믿을 수 없을 만큼 엘리베이터는 후끈거렸다.

모두가 로비에 도착하기만을 기다리고 있던 것 같다. 엘리베이터 문이 열리기 무섭게 와르르 내렸으니까.

사람들에게 뒤섞여 내리자마자 지혜가 보였다.

"야아아! 주여울 대리 씨!"

일터에 놀러 온 친구들이 으레 그렇듯 지혜도 잔뜩 신이 나서는 저를 크게 불렀다.

"많이 기다렸어?"

"많이는 아니고 쪼끔?"

"배고프지?"

"재판이라 아무것도 못 먹었더니 배가 등가죽에 붙겠어."

"많이 먹어. 오늘 내가 살게."

한참 고민을 하던 지혜는 결국 고깃집을 골랐다.

멀리서부터 풍기는 삼겹살 냄새에 두 팔을 들어 버리고 만 거다.

두 사람은 고깃집에 자리를 잡자마자 대화하는 것도 잊고 먹는 데 열을 올렸다. 물론 가끔 물잔을 들어 건배를 외치는 것도 잊지 않았다.

부지런히 맛있게 익은 고기를 먹던 그들의 젓가락질이 조금씩 느려지기 시작했다.

"아, 맞아! 여울아, 너 다음 주에 시간 돼?"

"왜?"

"나 아는 선배 있는데 한번 만나 볼래? 성격도 좋고 사람 진국이야."

"다음에."

"왜? 아직 누구 만날 생각 없는 거야? 마기찬 그 새끼 때문에?"

마기찬이라는 이름이 낯설게 느껴졌다. 그러고 보니 태형을 만난 후로 그를 생각하지 않은 지 오래였다. 사람은 사람으로 잊는 것이 빠르다는 말이 아주 틀리지는 않은 것 같다.

"아냐, 그런 거."

"그거 아니면 너,"

지혜의 눈이 가늘어졌다.

"그 사람 만나고 있는 거 아니지?"

제발 아니기를 바란다는 투다. 그도 그럴 것이 태형을 위험인물이라 제게 경고하지 않았나.

제가 두 번이나 연달아 똥차를 선택하는 꼴을 가만히 두고 보고 싶지는 않았을 거다.

하지만 지혜의 바람과는 다르게 그 위험에 발을 들이고 말았다. 그리고 거기서 단 한 발자국도 움직일 수가 없다.

"너 왜 대답이 없어?"

"그게……."

"만나?"

"그, 렇게 됐어."

나름대로 어렵게 내뱉은 고백이었는데 지혜는 아무 말이 없었다. 불판에서 올라오는 뿌연 연기만 쉴 새 없이 환풍기로 빨려 들어가고 있었다.

"그 사람이 사귀자고 했어?"

"내가 고백했어."

"그 사람도 너 좋다고 하고?"

바로 그렇다는 대답이 나오지 않았다.

솔직히 말하자면 태형이 자신을 좋아하는지 모르겠다. 인정하기 싫지만 제가 그에게 특별한 사람이 된 것 같지는 않았으니까.

"모르겠어."

"둘이 만난다며?"

"서로 만나고 싶을 때는 만나."

그 말이 이해가 되지 않는다는 듯 지혜가 고개를 갸웃거렸다.

"사귀는 것도 아니고, 썸 타는 것도 아니라는 소리네?"

단박에 정곡을 찔렸다.

허울 좋은 말로 포장해 봐야 '파트너'에서 벗어나지 못한다는 것만 확인받았다.

태형의 얘기를 꺼냈을 때 여울은 얼마간 그녀의 반응을 예상했다.

그럼에도 불구하고 굳이 이야기를 한 건 누구에게든 듣고 싶었는지도 모르겠다.

"…곧 진짜 사귈 수도 있는 거니까."

이 관계가 해피 엔딩으로 향할 수도 있다는 걸.

테이블에는 차가운 침묵이 번져 나갔다.

치이익- 비계가 뜨거운 불판에서 검게 타고 있는 소리만 조용히 울려 퍼졌다.

*

여울은 샤워를 마치고 나오자마자 소파에 널브러졌다.

'만나지 말라는 말은 선을 넘는 조언이니까 더 이상 안 할게. 그런

데 여울아 너무 빠지지는 마. 나는 네 친구니까 네가 가장 중요해. 네가 다치지 않았으면 좋겠어.'

지혜의 말이 여운처럼 남아 귓가를 계속 맴돌았다.
자신도 태형과 거리를 두어야 한다는 걸 알고 있다. 그의 말 한마디, 행동 하나에 곧장 반응하지 않는 게 중요하다는 것도. 그래야 상처받지 않을 테니까.
그런데 마음은 자신의 뜻대로 제어가 되지 않는다.
오늘처럼 연락이 없는 날에는 태형이 한없이 궁금했다. 뭘 하고 있는지 뭘 먹기는 했는지 하나하나 모조리, 다.
그러나 자신이 할 수 있는 일이라고는 태형의 연락을 기다리는 것밖에 없었다.
"무슨 일은 없겠지?"
그나마 다행스러운 건 태형의 이름을 포털 사이트에 검색만 해도 소식을 알 수 있다는 거였다.

강태형 (기업인)
소속 : 청해 전자 (전략기획본부 본부장)

이름 석 자 아래로 태형의 프로필이 떴다. 생년월일부터 가족, 학력까지 세세하게 나와 있다.
그 옆에는 태형의 사진이 붙어 있었는데, 그의 미모를 전부

담아내지는 못했다.

「강태형 본부장 패션 관심, 어디 브랜드?」

장례식장에 차고 간 시계조차 기사가 되는 것이 놀라웠다.
그러면서도 태형이 얼마나 힘들지 가늠도 되지 않았다. 자신의 일거수일투족을 누군가가 지켜보고 있다는 소리가 아닌가.
장례식 이야기를 빼고 새로 업데이트된 기사는 없었다.
그렇게 스크롤을 위로 올리는데 생일이 눈에 들어왔다.
이번 주 일요일이 생일이라는 걸 전혀 모르고 있었다.
갑자기 뭘 선물해야 하나 고민이 됐다. 마땅히 생각나는 선물은 없어도 축하는 꼭 해 주고 싶었다.
"음……."
한참 고민하고 있는데 태형에게서 전화가 왔다.
제가 하도 그를 생각하다 보니 마음이라도 가닿았나 보다. 여울은 급하게 목소리를 가다듬고는 전화를 받았다.
"네, 태형 씨."
마음을 주지 말라는 지혜의 말은 어느새 연기처럼 흔적도 없이 사라져 있었다.
-나 집 앞에 왔는데 내려올래요? 아니면 내가 올라갈까?
"저희 집이요?"
놀란 여울이 허겁지겁 주위를 살폈다. 집 안 꼴이 엉망이었다.

-시간 얼마나 필요하겠어요?

"어… 금방 내려갈게요. 금방이요!"

집에 돌아온 주인을 반기는 강아지처럼 여울의 얼굴빛이 환해졌다.

*

공원에는 사람이 별로 없었다. 밤바람이 차서 다들 밖에 나오지 않는 모양이다.

그래도 이따금 달리기하는 사람과 야외 농구를 즐기는 남자들이 보였다. 춥지도 않은지 남자들은 농구공을 붙잡기 위해 떼를 지어 움직이고 있었다.

여울은 바람이 세게 부는데도 부러 주머니에 손을 넣지 않았다. 걸을 때마다 태형과 손가락이 스치는 게 좋았다.

금방이라도 용기를 내면 그의 손을 잡을 수 있을 것 같은데……. 설렘과 아쉬움이 쉼 없이 교차했다.

욕심은 큰데, 용기가 나지 않는다.

"여기는 어떻게 오셨어요?"

"주여울 씨 보고 싶어서."

태형의 대답은 간단명료했다. 작은 군더더기조차 없다.

"무슨 일 있는 건 아니죠?"

"없어요."

"밥은 드셨어요?"

"아직 안 먹었다고 하면 라면이라도 끓여 주려고요?"

"네! 끓여 드릴게요. 집에 많아요."

태형이 바람 빠지듯 피식 웃었다.

"우리 주여울 대리가 겁도 없어졌네."

짙게 번지는 저음이 제 마음을 휘저었다.

어쩌면 태형은 집이 어질러져 있든지 말든지 관심도 없을지 몰랐다. 그가 원하는 건 단순히 저녁을 같이 먹는 것이 아닐 테니까.

"집에 갈까요?"

그럼에도 불구하고 여울은 조심스럽게 재차 물었다.

그러면서 닿을 듯 말 듯 하던 태형의 손을 잡았다. 용기 내어 한 행동에 자신의 심장이 터질 것처럼 쿵쾅거렸다.

쿵쾅- 쿵쾅-

진동 소리가 온몸을 뒤흔들었다.

정작 손을 붙잡힌 태형은 아무렇지 않은데 자신의 입술만 바짝 말라온다.

혹시라도 그가 제 손을 뿌리치기라도 할까 봐 겁이 났던 것 같다. 태형이 제 손을 잡아 주지 않으니까.

"억지로 드실 필요는 없어요. 그냥 배고프신 것 같아서 말씀드린 것뿐이니까,"

"갑시다."

희망을 포기한 순간 태형이 제 손을 잡았다.

"당장 먹고 싶어졌어요."

태형의 짓궂은 웃음과 함께 피어오르는 열감에 취해 가는 듯했다. 들썩이는 마음이 좀처럼 달래지지 않는 것만 봐도 그랬다.

그는 늘 제가 포기할 만하면 돌진해 왔다.

지금도 그랬다.

가볍게 손을 틀어 깍지를 낄 줄 누가 알았겠나.

손가락 마디마다 태형이 또렷이 느껴졌다.

누군가는 말도 안 되는 소리라 비웃을지 모르겠지만 태형에게 있어 제가 특별한 존재가 된 것 같았다.

"맛있게 끓여 드릴게요."

"나도 라면은 잘 끓이는데."

"라면 끓일 줄 아세요?"

"아무것도 못 할 줄 알았어요?"

"왠지 그것도 끓여 주시는 분이 따로 있었을 것 같아서요."

"할아버지가 싫어하셨거든요. 몸에 좋은 음식만 먹어야 한다고 생각하시는 분이라. 가끔 안 계실 때 몰래 끓여 먹었어요."

혼자 라면을 끓여 먹는 어린 태형의 모습은 마냥 귀여웠을 것 같았다.

"왜 맛있는 건 다 몸에 나쁠까요."

여울의 눈빛이 태형에게 머물렀다.

'왜 나쁘다는 건 손 떼기 어려울까요. 잘못하다가는 죽어 버릴 텐데.'

그 말이 쉽게 삼켜지지도 않고 뱉어지지도 않았다.

혀를 따끔하게 만드는 말을 머금은 채로 태형의 손을 더욱 꽉 붙잡았다. 자신이 살 수 있는 방법이 마치 이것뿐이라는 듯이.

*

"읍, 아……."

태형이 집요하게 제 몸을 훑었다. 끝을 모르고 뻗쳐오르는 열감에 달뜬 숨이 터져 나왔다. 그의 맨살에 뜨거운 입김이 젖어 들다가 사라졌다.

그의 입술이 지나간 자리마다 찌릿한 감각이 팟- 하고 터졌다.

온몸을 감싼 전희에 여울은 정신을 차리지 못했다. 태형에게서 번져 나는 향기는 왜 이리도 감미로운지 모조리 삼켜 버리고 싶다.

더욱 집요하게 자신을 탐해 달라 말하듯 태형을 부둥켜안았다. 손가락 끝마다 등 근육의 움직임이 선명히 전해졌다.

"아흐응, 태형 씨……."

태형의 어깨를 깨물다가 그의 이름을 부르기를 반복했다.

"더 불러 봐요."

"아, 윽!"

다리 사이를 파고드는 강인한 힘에 절로 고개가 뒤로 젖혀졌다. 뜨거운 숨이 차올랐다가 다시금 얼굴로 떨어져 내린다.

순식간에 겨울이 사라지고 숨도 쉬기 어려울 만큼 더운 여름이 찾아든 기분이었다.

폭염에 자꾸 숨을 헐떡거리게 된다.

"불러 봐요."

"하앙, 아, 뭘……."

"내 이름."

"태형 씨."

이름을 부를 때마다 자신의 속을 헤집는 태형의 힘이 더욱 강해졌다. 그의 허리를 잡은 두 손이 바르르 떨릴 정도였다.

태형의 목에 굵직하게 핏대가 섰다.

"태형, 아하아앙……."

"더 불러."

"태형 씨."

여울의 목소리는 거의 애원에 가까웠다.

당신이 바라는 대로 할 테니, 나를 사랑해 달라는 몸짓.

과연 그 마음이 태형에게 들어갔는지는 모르겠다. 아찔한 감각에 이성이 녹아 버려 다른 생각은 할 틈도 없었다. 온전히 태형을 느끼기에도 바빴으니까.

격렬한 움직임에 두 사람의 숨이 한없이 가빠졌다.

속에서부터 치솟는 쾌락에 여울은 그에게 입을 맞췄다. 벌어진 입술 사이로 신음을 흘려 넣었다.

어느 순간부터는 숨을 나누는 건지, 축축한 타액을 마시는 건지 알 수 없었다.

"아아항……. 읏!"

맥없이 떨어진 입술 사이로 신음이 쏟아졌다.

태형은 제 허리를 붙잡고는 거칠게 페니스를 박았다. 가슴이 출렁거리고 뜨거운 숨이 입술을 타고 흘러내렸다.

하지만 여울은 자신의 모습이 어떤지 확인할 길이 없었다. 그럴 만한 정신도 없었다.

엄청난 황홀경이 이내 자신을 덮쳐 왔으니까.

"윽!"

"하아, 하아아……."

뜨거운 액체가 아랫도리를 진하게 적셨다. 열꽃이 피어나듯 더운 기가 아래서부터 빠르게 올라왔다.

아랫도리를 점령한 묵직하고 기다란 물건이 빠져나가고 여울은 그대로 침대에 널브러졌다. 그를 안고 있던 팔까지 툭- 떨어질 정도였다.

"먼저 씻어요."

"저는 태형 씨 씻고 씻을게요. 조금 쉬어야 할 것 같아서……."

"그렇게 해요."

같이 숨을 돌리고 싶었으나 태형은 뒤도 돌아보지 않고 욕실로 들어갔다. 몸에 남아 있는 여운을 깔끔히 지워 내겠다는 것처럼 보였다.

여울은 이불을 목 끝까지 끌어 올리고는 몸을 일으켜 앉았다. 그러면서도 시선은 문밖을 향해 있었다.

달콤한 사랑의 속삭임조차 없는 이 시간이 지독하게도 외로웠다.

*

여울은 맛있게 끓여진 라면을 그릇에 담았다. 정갈하게 썬 고추까지 고명으로 올리고 라면을 태형의 앞에 내려놨다.

"김치도 드셔 보세요. 제가 직접 담근 건데 태형 씨 입맛에 맞을지는 모르겠어요."

직접 담갔던 김치까지 태형의 앞에 놓았다.

"여울 씨도 앉아요."

"아, 네네."

그제야 여울도 그의 맞은편에 자리를 잡고 앉았다.

태형은 꼬들꼬들한 면발에 김치를 올려 두고 맛있게 라면을 먹었다. 그가 잘 먹는 모습만 봐도 뿌듯한 마음이 들었다.

김치 재료를 사다가 새로 담가서 선물하는 것도 좋겠다.

"맛 괜찮으세요?"

"맛있어요."

"갈 때 좀 싸 드릴까요?"

"자주 와서 먹어야겠네."

얼마든지 집에 찾아오라는 듯 여울이 고개를 끄덕였다.

"근데 내가 얼마나 올지 알고. 감당되겠어요?"

"매일 오셔도 돼요."

태형은 미소로 대답을 대신했다. 그가 자주 집에 올 수도 있다고 생각하니 왠지 모르게 마음이 급해졌다.

당장 내일부터라도 새 김치를 담가 놔야 할 것 같달까.

"아… 저 근데 태형 씨. 혹시 일요일에 시간 되세요?"

"일요일에는 왜요?"

"태형 씨 생일이니까 같이 밥이라도 먹을까 해서요."

"내 생일 신경 안 써도 돼요. 챙긴 적도 없고."

태형은 별달리 특별한 날도 아니라는 것처럼 굴었다.

아무도 태형의 생일을 축하해 주지 않았다고 생각하자 마음이 좋지 않았다. 그래도 그가 태어난 특별한 날이 아닌가.

'생일 축하해, 여울아.'

이모는 항상 자신의 생일을 챙겨 주면서 말했다. 소중한 날을 잊지 말라고.

그 말이 어찌나 기억에 남았던지 여울은 늘 자신의 생일을 챙겼다. 어렸을 때는 이모가 보내 준 미역국을 꼭 먹었고 커서는 간편식으로 나온 미역국이라도 챙겨 먹었다.

따뜻한 국물을 들이켜고 나면 왠지 모르게 마음이 뿌듯해졌기 때문이다.

또 한 해를 견뎌 냈구나 하는 마음이랄까.

"생일에는 저하고 같이 밥 먹어요. 제가 맛있는 거 해 드릴게요."

"얼마나 맛있는 걸 해 주려고."

"기대하세요."

요리에는 썩 재능이 없었으나 태형의 생일상만은 잘 차릴 수 있을 것 같았다.

아무 걱정도 말라 외치는 여울의 얼굴에는 비장함이 돌았다. 그 얼굴이 재미있기라도 했는지 태형이 가볍게 웃음을 터뜨렸다.

2권에 계속